陕西理工学院学术著作出版基金及

陕西理工学院中国古代文学与文化研究创新团队资助出版

《长恨歌》及李杨题材唐诗研究

付兴林　倪超　著

中国社会科学出版社

图书在版编目(CIP)数据

《长恨歌》及李杨题材唐诗研究/付兴林，倪超著.—北京：
中国社会科学出版社，2013.9
ISBN 978 – 7 – 5161 – 3323 – 1

Ⅰ.①长… Ⅱ.①付…②倪… Ⅲ.①唐诗—诗歌研究
Ⅳ.①I207.22

中国版本图书馆 CIP 数据核字(2013)第 228749 号

出 版 人	赵剑英
责任编辑	周晓慧
责任校对	高 婷
责任印制	李 建

出 版	中国社会科学出版社
社 址	北京鼓楼西大街甲 158 号（邮编 100720）
网 址	http://www.csspw.cn
	中文域名:中国社科网 010 – 64070619
发 行 部	010 – 84083685
门 市 部	010 – 84029450
经 销	新华书店及其他书店

印 刷	北京市大兴区新魏印刷厂
装 订	廊坊市广阳区广增装订厂
版 次	2013 年 9 月第 1 版
印 次	2013 年 9 月第 1 次印刷

开 本	710×1000 1/16
印 张	15.5
插 页	2
字 数	242 千字
定 价	46.00 元

目　　录

绪　　论

　　唐玄宗和杨贵妃的爱情故事（以下简称李杨故事），因其包含了帝妃爱情、安史之乱和生死别离，文学作品竞相书写。其开篇之作出于唐诗，经典之作毫无疑问自属唐诗。关于李杨故事的唐诗，创作数量有180多首，创作时间横跨了从盛唐到晚唐的整个历史阶段，诗人有60多位，几乎包括这个时期所有的著名诗人。代表诗人及其作品有李白的《清平调》、杜甫的《丽人行》及《北征》、白居易的《长恨歌》、元稹的《连昌宫词》、杜牧的《过华清宫》、李商隐的《马嵬二首》，等等。唐诗对李杨故事的书写，诗人众多，佳作纷呈，不仅确立了李杨故事的人物、内容、结构和情感，在艺术风格和主题思想上具有鲜明的特色，而且对后世的李杨故事文学产生了巨大而深远的影响。陈寅恪先生就此论道：“唐人竟以太真遗事为一通常练习诗文之题目，此观于唐人诗文集即可了然。”①

　　在李杨故事的唐诗书写中，白居易的《长恨歌》从流传之日始，即在社会上产生了波及各阶层的轰动效应。唐宣宗李忱在《吊白居易》诗中对当时《长恨歌》流传普及状况不无赞叹地说：“童子解吟长恨曲，胡儿能唱琵琶篇。”② 甚至连当时的歌伎也以能“诵得白学士《长恨歌》”③ 而自高身价。清赵翼在《瓯北诗话》中总结《长恨歌》的风靡盛况时说：“香山诗名最著，及身已风行海内，李谪仙后一人而已……盖其得名在《长恨歌》一篇。其事本易传，以易传之事，为绝

---

　　① 陈寅恪：《元白诗笺证稿》，三联书店2001年版，第13页。
　　② （清）彭定求：《全唐诗》，中华书局1999年版，第49页。
　　③ 朱金城：《白居易集笺校》，上海古籍出版社1988年版，第2793页。

妙之词，有声有情，可歌可泣，文人学士既以为不可及，妇人女子，亦喜闻而乐诵之，是以不胫而走，传遍天下。"① 白居易之后，依托《长恨歌》而创作并成名的戏曲如元代白朴的《梧桐雨》、清代洪昇的《长生殿》，都证明了《长恨歌》持久的影响力和艺术魅力。由此我们不难看出，《长恨歌》拥有如此广大的读者群，并为上自帝王将相、文人学士，下自倡优释道、贩夫走卒抵掌而歌、称心而论，的确与白居易高超精妙的灼见真识分不开的，与《长恨歌》中"有声有情"的离奇故事分不开的，同时也与其所蕴藏的"可歌可泣"的悲剧意味分不开。总之，《长恨歌》的影响面不仅仅指向一群人、一个时代，它以其超阶级、超时代的永恒魅力，感动了一代又一代文人雅士、凡夫俗子。

李白的"名花倾国两相欢，常得君王带笑看"描写了李杨故事的爱，杜甫的"不闻夏殷衰，中自诛褒妲"指责了李杨故事的罪，杜牧的"一骑红尘妃子笑，无人知是荔枝来"道出了李杨故事的奢，李商隐的"如何四纪为天子，不及卢家有莫愁"道出了李杨故事的悲。李杨故事在唐诗的书写下，呈现出不同的内涵和情感，这使唐玄宗和杨贵妃从单一的史笔中走出，变得丰富而生动，他们的生死离别和情感纠葛让人掩卷抚然、唏嘘感叹。诗歌的魅力在于言有尽而意无穷，李杨故事从唐诗简短的遣词用字中延伸出了更大的想象空间和情感倾向，这使后人对李杨故事的认识不尽相同，从而产生了文学研究的空间。同时，唐诗朗朗上口，易于传播，李杨故事也因此成为千百年来久传不衰的一段史话。

唐诗对李杨故事的书写随着唐朝兴衰变化也悄然发生了转变，从盛唐的赞美，到中唐的反思，再到晚唐的平反，不同的诗人在不同时期对李杨故事有不同的看法，不同时期的不同诗人对李杨故事又有新的认识。政治环境、文化背景、时代风潮、文人心态等都是唐诗在对李杨故事的书写中不断流变的动因。诗歌的产生离不开诗人的产生，故事的演变离不开社会文化的演变，李杨故事不仅仅是一时的故事，更是代代传承中的故事。甚至可以说，李杨故事的历史原貌已在唐诗的书写下变得

---

① （清）赵翼：《瓯北诗话》，霍松林、胡主佑校点，人民文学出版社 1963 年版，第37 页。

不那么重要了，也不再那么清晰了。

李杨故事流传千年，早已家喻户晓，这一题材也备受唐及后世文人的青睐，以诗、词、变文、传奇、小说、戏曲等形式一再地呈现。文学对李杨故事的书写使唐玄宗和杨贵妃由历史走入了文学，由历史人物演变为文学形象。从流变的角度来看，李杨故事文学究其源头应是一代唐诗，若非唐诗的立意书写，恐怕没有后世对李杨故事的重写、改写和续写。唐诗关于李杨故事的意象创造、细节幻设、主题提炼和魅力开掘，对后世李杨故事的书写起到了至关重要和影响深远的作用。

总体来说，唐诗为李杨故事画定了一个框架，描绘了一个大概的模样，而这个模样既不像史料那样清晰可见，又不像传奇那样模糊无边，它大多从细节入手，以情感动人，引导后人去填充和理解。

一　本书的研究内容

关于《长恨歌》主题的争论，到目前为止，学界形成了三派代表性的观点，即"讽谕说""双重主题说"以及"爱情说"。其中"讽谕说"由来已久，是引起《长恨歌》主题不确定的关键性因素，也是困扰"长爱说"的最大障碍。从陈鸿对《长恨歌》主题的妄猜、历代评论家常犯的美刺原则扩大化错误以及他们对《长恨歌》主题倾向枉解三方面看，"讽谕说"是在脱离文本、背离作者本意的情况下，以比附、推演的方式不适地为《长恨歌》确定了"讽谕"的主题的。

《长恨歌》之所以是"长爱"的主题，一是因为从创作缘起看，白居易是以文学规律、美学原则为准绳，对历史上曾经发生过的李杨之事进行了有意识的删裁、润色，并以生死相依的至情为主线，展现了凄恻缠绵、痴情挚意的帝妃之爱。二是因为从白居易创作《长恨歌》前的心境看，正是盘桓于白居易心中的那些缱绻而时时作痛的苦情，积聚、化育成了他的心理定势及创作灵感，当他携带着那种几乎熟透了的爱情观来创作与其悲剧性恋情相类似的《长恨歌》时，遂充分发挥出他"多于情"的优势，从而创造出了以情为主题走向的《长恨歌》。三是因为通过对白居易评价《长恨歌》时所出现的矛盾辨析可以看出，为"讽谕说"者反复利用的"风情"即是"正声"的观点是草率之议。

事实上，"风情"就是男女之情，就是帝妃间缱绻的至情。自评性矛盾的谜底以及《长恨歌》最终被白居易划归为"感伤诗"的意义表明，当白居易带着浓郁的政治意识审视《长恨歌》时，往往是一种贬抑的态度，但其骨子里却深藏着对《长恨歌》绝对的激赏之情，而这恰好证明了白居易并不认为《长恨歌》具有"讽谕"成分，从而使我们进一步辨清了《长恨歌》的主题归属。

《长恨歌》的三部曲结构——赏美、思美、寻美，与"蓬莱仙境"的审美意蕴共同作合，形成了《长恨歌》之"长爱"的主题。重现于仙山的杨贵妃，没有失意，只有惊喜；没有怨言，只有誓言。那种相爱而不得暂聚的涩涩酸楚，在她的乐观憧憬面前，显得十分渺小、无谓和乏味；绵绵的焦虑，已被坚如磐石的信念销熔得庶几无声无息。"此恨绵绵无绝期"的"恨"，绝不同于普通恋人之间因误会、不合或爱而不被爱所引起的怨恨、痛恨。多主观因素的男女之"恨"，会造成要么爱得要死，要么恨得要命的两种结局。而横亘于李杨之间的"恨"，因是纯由仙、凡间的空间阻隔所造成，因而，它只可能造成一种向度上的走势，那就是"长爱"。这也就是说，由客观而非主观因素所造成的"恨"，是李杨永不泯灭的爱的活化剂——正因有"此恨"，才会有"此爱"。而且，"此恨"越长，"此爱"越久；"此恨"愈浓，"此爱"愈切。这就如同地球的 N 极和 S 极一样，距离最远，引力最大。故此，"此恨绵绵无绝期"所寄蕴的深层意味就是"此爱绵绵无绝期"，《长恨歌》即是"长爱"歌。"长爱"正是李杨之爱由赏美之短到思美之久再到寻美之切的层递推进过程中所必然闪现的光环。

在 1000 余年的传播史上，《长恨歌》能成为历代评论家赏评、研究的热门话题，能激起不同阶层读者的赏读兴致，能赢得各色各类读者的共同喜爱，必与蕴含于其中的魅力有着直接的关系。一直以来，由于受主题探讨的困扰，很少有人真正对《长恨歌》的艺术魅力进行深入思考，揭示其为众多读者所欣赏的秘密所在。从文学的角度看，《长恨歌》是情爱体验的集大成者，是市民生活情趣的载体；从文化的角度看，《长恨歌》体现出对传统意识的反叛，即美人非祸水、皇帝亦钟情；从美学的角度看，《长恨歌》中的爱情在表层上是一个悲剧形式，在深层上又是一种悲剧范式。

与《长恨歌》堪称联袂而出的《长恨歌传》无论是在创作意图的体现方面,还是人物形象的塑造方面,抑或是艺术成就的大小高低方面,其实都与《长恨歌》存在较明显的差异。白居易的好友元稹依据李杨故事所创作的《连昌宫词》并未因他们真挚的友谊、共同的诗歌主张、相近的政治态度而呈现出相类趋近的特点。事实上,有风情的《长恨歌》与有风骨的《连昌宫词》在诸如对李杨故事的态度、景物描写的作用、取舍史实的目的、虚构的内容情节、对李杨生活场景的描述方式、受众的接受程度等方面存在着较大的不同。将《长恨歌》与《长恨歌传》《连昌宫词》进行比较,可以有效发现不同作家针对同一题材取舍角度的差异性以及由此形成的创作主旨、艺术成就、后世影响的差异性。

除了《长恨歌》对李杨故事的出色书写外,唐诗中还有许多优秀作品。通过对荔枝、温泉、霓裳羽衣曲、长生殿、华清宫、马嵬坡等意象的来历及作用进行探源和辨析,可以了解李杨故事唐诗书写的主要内容。再通过对意象使用和组合的研究,即可寻绎出诗作对李杨故事书写的特点和倾向,以及诗人看待李杨故事的侧重点和生发点。

中晚唐诗歌对李杨故事书写呈现出多元化流变样态。就主题类型而言,唐诗对李杨故事的书写可分为以美刺为主和以爱情为主,诗人在两者之间各有取舍。首先,以美刺为主的诗歌是在“女祸”思想和政治局势的影响下产生的,具有一定的社会价值。其次,以爱情为主的诗歌反映了诗人对爱情的向往,对李杨爱情悲剧的好奇和挖掘。就审美表现方面看,唐诗对李杨故事书写的风格具有一定的共性,一是李杨故事发生在盛唐,唐诗书写多在中晚唐,因而诗歌普遍具有追忆盛唐的情结;二是由于安史之乱给唐王朝带来沉重灾难,诗歌在表达悲痛的同时又进行了认真反思,形成了一致的创伤文学潜质;三是在反思李杨故事的过程中,诗人借助历史叙事,但又不拘泥于历史史实,从而形成了历史叙事的抒情特质。

对李杨故事书写的诗人不乏大家,如李白、杜甫、王建、白居易、张祜、杜牧、李商隐等,他们对李杨故事的取舍、评判呈现出各自的视角、立场、个性,如李白的赞美之情、杜甫的史诗批判、王建的绘景怀旧、白居易的以情动人、张祜的玄宗遗恨、杜牧的政治理性、李商隐的美人无罪等。

《长恨歌》及同题材唐诗对李杨故事的文学书写具有重大的影响。唐诗为李杨故事的书写开辟了一条道路，后世文学从此不断跟进，包括唱词和戏曲等。唱词对李杨故事的书写在唐诗的基础上发展而来，具有"以诗为词"的特点。由于宋代文学环境的改变，唱词对李杨故事的书写和对杨贵妃形象的刻画有了世俗化的倾向。戏曲把唐诗的结构和情感融合在情节当中，丰富了李杨故事的书写。《梧桐雨》的"梧桐"意象源自《长恨歌》，在戏剧中起到了至关重要的作用。《长生殿》效仿《长恨歌》的人物和情节设计，在主题上以情为重，在人物刻画上以主旨为先，在剧情设计上以情缘为基础。

二 《长恨歌》及李杨题材唐诗研究现状

学界关于李杨故事唐诗的研究在对象上比较集中，在内容上比较丰富，呈现出由点到面的趋势，从对白居易《长恨歌》的重点研究扩展到了同类题材的普遍研究。整体研究情况大致可分为三类：

一类是对白居易《长恨歌》的研究。这类研究主要是从《长恨歌》的文本出发，围绕主题走向、艺术魅力、人物形象、作者生平而展开，是李杨题材诗歌研究的重头戏，其主题研究更是重中之重。张中宇的《白居易〈长恨歌〉研究》① 对《长恨歌》主题研究进行了分类和概述，并进行了一定的辨析，通过对"一篇长恨有风情"的考辨和《长恨歌》内容分析，得出《长恨歌》"动之以情"的婉讽主题。此外，还有周相录的《〈长恨歌〉研究》②、周天的《〈长恨歌〉笺说稿》③，等等。李二鸣的硕士论文《长歌当哭长恨歌——〈长恨歌〉文本的相关阐释》从美学的视角，结合本事和作者研究，运用美学理论对《长恨歌》进行了解读。杨静的硕士论文《〈长恨歌〉与李杨题材古今戏曲的研究——以主题演变为中心》，站在戏曲创作的角度，运用比较研究的

---

① 张中宇：《白居易〈长恨歌〉研究》，中华书局 2005 年版。
② 周相录：《〈长恨歌〉研究》，巴蜀书社 2003 年版。
③ 周天：《〈长恨歌〉笺说稿》，陕西人民出版社 1983 年版。

方法分别就《梧桐雨》《惊鸿记》《长生殿》《杨贵妃》等作品进行了深入的分析。笔者（付兴林）的硕士论文《〈长恨歌〉主题界定及其魅力探源》对"讽谕说"提出了质疑，进行了辩驳，从《长恨歌》的创作缘起、白居易的创作心境、《长恨歌》归入感伤诗的意义，以及《长恨歌》三部曲结构——赏美、思美、寻美入手，论证了《长恨歌》"长爱"的主题，并在此基础上对《长恨歌》的艺术魅力进行了深入细致的探究、归纳。杨文的《白居易〈长恨歌〉的小说化研究》① 认为，长篇歌行体叙事诗受到唐传奇小说的影响，以白居易的《长恨歌》为例，具体讨论叙事诗歌里所体现出的小说化倾向。徐海荣的《白居易〈长恨歌〉创作中的盩厔因素》② 指出，《长恨歌》和白居易被贬盩厔县尉、民间悲悯情怀以及文人交游群体的影响有关。诸如此类的论文还有很多，其他涉及贵妃杨玉环形象的论文更是不计其数。

　　另一类是唐代的李杨故事诗歌研究。这类研究立足于唐代李杨故事诗歌的整体面貌，分析诗歌的流变和杨贵妃的形象，通过研究反映了唐诗对李杨故事的整体解读。靳极苍的《长恨歌及同题材诗详解》③ 列举了唐诗中有关贵妃题材的诗作，并对文本进行了赏析，美中不足的是没有进行深入的归纳、研究和分析。叶丹菲的硕士论文《唐诗贵妃题材研究》提炼了诗作历史演变的特点，以要素的形式说明唐诗的变化规律，重点对杨玉环的形象进行了归纳、整理，并阐明了原因，还从社会文化角度解读了杨玉环的文学价值。但此论文在内容分析上略显不足，原因探寻上有些许单薄。罗英华的博士论文《唐宋时期杨贵妃题材文学研究》先考辨了杨贵妃的生平，后阐释了贵妃题材文学的兴起和嬗变，重点分析了白居易的《长恨歌》，最后提到了杨贵妃文学母题研究。整篇论文对李杨故事唐诗的起源、经典和发展倾向进行了梳理，但由于涵盖面较广，展开不足。在期刊论文中，较有代表性的有吴晶的《论唐诗对李杨爱情及杨贵妃形象的评价》④、钟东的《唐代文学中的杨

　　① 杨文：《白居易〈长恨歌〉的小说化研究》，《语文学刊》2011 年第 19 期。
　　② 徐海荣：《白居易〈长恨歌〉创作中的盩厔因素》，《社会科学辑刊》2011 年第 4 期。
　　③ 靳极苍：《长恨歌及同题材诗详解》，山西古籍出版社 2002 年版。
　　④ 吴晶：《论唐诗对李杨爱情及杨贵妃形象的评价》，《温州师范学院学报》1998 年第 5 期。

玉环形象》①，等等。

还有一类是把文化、社会、历史等方面与李杨故事唐诗结合起来的研究。这类研究的切入点不同，研究方法很多，扩展了研究视野。钱叶春的硕士论文《李杨之恋的文化阐释》即从爱情、宗教、时代、美学等方面阐释了李杨故事的文学影响。期刊论文有孟繁森的《李白对唐玄宗宠幸杨贵妃的讽谏》②，任访秋的《论杜甫与白居易对李隆基、杨贵妃爱情认识的异同》③，吴河清的《唐人马嵬诗与唐代社会群体意识》④，等等。

综上所述，学界侧重于单篇的李杨题材诗歌研究，对于整体的李杨题材唐诗研究关注较少。在层次和深度上都显不足，需要进一步拓展研究范围、深化研究内容。

三 本书的研究意义

本书将对学界关于李杨故事研究中遗漏的地方进行补充，对浅尝的领域进行深化，对矛盾的问题进行辨析。其研究意义体现在以下几个方面。

第一，把《长恨歌》主题作为主要研究内容，揭示《长恨歌》以情为主的走向，纠正长期以来人们对《长恨歌》主题的误判。

第二，将《长恨歌》与传统文化、时代趣尚、审美心理加以统筹考察，探究《长恨歌》的艺术魅力，揭开《长恨歌》历久弥新的因由。针对对《长恨歌》艺术魅力重视不够、研究不深的问题，本书将打破学界惯用的静态分析的手法，而运用纵向和动态观照的方法，从文学、文化、审美三方面对《长恨歌》的艺术魅力进行了探索和归纳。

第三，通过对唐诗中李杨题材书写的整体研究，追索中晚唐诗人对待李杨故事的态度及之所以如此的缘由。通过对《长恨歌》及李杨题

---

① 钟东：《唐代文学中的杨玉环形象》，《广州师范学院学报》1998 年第 3 期。

② 孟繁森：《李白对唐玄宗宠幸杨贵妃的讽谏》，《求是学刊》1992 年第 5 期。

③ 任访秋：《论杜甫与白居易对李隆基、杨贵妃爱情认识的异同》，《中州学刊》1991 年第 2 期。

④ 吴河清：《唐人马嵬诗与唐代社会群体意识》，《中州学刊》1999 年第 4 期。

材的梳理，系统地对李杨故事文学书写的流变历程加以观照，结合不同时期文学思潮的特点及作家的个体差异性，探究李杨故事文学书写的演进规律及其魅力。此项研究可以有效提高诗歌在李杨题材文学研究中的分量，使学界更好地认识唐宋时期关于李杨题材诗歌的嬗变轨迹及所以乃尔之成因。

第四，通过对唐诗中李杨故事书写的研究，有效证明与皇权相关的文学作品本身所具有的主题的丰富性、多面性、不确定性，揭示不同时代的作家根据自身所处时代的文化、趣尚、价值观多视角挖掘题材审美价值的创作规律。

第五，后世李杨故事文学创作是在唐诗书写的基础上衍生而来的，包括唱词、小说、戏曲等，出现了诸多文学经典，研究李杨题材唐诗书写能使读者更清晰地了解李杨故事的来龙去脉和表现角度，深入了解唐代盛衰转折的关键人物和迁变历程，更好地探究和欣赏这些经典。

第六，此项研究对现当代李杨题材的文学影视作品的创作具有指导意义，纠正创作的误区，提高大众的审美。近年来，李杨故事的演绎成为影视作品的新宠，网络文学也不断涉及，其中出现不少诗歌引用和理解不当的问题，我们的研究将发挥纠偏校弊的作用。

第一章

《长恨歌》"讽谕说"质疑

在《长恨歌》研究中，令人不无遗憾的一个事实是，这首撼荡人心的旷世名篇，直至今日，依然未能寻找到它的主题归宿。千余年来，学界对它的主题"竟为何物"进行了旷日持久的讨论、争辩。从目前的研究状况看，大体形成了三派最具代表性的观点——讽谕说、爱情说、双重主题说。此外，还有人提出了一些个别性的观点，诸如自伤说、多重主题说、模糊说等。长期以来，这些观点彼伏此起，互相消长。近些年，随着研究方法的更新，研究角度的转换，以及研究层面的加深和扩大，彼此之间的分歧不仅无弥合的迹象，反倒几成相左互对、鼎足自雄的发展态势，似乎任何一方都自信自己经过探赜索隐，已为《长恨歌》切中了主题的脉搏。可以说，围绕《长恨歌》主题的争辩，从来就未曾停止过。显然，对《长恨歌》主题的研判、界定，早已成了中国古典文学研究领域里的难题之一。当然，与此相关，它也就自然成了《长恨歌》研究中的热点、重点之一。

纵观中国古典文学，没有哪一篇作品能让如此多的人投入如此多的时间、精力去为它的主题的归属大鸣大放、争论不休。这是《长恨歌》的不幸，但同时也是它的荣幸；这是一个令人费解的问题，但同时也说明它是一个富有价值的问题。既然《长恨歌》激起了无数读者的浓厚兴趣，对其主题的研判又耗费了无数代人的心血，其主题的归属至今尚无一个令人信服的结论，那么，我们就有必要、有责任对《长恨歌》继续予以关注，以便对其主题作出一个明确且可信的界定，以此还《长恨歌》以本来面目。下文拟在尊重作家的创作倾向，紧紧追步文本，并在结合作家当时的创作心境，以及联系中唐时期的审美思潮的基础上，以客观而平实的态度，首先对《长恨歌》的主题归属问题作一番探讨。

第一节 "讽谕说"回望

《长恨歌》诞生后，"讽谕说"便如影随形地产生了。从那时起，"讽谕说"就成了贯穿至今、长盛不衰的一股历史的、文化的力量，始终处于无法摆脱的、霸道的正统地位，古代如此，现代如此，当代研究依然如此。在目前所形成的三派代表性观点中，从总体上看，"讽谕说"可以说是历史最悠长、影响最持久、势力最强大的一派。《长恨歌》主题研究中的不确定现状，在很大程度上与"讽谕说"的实力有极大关系。任何试图解读《长恨歌》的人，都不能不受到此说的影响。可以毫不夸大地说，"讽谕说"是造成《长恨歌》主题研判混乱无序的关键性因素。

我们知道，"讽谕说"由来已久，且坚持此说者多是深得古典文学精髓的大家。他们各自以其在文学界、史学界特殊的身份和地位，对《长恨歌》主题作了举足轻重的评点阐释。"讽谕说"能延续下来，恐怕与这些名流大家发凡起例的特殊"贡献"不无关系。从"讽谕说"沿革的历史看，大致经历了三个阶段。

一 古代（"五四"以前）

与白居易同时代的陈鸿首开其端。他最早对《长恨歌》的主题作了被后代误认为是代白氏直陈其意图的权威性解释："意者不但感其事，亦欲惩尤物，窒乱阶，垂于将来也。"① 其后，各代都有纷纷出来附合、助阵者，如明代的唐汝询曾明确表述道："此《长恨歌》讥明皇迷于色而不悟也。"② 清代的沈德潜亦不无感叹地认为："《长恨歌》讥明皇迷于色而不悟也。以女宠几乎丧国，应知从前之谬戾矣。"③ 下诏

---

① 朱金城：《白居易集笺校》，上海古籍出版社1988年版，第659页。
② （明）唐汝询：《唐诗解》，河北大学出版社2001年版，第432页。
③ （清）沈德潜：《唐诗别裁集》，中华书局1975年版，第119页。

编撰《四库全书》的爱新觉罗·弘历在《唐宋诗醇》中亦对"讽谕说"推波助澜,他认为《长恨歌》"哀艳之中,具有讽刺。……发乎情而不能止乎礼义者戒也"①。以上几人中,陈鸿是小说家,唐汝询和沈德潜是正统的封建文人,爱新觉罗·弘历是皇帝。尽管时代不同,但他们的认识却是如此的一致。

二 现代("五四"至新中国成立)

影响最大的是文史兼治、学贯古今的大学者陈寅恪。他在《元白诗笺证稿》一书中,以翔实的考证、严密的论证,对"讽谕说"的观点作了进一步的发挥。陈先生是隋唐五代史的专家,他不仅从历史的角度出发,采用"以史证诗"的研究方法,而且,他还把白居易及其诗作看成是统一的自在系统:一方面,强调《歌》《传》不可分割的整体性,认为陈鸿的意图就是白居易的意图;另一方面,又联系白居易的新乐府诗《李夫人》《胡旋女》等来印证、类推《长恨歌》的讽谕主题。同时,陈先生还结合白居易的诗论和创作主张来框定《长恨歌》的讽谕主题。由于陈寅恪是唐代文史研究大家,无论是史料的发掘,还是字句的笺释,都有过人的独到之处,他的一些论点一直被后来持讽谕主题者奉为圭臬。

三 当代(新中国成立至今)

新中国成立以后对《长恨歌》主题的研究,形成了前所未有的浩大局面。这主要表现在不仅出现了数目可观的一大批论文,如周煦良的《〈长恨歌〉的恨在哪里》(《晋阳学刊》1981 年第 6 期),华仲彦的《重论〈长恨歌〉的主题思想与艺术特点》(《河南师范大学学报》1982 年第 5 期),刘西健的《〈长恨歌〉主题思想新探》(《人文杂志》1982 年第 4 期),李绪恩的《〈长恨歌〉主题新辨》(《武汉大学学报》1991 年第 4 期)等,而且还出版了以《长恨歌》主题研究为重心的专著,如周天的《〈长恨歌〉笺说稿》。这些文章或专著,都不同程度地为"讽谕说"呐喊助威。尤其是《〈长恨歌〉笺说稿》,几乎巨细无遗地概括了"讽谕说"的见解,可谈得上是对陈寅恪"笺证稿"论述的

---

① 陈友琴:《白居易资料汇编》,中华书局 1962 年版,第 286 页。

进一步深化和补正。它在史料的搜求方面做得更为周备详切，同时，还以现代文艺理论为利器，对《长恨歌》作了深入的探讨。因此，此部专著在巩固《长恨歌》讽谕主题方面可说是再建了新功。王拾遗的《白居易传》，虽不以《长恨歌》为研究重心，但在该书第二章《一落风尘下，方知为吏难》中即有如下一段论述："《长恨歌》的积极作用，还在于它是以写男女生离死别的爱情，从而表达出诗人的严肃见解：'惩尤物，窒乱阶，垂于将来也。'白居易对这位先朝皇帝唐玄宗的荒淫生活进行批判，是与当时他的政治思想分不开的。……白居易认识如此，对唐玄宗由于奢欲而酿成的安史之乱，几乎弄得国将不国，怎么还会去歌颂所谓的李杨爱情呢？《长恨歌》深受人民喜爱，争相传颂，主要是因为人民对唐玄宗的荒淫误国也是有所非议的。"[1] 很显然，王先生是承认、主张"讽谕说"的。除此而外，自 60 年代以来，相继出版的一批文学史如游国恩的《中国文学史》，中国社会科学院文学研究所编写的《中国文学史》，刘大杰的《中国文学发展史》，马积高的《中国古代文学史》，郭预衡主编的《中国古代文学简史》，阮忠的《唐宋诗风流别史》，章培恒、骆玉明主编的《中国文学史》等，虽然在关于《长恨歌》的主题确定方面未必持绝对的"讽谕说"，但它们共同的基本倾向是认为《长恨歌》中包含着一定讽谕成分。进入 21 世纪，学界研究《长恨歌》的兴致益发浓厚，出现了两部以《长恨歌》为专题研究的学术论著。一部是周相录先生的《〈长恨歌〉研究》（巴蜀书社 2003 年版），另一部是张中宇先生的《白居易〈长恨歌〉研究》（中华书局 2005 年版）。两部论著均以严谨求实的态度，对相关问题进行了深入探讨，材料翔实，视角独特，在学界产生了较大影响。

第二节 "讽谕说"检讨

英国哲学家及哲学史家罗素曾就学术批评的正确态度有过如下一段精辟论述。他说："研究一个哲学家的时候，正确的态度既不是尊崇也不是蔑视，而是应该首先要有一种假设的同情，直到可能知道在他的理

---

[1] 王拾遗：《白居易传》，陕西人民出版社 1983 年版，第 56 页。

论里有些什么东西大概是可以相信的为止。惟有到了这个时候，才可以重新采取批判的态度，这种批判态度应该尽可能地类似于一个人放弃了他所一直坚持的意见之后的那种精神状态。蔑视便妨碍了这一过程的前一部分，而尊崇便妨碍了这一过程的后一部分。"① 基于这样一种批评态度，笔者试对自《长恨歌》问世以来即开始出现并持续流行的"讽谕说"进行一番辨析、研讨。

从文学史的流程看，"讽谕说"最具声威。但以此说来解读《长恨歌》，总不免给人造成一种无法理喻的矛盾。而且，越往下读，这种矛盾的分量就变得越大，直至结尾，禁不住让人困惑得不知所措。这一欣赏障碍，笔者以为，在很大程度上与"讽谕说"的导读同《长恨歌》固有的倾向之间出现了严重的偏差不无关系。其实，倘若我们不受"先见"的左右，并从尊重作家、重视作品的客观态度出发细加揣摩、推敲，我们将不难发现，推崇"讽谕说"的学者们，是在脱离文本、背弃作者本意的情况下，以比附、推演的方式拈出这一"讽谕"主题的。

一 关于陈鸿之意

806 年 12 月，在与陈鸿、王质夫同游仙游寺后，白居易接受朋友王质夫的提议，欣然命笔，创作了《长恨歌》。陈鸿借《长恨歌传》发表了自己对《长恨歌》主题的见解："意者不但感其事，亦欲惩尤物，窒乱阶，垂于将来也。"② 陈鸿是白居易的好友，《歌》与《传》都是在"话及此事，相与感叹"的背景下创作出来的；而且"歌既成，使鸿传焉"，是白居易主动邀请陈鸿为《歌》作传。此外，《歌》与《传》在创作的时间顺序上如同一先一后出生的双胞胎，故而，它们便轻易地被视为有血缘关系的姊妹篇。虽然从《歌》与《传》的外在联系上考察《歌》的主旨所在的方法无可厚非，但倘若仅从这些不足以证明其"必是"的现象上去推导《歌》的主旨，或仅从陈鸿自己之"意"去诠释《歌》的主旨，岂不是有点太轻率了吗？其实，只要稍稍

---

① ［英］罗素：《西方哲学史》，何兆武、李约瑟译，商务印书馆 1962 年版，第 67 页。
② 朱金城：《白居易集笺校》，上海古籍出版社 1988 年版，第 659 页。

花费点时间，思考、对比一下《歌》与《传》，我们将不难看出两者在立足点、创作倾向以及主题上的实质性区别。

（一）立足点不同

《歌》与《传》虽都取材于历史上的李杨之事，但两者所选用的体裁却迥然有别。《歌》采用的是流丽婉转的歌行体，《传》采用的是严肃正经的传记体。根据美学经验和文学规律，我们注意到，体裁的不同不仅有昭示内容、主题差异的可能性，而且也意味着内容对形式在选择上具有一定的自主性和必然性。这也就是说，有些内容、主题适合用诗的形式来表达，而有的内容、主题则适宜用小说或别的什么形式来表现。诗有诗意，传有传旨，受体裁的制约，诗与传考察、反映问题的立足点必然有别。黄永年先生对此亦讲过下面的观点："白居易的《长恨歌》只是用诗歌的体裁写的小说，并非史诗或现代的所谓纪实文学。"①

（二）倾向不同

白居易是"深于诗，多于情"的文学家，这决定了他对李杨故事的取舍必然地以情出之。从实际情况来看，白居易确实没有背离他诗人的角色。在《歌》中，他极尽咏叹之能事，始终围绕着"情"字，塑造了一对"生死相依跟着他"的痴情帝妃。《歌》明显体现出白居易择善从好的创作倾向，并显现出文学家的浪漫情怀。而对于陈鸿来说，由于受史学家价值观的影响，对重大历史性问题的认识必然地要服从于他的定势性思维模式，从而在其作品中流露出史学家冷静的惯性。单就对杨贵妃的描写来说，便透露出陈鸿刻薄多刺的怨气和怒气："繇是冶其容，敏其词，婉娈万态，以中上意。……非徒殊艳尤态致是，盖才智明慧，善巧便佞，先意希旨，有不可形容者。"②历史上真实的杨贵妃究竟是怎样的人，我们姑且不论，我们唯独关注的是这样的描写所体现出的作者的用意及其倾向。

（三）《传》冠《歌》戴

与上述两点相关，我们有理由相信，由于取材立足点不同，创作倾向有别，《歌》与《传》在主题上必定分道殊途。这是文学质的规定性

---

① 黄永年：《唐史十二讲》，中华书局2007年版，第78页。

② 朱金城：《白居易集笺校》，上海古籍出版社1988年版，第656—657页。

使然的东西，是不受主体话语揣测、推断的客观存在。虽然我们不能断定陈鸿之"意"必不是白居易之旨，但我们却敢言《长恨歌传》的意图未必定是《长恨歌》的意图。一个"意"字，本身就表明了它的主观性、不确定性。那种以"这一个"的或然性来武断"那一个"的必然性的态度，绝对是非科学的。从作品实际来看，《歌》着眼于李杨爱情热烈、凄婉、坚贞，而《传》则瞄准了李杨爱情的荒唐、困惑、淫荡。既然着眼点各别，岂可《传》冠《歌》戴？陈鸿本已有自作主张、以己心度他人腹之嫌，强行为《歌》带上了一顶"讽谕"的帽子，后代的评论家仍然以古老的标签再度错误地往《长恨歌》上硬贴，无乃过乎？

二 美刺原则扩大化

白居易是中唐写实讽谕诗派的领袖人物。在中唐各种社会矛盾日趋尖锐化、表面化的历史进程中，白居易以现实主义原则来规范、自律其创作，曾经提出了一系列诗论主张。如"为君为臣为民为物为事而作，不为文而作也"①"欲开壅蔽达人情，先向歌诗求讽刺"②"风雅比兴外，未尝著空文"③"文章合为时而著，歌诗合为事而作"④，等等。以上这些观点主张，虽散见于白居易的诗文中，但却鲜明地体现了他以政治和教化为先的文学价值观。正是受此文学观的影响，《长恨歌》被不适地以讽谕诗对待。

（一）诗论主张被滥用

中国诗论，由于受传统的君臣观念及儒家诗教的影响，大抵以是否有益于"箴规"和"劝诫"为准的，并以此来评判和衡量诗歌的高低优劣。"从汉代以来，经生们竟把国风中那些劳人思妇吟咏性情的诗篇，都说成了赞美某人，或讽刺某人之作，以致把那些活生生的文学作品，都变成了死板板的教条。……就连最平实的毛传，也必得穿凿附会地说某诗是美某人，某诗是刺某人，用以表现褒贬之意，而希望在政治

---

① 朱金城：《白居易集笺校》，上海古籍出版社 1988 年版，第 136 页。
② 同上书，第 263 页。
③ 同上书，第 5 页。
④ 同上书，第 2789 页。

和教化上发生作用。说诗的人，能就上述的两点去发挥，才合乎通经致用的原则。"① 不难发现，白居易的诗论主张基本上是遵循着这样一条既定的道路向前推进的。所以，他的主张往往被看成是放之四海而皆准的尺码。有的诗论家，鉴于白居易的美刺诗论观，便不分青红皂白，以此来度量、反观他的诗歌创作，从而认为"讽谕说"作为《长恨歌》的主旨不仅吻合儒家微言大义的诗教观，而且与白居易的诗歌主张也完全切近。因此，将《长恨歌》的主旨定性为"讽谕"，不仅是合情合理的，而且是天经地义、毋须怀疑的。然而，毫无疑问，这样做就犯了乱用滥套的原则性错误。一些论者无法接受像白居易这样高倡"篇篇无空文，句句必尽规。……惟歌生民病，愿得天子知"② 的诗人，会写出情柔语丽的《长恨歌》这一事实。所以，从感性和理性的主观愿望出发，他们非得将白氏置于讽谕诗人的位置上，方觉心安；非得将《长恨歌》主题定性为"讽谕"，才觉贴切。强自将白居易的诗论主张乱驱遣、贴标签，这是对作者的不尊重；无视不同诗歌的特性，而欲以同一尺度进行剪裁，这是对作品的玷污；试图一厢情愿地拔高作品的思想性，这是对读者的瞒和骗。科学研究必须从客观事实出发，不应该受到世风的一时左右或掺杂过多的主观意志。

（二）抹杀讽谕诗与感伤诗的区别

美刺原则扩大化在《长恨歌》主题研究中的另一表现是抹杀讽谕诗与感伤诗的区别。元和十年，白居易在《与元九书》中，曾明确把自己的诗歌创作划分成四类，其中对讽谕诗和感伤诗划分的原则作了如下说明："自拾遗来，凡所遇所感，关于美刺兴比者，又自武德讫元和，因事立题，题为新乐府者，共一百五十首，谓之讽谕诗。……又有事物牵于外，情理动于内，随感遇而形于叹咏者一百首，谓之感伤诗。"③ 由此我们清楚地知道，白居易对他诗歌的分类是有明确的标准和依据的，他绝不是随随便便地胡乱划分的，而是以负责的态度为我们拟订了纲领性的"阅读指南"。有的主讽谕说者，无视白氏将

① 转引自林树明《女性主义文学批评在中国》，贵州人民出版社 1995 年版，第 147—148 页。
② 朱金城：《白居易集笺校》，上海古籍出版社 1988 年版，第 43 页。
③ 同上书，第 2794 页。

《长恨歌》划归在感伤诗中，千方百计地搜罗他继《长恨歌》创就三四年之后所写的《胡旋女》和《李夫人》等诗来证明《长恨歌》的主题是讽谕。被一些论者引用最多的莫过于"中有太真外禄山，二人最道能胡旋。……贵妃胡旋惑君心，死弃马嵬念更深"①"又不见，泰陵一掬泪，马嵬坡下念杨妃。纵令妍姿艳质化为土，此恨长在无销期。生亦惑，死亦惑，尤物惑人忘不得"②。毋庸讳言，从这两首诗的主旨来看，在白居易的世界观中确有君王不应被女色所迷的思想。但是，这两首诗遵循的是"首章标其目，卒章显其志"③的讽谕诗原则；而《长恨歌》遵循着感伤诗"情理动于内"的创作原则。在《长恨歌》中，我们丝毫看不出白居易对李杨的指责。坚持讽谕观点的人，为了支撑一己之说，却不惜抹煞讽谕诗与感伤诗的区别。如果在这一点上，我们不能坚守讽谕、感伤各自的立场、原则，那么势必会造成讽谕、感伤混为一谈的局面，说不准哪天还得为《琵琶行》找寻可对应的讽谕诗篇呢！

（三）矛盾的世界观不等于矛盾的主题

白居易在他的几类诗尤其是讽谕诗和感伤诗中，表现出了创作的矛盾性。这种创作上的矛盾，无疑源于作家矛盾的世界观。中国古代知识分子恪守着学而优则仕的人生哲学，他们既要实现治国、平天下的壮举，同时，又要以著书立传来张扬自己出仕的宏愿大志。当他们步入仕途后，"兼济天下"的志向往往显得凌厉卓拔。于是，他们就暂时表现出对政治和民生宗教般的热情和关心。白居易的《秦中吟》《新乐府》大约就是在这样的价值观念和政治信仰驱动下创作出来的。然而，古代的政客（士大夫）往往又兼具骚客的身份。这一身份要求他们以奇情幻想的方式来讴歌生命的亮点，弥补生活的缺憾。在艺术领域，情感无疑是影响和规定创作的最主要的因素，是诗情天性最主要的动力之一：没有感情，就没有诗人，也没有诗歌。白氏自己也认为"感人心者，莫先乎情"，因此，那些被政客身份所压抑的骚客情感，最终要奔进而

---

① 朱金城：《白居易集笺校》，上海古籍出版社1988年版，第162页。
② 同上书，第237页。
③ 同上书，第136页。

出，形成一股难以遏制的人性洪流。正因如此，在白居易的诗篇中就出现了这样奇特的矛盾景观：一面高举着封建正统观念的利剑，砍伐着遮蔽了道德光芒的生命绿树；一面又弹奏着悠扬的生命协奏曲，倾说着被埋葬了的一切有价值的生命的真谛。比如在《李夫人》一诗中，一方面说"生亦惑，死亦惑，尤物惑人忘不得"①，另一方面却又说"人非草木皆有情，不如不遇倾城色"②。在同一首诗中，出现了截然相反的矛盾认识，其根源大约就在人的矛盾性。说具体点，在于封建文人固有的感性与理性的矛盾性。但是，由矛盾的世界观所造成的作品矛盾的情况不是总会出现在每一篇诗作中的。事实上，在对同一问题的认识上，我们不能要求作家非如此不可。他既可以从这个角度去观察，又可以从别的角度去把握；此一时有这样的创作需求，彼一时又有那样的创作目的。这些从不同角度反映生活本质的做法，自是无可厚非，且应得到尊重。有的论者正是不能明了作家矛盾的世界观在同一作品或不同作品中的正常表现，不懂得取舍角度的自由性、丰富性，才断然以《李夫人》中所出现的创作矛盾简单地去类推《长恨歌》的主题，以为《李夫人》中既有对杨贵妃的抨击之词，那么，在《长恨歌》中的杨贵妃就绝不可能是被讴歌的对象。在这种意识的支配下，有人就声称《长恨歌》具有如《李夫人》一样的主题，即讽谕女色惑主，告诫来者不可荒淫糜烂而至死不悔。甚至有些双重主题论者，也借此认为，既然《李夫人》诗中存在着创作矛盾，那么《长恨歌》中存在创作矛盾亦属无可惊怪的正常事。其实，我们通观《长恨歌》，它既不存在对李杨的揶揄、抨击，亦不存在前半部分讽刺、后半部分歌唱的矛盾。作品与作品的主题不同，这是再正常不过的文学常识，矛盾的世界观并不能造成所有作品都一律出现主题矛盾，这也是再正常不过的文学常识。

三 对《歌》之倾向的枉解

"讽谕说"者最仰仗的内证材料莫过于《长恨歌》第一部分中的某些诗句。清代的乾隆皇帝在《唐宋诗醇》中就有过如下一段议论："居

---

① 朱金城：《白居易集笺校》，上海古籍出版社1988年版，第236页。
② 同上书。

易诗词特妙，情文相生，沉郁顿挫，哀艳之中，具有讽刺。'汉皇重色思倾国'，'从此君王不早朝'，'君王掩面救不得'，皆微词也。'养在深闺人未识'，为尊者讳也。欲不可纵，乐不可极，结想成因，幻缘奚罄，总以为发乎情而不能止乎礼义者戒也。"① 笔者以为，这段话里包含以下三层意思：第一，《长恨歌》的主旨是讽谕、劝戒。第二，"汉皇重色思倾国"② 等句，是对唐玄宗的批评之词。第三，"养在深闺人未识"是为大唐天子遮掩丑行。的确，任何试图驳倒"讽谕说"而主他说者，都不得不认真对待、思考这些令人困惑、费解的棘手问题。或许以前力主"爱情说"者，未能很有说服力地回答这些问题，或是在未及彻底探实底部的情况下就匆忙立论，因而招致其主张由于缺乏坚实的信心支撑而常不禁风雨，自身难保。下面就上面涉及的三个问题，谈谈笔者的理解。

（一）"重色"而非"好色"

几乎所有持"讽谕说"者都断言诗篇首句"汉皇重色思倾国"为全篇奠定了基调，并成为全篇的纲领，其中，尤为显眼、最能说明问题的是"重色""倾国"两词。不错，我们也承认这两词不仅是理解该句的难点，而且也是解读全篇的关捩所在。

主"讽谕说"者普遍认为，"倾国"使用的是汉武帝、李夫人之典，并且其功能具有双关意，即它既代指美艳绝伦的女子，又语含因女色而亡国覆国之意。因此，"倾国"一词的特殊用意在于暗示那些不顾一切，甚至不惜以失一国为代价以求博得红颜的荒唐行径。甚或有的论者再联系后面诗情的发展，无不叹息地说"思倾国果倾国矣"。这样看来，"倾国"一词是由美丑、善恶复合而成的不祥符号。但是，谁都清楚，历史上的汉武帝既没有过分沉溺声色享乐（按：我们不能苛求富有特权的皇帝具有和当时的平民百姓一样的婚姻、伦理观；我们亦不能奢望一夫多妻制的封建皇帝与一夫一妻制的今人依据同一的评判标准），亦没有因女色而亡国。如此，"倾国"的双关讲法实难立

---

① 陈友琴：《白居易资料汇编》，中华书局 1962 年版，第 286 页。
② 以下所引《长恨歌》诗句均见朱金城《白居易集笺校》，上海古籍出版社 1988 年版，第 659—661 页。

足。因为从逻辑学的角度讲，前提不真实，必然会推出虚假的命题。有人又认为“汉皇”代指的是大唐天子唐明皇，首句该释为“唐明皇贪好女色，期待着足可举国以抵的绝代佳人”。这样一来，似乎通贯全篇的意脉原来都是由“倾国”所发射出的，诗篇第一部分也都有着落了。但是，这样的理解却忽略了一个至为关键的问题，即“重色”非同于“好色”。

不可否认，“重色”与“好色”有语义相叠的部分——对女色抱有浓厚的兴趣，但两词的区别也是显而易见的：“重”是看重、重视、珍惜之意；而“好”是偏重、贪爱、嗜好之意。“重色”与“好色”不仅有程度上的浅深之殊，而且有词义上的褒贬之异，甚至可以说有德性上的高下之分、美丑之别。一旦弄清了“重色”与“好色”的异同，我们再来重新判断“倾国”一词，大概初步地可否定双关暗喻之说了。因为在七字短句中，作家遣词用语的倾向不可能混乱、矛盾到如此尖锐、背驰的地步。

为了彻底辨明“重色”与“好色”的不同，笔者觉得有必要再做以下补充解释：第一，“重色”一词绝非是“好色”一词的替换词。我们知道，在近体诗的创作中，时有因牵涉到对仗，尤其是平仄粘缀等问题而采取以此词代彼词的做法。然而，这种情况仅只符合近体诗创作的需求，至于其他类的古诗、歌行体大致均无此必要。更何况，“重色”与“好色”无论在词性上或调声上都无丝毫差异，即便真有迁就形式的必要，那么，两词在“形式”上均可互换通用，绝不会存在孰可孰不可的顾忌。因此，单从形式上权衡两词，没有任何理由表明在首句非用“重色”不可而绝然不宜用“好色”。依据以上的分析，我们即可断定，“重色”一词并非是出于形式上的需要而扮演着替代角色，它之所以被作者相中，自有其自身无法被替代的优势和理由。这个优势在于，“重色”一词有胜于“好色”一词更能准确表达作者主观倾向性的内涵；这个理由在于，作者本就要借“重色”一词来表露他对唐玄宗、杨贵妃爱情回护、称许、肯定的态度。第二，“好色”一词，是一个早已有之并延续至唐代仍存在的词语。早在春秋战国时期，“好色”一词便已见诸文章，如《管子·小匡》中就出现此词：“寡人有污行，不幸

而好色。"① 《论语·子罕》篇中亦可见此词："吾未见好德如好色者
也。"② 此外，宋玉的《登徒子好色赋》中也使用过"好色"一词：
"登徒子则不然，其妻蓬头挛耳，龂唇历齿，旁行踽偻，又疥且痔。登
徒子悦之，使有五子，王孰察之，谁为好色者?"③ 时至白居易时代，
"好色"一词同样可见于文学作品中，如白居易的好友元稹的《莺莺
传》中便出现此词："登徒子非好色者，是有凶行；余真好色者，而适
不我值。"④ 令我们欣慰和感兴趣的是，"重色"一词在唐代的文学作品
中也时有出现，如蒋防的《霍小玉传》中就有"重色"一词："生遂连
起拜曰：'小娘子爱才，鄙夫重色。两好相映，才貌相兼。'"⑤ 很清楚，
在唐代，"好色"一词仍然旺盛地存活着，它扮演着它固有的角色；
"重色"一词亦登上了文坛，它发挥着它应有的作用。从语言史的角度
考察，"好色"一词不仅使用频率高，而且其自身的内涵日渐明晰、稳
固。由此看来，"重色"一词被重用，纯粹是出于白居易的精心选择。
其所担负的作用显然是为表达诗人内心所特有的那一分小心呵护李杨爱
情的用意而服务的。由此可见，在唐代的语汇中，"重色"与"好色"
两词是并行而存的，它们同时出现在当时文学作品中，这就再清楚不过
地告诉我们，在唐代的修辞中，不存在"重色"与"好色"形异而质
同，因而可随时互做替身的可能。如此，我们即可得出以下结论："重
色"有"重色"的内涵，"好色"有"好色"的规定性；"重色"一词
所起的作用和体现出的创作主体的倾向性与"好色"一词所显示的用
意显然相去甚远。作者选择"重色"而非"好色"一词，毫无疑问乃
基于"重色"之意善而"好色"之意恶的思考，基于"重色"能准确
地表达他对李杨之事小心翼翼、谨慎善解、唯恐过失伤及的态度，而
"好色"不仅有污于唐明皇的形象且还会严重误导错传他善待李杨之本
意的判断。

　　倘若白居易果真要在《长恨歌》中宣扬什么惑君误国的讽谕主题，

① 戴望：《管子校正》，《诸子集成》第5册，中华书局1958年版，第129页。
② 杨伯峻：《论语译注》，中华书局1980年版，第93页。
③ 金荣权：《宋玉辞赋笺评》，中州古籍出版社1991年版，第102页。
④ 张友鹤：《唐宋传奇选》，人民文学出版社1997年版，第145页。
⑤ 同上书，第62页。

倘使他确欲在首句中就表明他对李杨的轻蔑态度，那么，通俗现成且颇具讽刺力度的"好色"一词为何偏偏为他舍弃不取而刻意精选了那么一个温和善意且与"倾国"一词的走向相抵牾的"重色"一词呢？可见，"重色"非"好色"，"倾国"非"覆国"。

（二）"杨家有女初长成"非为君讳

《旧唐书·玄宗诸子》传云："寿王瑁，玄宗第十八子也。"① 《新唐书·玄宗纪》云：（开元）"二十八年……十月甲子，幸华清宫。以寿王妃杨氏为道士，号太真。"② 根据两部史书的记载，我们得知，杨贵妃最初是唐玄宗第十八子寿王瑁的妃子，后唐明皇经不光彩的手段辗转收为自己的妃子。1000 多年前的历史婚变能否称是，不在本书的探讨范围之内。但是，在评述这段历史时，通常的情况是，任何人也无法闭上眼无视历史上曾经上演过的一幕有伤人伦风化的丑剧。尽管我们也能理解具有鲜卑血统的少数民族，其行事、断事的标准具有有别于汉民族的独特性，尽管我们也能从李世民纳嫂为妃，武则天投怀晚辈的反伦理中，为李隆基夺儿之妃找到同路人、同类项，并以历史历来如此的通达、宽容来冲削其罪孽的深重，然而，或多或少，我们总不能抹去历史的阴影，总觉得此事有些不道义，不符合传统文化。

这种感受也许能代表面对这段历史时所有人的心情。但是，历史是历史，文学终归是文学。白居易在《长恨歌》中，并没有拘泥于历史的本来面目，而是对这段历史依据他对文学本质规律的把握和活的运用，采用虚构、剪枝去叶的艺术化手段，对唐玄宗、杨贵妃的历史形象进行了大手笔的改造、重塑，使之焕然而为两个全新的文学形象。最典型的"美容手术"，莫过于对杨贵妃婚史的清纯化。

针对白居易将杨贵妃已侍寿王的历史隐去并改写成"杨家有女初长成，养在深闺人未识"的苦心处理，针对白居易将唐玄宗夺儿之爱的恶举包装、粉饰成"一朝选在君王侧"的合乎正道遴选的善意虚拟，不同的学者作出了相似的理解、判断。赵与时《宾退录》云："白乐天《长恨歌》书太真本末详矣，殊不为鲁讳；然太真本寿王妃，顾云'杨

① （后晋）刘昫：《旧唐书》，中华书局 1975 年版，第 3266 页。
② （宋）欧阳修、宋祁：《新唐书》，中华书局 1975 年版，第 141 页。

家有女初养成,养在深闺人未识',何也?盖宴昵之私犹可以书,而大恶不容不隐。"① 唐汝询《唐诗解》亦云:"杨妃本出寿邸,而曰'养在深闺人未识',为君讳也。"② 赵翼《瓯北诗话》则曰:"《长恨歌》自是千古绝作,其叙杨妃入宫,与陈鸿传选自寿王邸者不同。非惟惧文字之祸,亦讳恶之义,本当如是也。"③ 三位学者都认为白居易作雅化处理的目的是为人君讳恶。但问题是,严格遵循正统信条的官修正史《旧唐书》《新唐书》何以要犯忌失讳?如嫌扯得太远,那么,唐代诗人如张祜、杜牧、李商隐为何可在诗篇中畅所欲言?④ 与白居易同时的陈鸿又为何在《长恨歌传》中直书历史而无讳恶之辞呢?难道白居易与陈鸿分别处于两种不同的文网氛围之中,是故白非讳不可,而陈可坦言明说?看来,为人君讳恶的解说存在虽能自圆却难以圆他的漏洞。

在中国的封建历史上,的确存在着为人君讳恶的正统观念。也许,上述论者正是沿着这种固有的思维定式,在那里一厢情愿地替白居易做着道明个中真情的努力。然而,这恰恰表明他们心中怀揣集聚着某种忧虑、困惑,即作为谙熟历史的白居易何以要避开历史的真实,曲意替李杨开罪说好话呢?既然白居易要在《长恨歌》中讽刺君王惑色误国,夺儿之妃的事难道不正是最具利用价值的讽刺材料吗?也许,他们觉得这种既暴露又遮掩的态度实难谐和统一,于是,便从为人君讳恶的僵化观念中去寻求理论支点,以期将白居易的主体态度牵引到既与"爱情说"彻底绝缘,又无伤"讽谕说"的思想高度。"杨家有女初长成"被曲解之所以是荒谬的,就因为其把文学作品看作人物的履历,看作历史文献,而这本身就是行不通的。因此,不能带着封建的、先验的观念去

---

① 《宋元笔记小说大观》,上海古籍出版社 2001 年版,第 4233 页。

② (明)唐汝询:《唐诗解》,河北大学出版社 2001 年版,第 432 页。

③ (清)赵翼:《瓯北诗话》,霍松林、胡主佑校点,人民文学出版社 1963 年版,第 42 页。

④ 张祜《雨霖铃》云:"雨霖铃夜却归秦,犹见张徽一曲新。长说上皇和泪教,明月南内更无人。"杜牧《过华清宫绝句三首》其一云:"长安回望绣成堆,山顶千门次第开。一骑红尘妃子笑,无人知是荔枝来。"其二云:"新丰绿树起黄埃,数骑渔阳探使回。霓裳一曲千峰上,舞破中原始下来。"李商隐《马嵬二首》其一云:"冀马燕犀动地来,自埋红粉自成灰。君王若道能倾国,玉辇何由过马嵬。"(四诗分别见彭定求《全唐诗》,中华书局 1960 年版,第 5844、5954、5954、6177 页)

解读文学作品。

那么，究竟该对白居易如此处理的目的作出怎样合理、正确的判断呢？笔者认为，白居易对历史作如此改头换面的美化处理，其目的只有一个，那就是一切为诗情、为主题服务。凡是可能损伤主题或与主题相左的材料一概加以"校正""净化"，使之有助于人物灵魂的纯洁，有益于人物形象的塑造，有利于文气的和谐、主题的集中。可以说，对杨贵妃婚史的清纯化处理，与"重色"而非"好色"的遣词乃是一脉相承的配套性文学手段，是白居易多方回护李杨形象的主观倾向的客观显现。据此可说，"杨家有女初长成"非是为君讳恶，而是意在为李杨爱情创造一个纯而又纯的发生背景。

（三）李杨之爱非荒淫纵情

除了错误地认"重色"为"好色"，把"杨家有女初长成"看成是为君讳，以此来推断《长恨歌》的主题是"讽谕"外，一些论者，无论是讽谕说者，或是双重主题说者（讽谕说与双重主题说指归虽异，但却都认为诗中含讽刺，这一点是共同的）都认为《长恨歌》的第一部分明显地呈现出讽刺的意味。如"诗的前半露骨地讽刺了唐明皇的荒淫误国"[1]"诗的前一部分，正是写唐玄宗由'思倾国'而怎样导出了一个'倾国'（国家倾覆）的结局的……诗人对李杨的荒淫生活是做了大胆地暴露和批评的"[2]。甚至有的文章不惜笔墨，肆意挞伐唐明皇、杨贵妃："从开头到'尽日君王看不足'，是前一部分，写安史之乱以前唐玄宗和杨贵妃的淫乐生活……他不择手段地求啊求，终于求到了杨贵妃。杨贵妃一到手，更刺激了他的'色'欲，他神魂颠倒，不能自已……于是，他就'春宵苦短日高起'，从此再也'不早朝'，'缓歌慢舞凝丝竹'，尽日看也'看不足'，完全沉溺于歌舞声色之中不能自已……他是一个不折不扣的色鬼了。为了更好地塑造唐玄宗这个色鬼的形象，作者又着力渲染了'恃色'邀宠的杨贵妃。'回眸一笑百媚生'、'侍儿扶起娇无力'、'春从春游夜专夜'、'金屋妆成娇侍夜，玉楼宴罢醉和春'，这一连串铺张而又细腻的描述，并不单是写她具有怎样得天

---

[1] 游国恩：《中国文学史》，人民文学出版社1963年版，第148页。
[2] 霍松林：《唐宋诗文鉴赏举隅》，人民文学出版社1984年版，第161—162页。

独厚的自然美'色'，更重要的是写她如何不放过任何一个可以利用的机会，向唐玄宗卖弄风情、'恃色'邀宠的……仅只因为'重'杨贵妃的'色'，竟可以让她'姊妹兄弟皆列土'，个个都飞黄腾达起来。由此不难想见，因为唐玄宗个人生活上的糜烂而造成的国家政治上的腐败，已经达到何等严重的地步。"① 笔者之所以大段地引出这类文章的论点，主要是想借此说明，在我们的研究中存在着多么严重的歪曲。如果对这些"批判"不能进行彻底的再批判，那我们将始终无法跳脱"讽谕说"的窠臼。

　　其实，稍有文学素养的人都明白，文学区别于史学的最大之处在于文学重在想象，史学重在理念。文学是"用语言文字塑造形象，反映社会生活的美丑属性、表现作者审美意识（情感、趣味、观点、理想）的艺术。……要求艺术家运用一定的审美意识，对现实生活进行审美掌握，通过艺术思维，创造艺术形象，诉诸人的审美体验"②。而史学是以研究历史现象、总结历史规律、提供历史借鉴为目的的逻辑推理科学，它所在意的是真实的存在。主讽谕说者戴着历史学的眼镜来审视属于文学艺术的《长恨歌》，他们总是习惯于用先入为主的历史学观念来解剖充满奇情遐想的文学作品。在他们的思想深处，似乎一切的文学作品都是历史的复制、再版，它们必定要服从于总结历史教训、提供历史借鉴这个大的历史学原则。但是，这种淆混文学与史学界限的做法是极其错误的，把文学作品当作历史著作来解读也是十分好笑的。文学发展到唐代，早已摆脱了先秦时代文史不分，甚至文学包裹在史学中的附庸地位。文学就是文学，它可以将历史的原貌打碎，通过作家的艺术虚构、加工重新捏合出既是历史而又非全是历史的文学形象。只要符合文学艺术的真实性原则，哪怕仅是借助历史的一点影子，以此来抒发作家所理解的、合乎真善美规律的情感、趣味，都是无可厚非，不该遭受指责的。

　　事实上，艺术形象的提炼往往不是唯一的，而是多维的。同一历史

---

　　① 雨辰：《形象大于思维的适例——也谈〈长恨歌〉的主题思想》，《郑州大学学报》1986年第2期。

　　② 王世德：《美学辞典》，知识出版社1986年版，第473—474页。

原型，我们既可以从这个角度去描写，又可以从别的角度去描写，只要这种描写不违背历史的真实与艺术的真实相结合的原则即可。我们所熟悉的王昭君，在文学作品中不知出现过多少面孔。后世文人咏王昭君的诗词有七八百首，戏剧有二十余种，展示出王昭君十分丰富的内心层面。有的作家欣赏其自请和蕃的爱国主义精神，有的则着眼于她幽闭汉宫的失意、孤寂，有的感喟其远嫁边塞去国怀乡的幽怨，有的则庆幸她弃汉入胡、寻求幸福的明智抉择。白居易也曾有过咏叹王昭君的诗歌，其中写于17岁时的《王昭君二首》中的一首是这样写的："汉使却回凭寄语，黄金何日赎蛾眉？君王若问妾颜色，莫道不如宫里时！"① 其中流露出王昭君满怀希冀的回归之情及无限眷恋君王的微妙心理。然而，在另一首写于元和十年（815）的《昭君怨》中，诗人替王昭君抒发了别样的情怀："明妃风貌最娉婷，合在椒房应四星。只得当年备宫掖，何尝专夜奉帷屏？见疏从道迷图画，知屈哪教配虏庭。自是君恩薄如纸，不须一向恨丹青！"② 显然，此诗中的人物充满了令人咋舌的怨尤愤懑之情。此外，还有写于贬官江州司马，又量移忠州刺史赴任途中的《过昭君村》："村中有遗老，指点为我言：'不取往者戒，恐贻来者冤，至今村女面，烧灼成疤痕。'"③ 白居易用灼面成瘢的材料，表达了民风对选美入君门的警觉、恐惧和埋怨之情。同是一个王昭君的题材，何以前后出现如此复杂的感情变化，时而恋、时而怨、时而恨呢？倘若我们用僵化的观点看问题，简直要大骂白居易是一个前后矛盾、反复无常、出尔反尔、立场摇摆不定的家伙。但是，如果我们从文学的丰富性去加以理解，无论是《王昭君二首》，还是《昭君怨》，或是《过昭君村》，都是白居易对历史人物的创造性转述，而且，任何一种感受都是真实、确切的，是白居易特定心态演变轨迹的留存显现，是值得肯定而无须怀疑的。

古人有古人的爱恋方式，帝妃有帝妃的特殊之处。我们不能设想，唐代的恋人像今天的恋人一样可以看电影、进歌厅、逛大街、游山水。

---

① 朱金城：《白居易集笺校》，上海古籍出版社1988年版，第870页。
② 同上书，第1051页。
③ 同上书，第578页。

古人恋爱的方式必然地要受到他们那个时代的生活方式、生活条件的限制。帝王和妃子的爱恋既有超出普通人的自由性，又有不及普通人的不便处。帝王和妃子，总是处于上流社会的最高层，物质基础坚实无虞，不存在衣食油米的困扰问题。因而，在普通人看来，帝王和妃子既已没有物质的顾虑，便足以保证他们的爱恋进入一个绝对畅快的境地。然而，这仅是市井细民从自身的条件、感想出发所虚拟的帝妃之爱。事实上，问题又比这复杂得多。古代的帝妃往往会受到各种各样的政治戒律、祖宗戒律的限制和束缚，几乎没有哪一对帝妃可以随心所欲地畅游爱河而不受到来自各方面的警告、监督、制衡。但是，什么事情都会有例外，普遍性不可能囊括所有的特殊性。《长恨歌》中的唐玄皇、杨贵妃便是一对既高出历史生活又超越历史之恋的恋人。

一些论者认为，《长恨歌》第一部分中的某些句子，如"春宵苦短日高起，从此君王不早朝"，是对唐玄宗因宠爱杨贵妃而荒淫废政的讽刺。认为这两句的功用是讽刺，这不仅与对这句诗中的字义的误解有关，而且又对白居易的用意错误判断有关。不了解唐代早朝制度的人，抓住"从此君王不早朝"这一句，说唐玄宗贪恋女色而荒于朝政——连班都不上了。事实上，唐代的早朝只是一种形式，并不解决任何实质性的问题。唐太宗初期，一日一朝；贞观十三年（639）十月三日，房玄龄奏请："天下太平，万机事简，请三日一临朝。"① 唐高宗时代，五日一朝。武则天、唐中宗时，每十日一早朝。开元初，玄宗不是天天都要受群臣贺拜。所以，早朝制度时有变动。一般说来，大多是初一、十五、月底必须坐朝。有时三日一朝，有时五日一朝。所以"不早朝"，并不意味着荒于政事，我们也没有必要在"不早朝"上面大做文章。但是，"不早朝"的"不"字，在此处显然是个全能的否定副词，无论是多长时间一朝毕竟还有"朝"的形式的存在和这种形式所附带的一定的意义，现在居然完全放弃了或多或少总有其价值的"早朝"，这不是荒废朝政又是什么？其实，这样理解就是死解，可以说完全没有领会白居易的真实用意——以此衬托唐明皇对杨贵妃的迷恋程度。《诗经》中有这样一首写丈夫贪爱的诗："鸡既鸣矣，朝既盈矣。

---

① （宋）王溥：《唐会要》，中华书局1955年版，第455页。

匪鸡则鸣,苍蝇之声。东方明矣,朝既昌矣。匪东方则明,月出之光。虫飞薨薨,甘与子同梦。会且归矣,无庶予子憎。"① 这是通过夫妻对话,写了丈夫留恋床第,而妻子则担心他误了早朝。作品从不同的侧面和角度,写了他们之间深厚诚挚的爱。读了这首诗,我们被这位男子的多情与妻子对丈夫的关心所感动,有谁去追究他的误早朝呢?这位小臣对妻子的情深意浓,才是此诗的诗眼所在,也是最能感动读者的地方。至于他是否早朝的问题,则是读者所不关心的。如果读此诗而责怪这位小臣贪恋女色而不及时上班,恐怕是抛美玉而捡碔砆了。以此类推,白居易《长恨歌》中"从此君王不早朝"其意也不在写皇帝的荒淫废政了。诗人之所以写他"不早朝",盖夸言其与杨氏情深意浓也。

通过对"从此君王不早朝"的分析,我们心中大约就有了一杆衡量李杨爱情的尺码了。结合对"重色"而非"好色"的理解,如果我们带着艺术的眼光,并放眼全篇的总体倾向,再来读读诗篇第一部分的某些诗句,就会顺眼得多,通畅得多:"回眸一笑百媚生",不再是对杨贵妃所谓的妖姿狐态的摹写,而是对其充满魅力的倩笑的传神描写;"从此君王不早朝",不再是对唐玄宗荒于政事的指责,而是对其痴情挚爱的渲染;"三千宠爱在一身",不再是对唐玄宗施爱一身、杨贵妃夺尽人爱行为的不满,而是对唐玄宗用情专一的称许;"姊妹弟兄皆列土",不再是对杨氏姊妹恃宠皆贵的针砭,而是对唐玄宗爱屋及乌而"爱心大奉送"的夸饰;"缓歌慢舞凝丝竹,尽日君王看不足",不再是对李杨只知一味逸乐的讽刺,而是对他们知音互赏的尽态极妍的吟咏。所谓"三千宠爱在一身",所谓"度春宵""夜专夜""醉和春",正是发生在皇宫里的帝妃情爱的特殊印记;所谓"姊妹弟兄皆列土",所谓"不早朝""看不足",正是这对情痴意浓的帝妃沉浸在爱河中的有力佐证。或许这样的理解亦不免"牵强",令习惯于用讽谕眼光来审视这类诗句的论者不忍卒读,但既然有"诗无达诂"的古训,我们又何妨依据一个统一连贯的倾向,换个"说法"来梳理、解读这篇高度艺术化的诗章呢?对此,周相录先生亦有近同的见解:"其实,上面所提到的'讽谕主题说'作为主要武器之一的'春宵'一联及'姊妹'二联,

① 周振甫:《诗经译注》,中华书局 2002 年版,第 134 页。

又何尝不是在写李隆基对杨玉环的挚爱呢？爱因斯坦曾幽默地说：和心爱的姑娘促膝而谈，一晌儿宛如一刻钟。时间苦短，不是因为沉浸于热烈的爱情么？成语有云'爱屋及乌'，施宠及'乌'，不是因为'爱屋'才有的么？……从作品中我们看到，李隆基与杨玉环本意并非要以权谋私，干乱朝政，而是在追求人间至爱。"①

　　需要再提到的是，第二部分开头两句"渔阳鼙鼓动起来，惊破霓裳羽衣曲"，也许会横亘在我们试图理顺诗章的思维连线上，似乎很难将其"重色误国"的成分洗去抹掉。有一些论者，正是死抠这两句诗而大肆发挥的："诗人又以'渔阳鼙鼓动起来，惊破霓裳羽衣曲'深刻揭示了正是由于李杨的纵情误国，才造成了这样的社会危机。"② "这样把'渔阳鼙鼓'与'霓裳羽衣曲'联系起来，就十分明显地显示了唐玄宗与杨贵妃的淫乐是导致安史之乱爆发的原因，体现着'重色误国'的诗旨。"③ 其实，这样的理解是毫无道理、站不住脚的。首先，这两句诗是诗篇由第一部分转入第二部分的承启之句。在场景的切换、形势转变的客观陈述过程中，作为叙事诗的《长恨歌》，不可能绕开诗情发生陡转的关键性部分，这也就是说不得不做如是的客观交代。其次，这两句诗的功用在于交代"安史之乱"的爆发以及由此所造成的与作品主人公性命攸关的危害的巨大性、严重性，因为这是造成李杨生死离别的宏观动因、直接原因，是不能不写到的事情。我们注意到，作者在赋予这两句诗传递信息的功能时，运用揭过法，仅用一二句诗就写了整个安史之乱的发生，其概括、凝炼实在无与伦比，这也是白居易为避免从政治视角触及李杨罪责而巧妙地回避敏感史实的良苦用心之所在。同时，白居易在这两句诗中尽最大可能避免了使用粗鲁之词、刺眼之词。倘若白居易真要渲染"安史之乱"的惨状，并以此来逗起读者对这场灾难制造者的痛斥，恐怕我们读到的《长恨歌》会是另外的样子。再次，《霓裳羽衣曲》在历史上的审美价值与《玉树后庭花》之类的亡国

---

　　① 　周相录：《〈长恨歌〉研究》，巴蜀书社 2003 年版，第 100 页。

　　② 　于成国：《浅谈〈长恨歌〉矛盾性形成的原因》，《齐齐哈尔师范学院学报》1992 年第 4 期。

　　③ 　雨辰：《形象大于思维的适例——也谈〈长恨歌〉的主题思想》，《郑州大学学报》1986 年第 2 期。

之音决不可同日而语，两者在人们情感心理中的印象自有浑成大美与柔靡纤巧之别。金学智先生在《〈长恨歌〉的主题多重奏——兼论诗人的创作心理与诗中的性格悲剧》一文中，用大量的笔墨，论述了白居易对《霓裳羽衣曲》喜爱的种种音乐的、审美的、教化的原因，并从而指出："正因为这些原因，白居易对此曲有着长期的心理积淀和愉悦的情感共鸣。……不堪设想，一个正直的诗人、音乐的行家，对亡国之音会有如此兴趣。"[1] 综上，我们认为，白居易是以《霓裳羽衣曲》的宏大场面被打破，来明示大唐江山遭尘蒙难的历史，来暗示人物命运的转折。其陈说的语气并非一种终致劫难的揶揄、毁谩，而是充满了惋惜、伤痛之意。因此，这两句诗对我们把握作者的情感倾向的连贯性、整体性丝毫不构成任何威胁。相反，弄清楚了它的真正作用和意图，还会在一定程度上加强我们对总体理解、研判的信心。

四 质疑婉讽

《长恨歌》是李杨题材诗歌中的经典之作，是李杨故事文学的源头和雏形，围绕它的主题学界一直争论不休。主要原因在于《长恨歌》本身具有不同方向的解说性质和无穷的艺术魅力，读者与作者之间对其定位又存在矛盾。《长恨歌》前部分主要叙述了李杨的如胶似漆、沉溺爱河，后部分主要描写了李杨生死两隔的相思之情。陈鸿的《长恨歌传》认为《长恨歌》是讽谕之作，是为了"惩尤物"，而白居易将其归类为"感伤诗"。如此纷繁复杂的创作和定位，必然导致《长恨歌》的接受和解读出现众说纷纭的局面。

张中宇先生的《白居易〈长恨歌〉研究》是近年来《长恨歌》主题研究的集大成者。该著作全面介绍了学界对《长恨歌》主题研究的状况，将各种观点分为六类：爱情说、隐事说、讽谕说、感伤说、双重及多重主题说、无主题与泛主题说，并重点就"爱情说"和"讽谕说"展开辨析。"爱情说"认为，《长恨歌》反映了帝妃之间的真挚情感，歌颂了坚贞专一的爱情，甚至在某种程度上寄托了白居易与湘灵的初

---

① 金学智：《〈长恨歌〉的主题多重奏——兼论诗人的创作心理与诗中的性格悲剧》，《文学遗产》1993 年第 5 期。

恋。"讽谕说"认为,《长恨歌》暴露了李杨奢侈溺爱的生活,揭示了女色祸国的道理,劝诫后世君王勿重蹈覆辙。张中宇先生否定了"爱情说",在讽谕说的基础上提出了"婉讽主题",认为《长恨歌》是用抒情的方式表达了讽谕的主题,"不是简单地批判、揭露统治者的荒淫无耻、腐朽堕落,而是以帝、妃深情之珍贵无可挽回的逝去这种切身之痛感染帝王——不取愤激批判,而以深情劝说"。①"婉讽主题"虽然在"爱情说"与"讽谕说"之间找到了一个契合点,但它仍然属于"讽谕说",只是进一步发展了"讽谕说"而已,且其中有诸多值得商榷之处。

首先,张中宇先生通过对"一篇长恨有风情,十首秦吟近正声"的考辨,说明白居易所言的"风情"与"正声"相似,是指隐刺含蓄的政治诗,因而《长恨歌》具有风诗之情,婉转讽刺之意。但是张中宇先生却没有对"风情"的整体含义作出明确的考辨,只是围绕着"风诗"做文章,即便"风诗"具有婉讽的效果,但用先秦《诗经》的"风诗"含义强加于唐朝的"风情"头上未免显得生硬和牵强。纵观古代文学对"风情"一词的使用,"风情"更倾向于指代风韵情感。如孙棨在《北里志·俞洛真》中云:"洛真虽有风情,而淫冶任酒,殊无雅裁。"②"风情"虽不能直接等同现代意义上的爱情,但包含男女之情是无疑的。

其次,张中宇先生举例说明了白居易的感伤诗反映了政治内容,进而论证白居易把《长恨歌》归为感伤诗不影响它的讽谕性质,似乎更有助于《长恨歌》的委婉风格。然则,张中宇先生混淆了政治内容和政治功能这两个概念。诚然,白居易有的感伤诗确实包含了政治内容,不光是感伤诗,闲适诗和杂律诗也有包含政治内容的情况。然而,有政治内容不等同于有政治功能,判断白居易的一首诗歌是否属于"讽谕诗",要看诗歌是否具有政治功能,而非政治内容。比较一下白居易其他两篇关于李杨故事的诗歌,《上阳白发人》和《江南遇天宝叟》,即可分晓。《上阳白发人》讲述了一位后宫之人被杨贵妃妒忌,终老宫苑

---

① 张中宇:《白居易〈长恨歌〉研究》,中华书局 2005 年版,第 178 页。
② (唐)孙棨:《北里志》,古典文学出版社 1957 年版,第 35 页。

的悲剧人生；《江南遇天宝叟》则借一位看守行宫的老叟之口，回忆李杨故事和安史之乱，通过今昔对比寄托作者的伤感情怀。《上阳白发人》和《江南遇天宝叟》都有李杨故事，都有政治内容，相比较而言，后者的政治内容更多，更具有现实意义，但白居易把《上阳白发人》归为讽谕诗，而把《江南遇天宝叟》归为感伤诗。之所以如此归类的原因在于，《上阳白发人》是作者身为谏官时所作，目的是讽刺杨贵妃专宠，劝诫君王释放后宫内人；而《江南遇天宝叟》是"事物牵于外，情理动于内，随感遇而形于叹咏者"，① 强调的是感伤之情。可见，白居易对讽谕诗和感伤诗是有明确的界定和判断的，讽谕诗的主旨是规谏君王，而感伤诗没有明确的指向，只有因事而发感慨。《长恨歌》归为感伤诗，已经非常明确地与讽谕主题划清了界限，它有政治内容，但没有政治的功能和意图。

最后，张中宇先生指出"爱情说"的两点局限：一是"爱情说"只把《长恨歌》前部对骄奢致乱的描写当作背景似有偏颇，二是"爱情说"违背了白居易"兼济天下"的文学理念。但这两点认识亦难立足。第一，"爱情说"没有把李杨骄奢的生活当作背景，相反把它当作李杨爱情的重要部分。虽然唐玄宗对杨贵妃的溺爱导致了严重后果，但这也是一种爱，可以说是君王特有的爱。"爱情说"既包含了李杨爱情积极的一面，也包含了李杨爱情伤感的一面，不能因白居易夸张的细节描写就否定《长恨歌》整体上对李杨爱情的刻画。第二，白居易"兼济天下"的思想是在元和二年（807）才逐步确立的，这年白居易任职翰林学士，进入了政治中心，在仕途上是一大进步，所以他满怀激情，立志为君谏言，自此创作了大量的讽谕诗。考察白居易之前的诗歌，则多为律诗和感伤诗。白居易在《与元九书》中道："自登朝来，年齿渐长，阅事渐多。每与人言，多询时务，每读书史，多求理道。始知文章合为时而著，歌诗合为事而作。"② 而《长恨歌》是在元和元年（806），即白居易任盩厔县尉时所作。也就是说，《长恨歌》的爱情主题和白居易"兼济天下"的讽谕思想不矛盾。

① 朱金城：《白居易集笺校》，上海古籍出版社1989年版，第2794页。
② 同上书，第1792页。

综上所述，张中宇先生的"婉讽主题"亦有不足之处。《长恨歌》无论文本本身，还是作者自己的定位，爱情主题是显而易见的。是故，由袁行霈先生主编的《中国文学史》在相关章节论述《长恨歌》主题及魅力时作出如下研判："《长恨歌》作于元和元年，主要根据唐明皇和杨贵妃的故事传说来结构全篇，但也受到佛教变文乃至道教仙化故事的影响，同时，其中还有作者因与自己所爱女子不能结合而产生的深挚恋情、憾恨之情的投射，因而在一定程度上已脱离了历史原貌，成为一篇以咏叹李杨爱情为主，充满感伤情调的'风情'诗了。在创作中，作者打破了他写讽谕诗所坚持的'其事核而实'、'不为文而作'的规则，在叙事过程中一再使用想象和虚构手法，浓烈的抒情贯穿于叙事的全过程，为情而作，非为事而作，使得全诗风情摇曳，生动流转，极富艺术感染力。"①

---

① 袁行霈：《中国文学史》第二卷，高等教育出版社 1999 年版，第 348 页。

第二章

从三维视角辨《长恨歌》之主题归属

通过以上对"讽谕说"诸种理由的辨析、质疑、否定，我们可以肯定，《长恨歌》不是一首旨在"讽谕"或有"讽谕规正"之意的诗歌。那么，其主旨究竟是什么呢？不言而喻，"爱情说"比较合理。

"爱情说"在前人那里，是以一种变调的方式体现着的。如张邦基在《墨庄漫录》中云："白乐天作《长恨歌》，元微之作《连昌宫词》，皆纪明皇时事也。予以为微之之作，过白乐天之歌。白止于荒淫之语，终篇无所规正。元之词乃微而显，其荒纵之意皆可考；卒章乃不忘箴讽，为优也。"① 洪迈在《容斋随笔》中云："元微之、白乐天，在唐元和、长庆间齐名。其赋咏天宝时事，《连昌宫词》、《长恨歌》皆脍炙人口，使读之者情性荡摇，如身生其时，亲见其事，殆未宜以优劣论也。然《长恨歌》不过述明皇追怆贵妃始末，无他激扬，不若《连昌宫词》有鉴戒规讽之意，……殊得风人之旨，非《长恨》比云。"② 胡震亨在《唐音癸签》中云："白作止叙情语颠末，诵之虽柔情欲断，何益劝戒乎！"③ 王世贞在《艺苑卮言》中云："《连昌宫辞》，似胜《长恨》，非谓议论也，《连昌》有风骨耳。"④ 上述观点是站在封建正统文学观的立场上对《长恨歌》中"柔情欲断"的"荒淫之语"大加批判的，对其缺乏像元稹《连昌宫词》中所呈现的"风骨""劝戒""规

① 《宋元笔记小说大观》，上海古籍出版社2001年版，第4705页。
② （宋）洪迈：《容斋随笔》，上海古籍出版社1996年版，第198页。
③ （明）胡震亨：《唐音癸签》，古典文学出版社1957年版，第97页。
④ 陈友琴：《白居易资料汇编》，中华书局1962年版，第199页。

正"等旨意流露出明显的惋惜和不满。但是，如果我们换个角度，即从反面观点所具有的正面意义去思考，那么，我们将发现，对《长恨歌》的指责恰恰从另一面证明了《歌》的主旨所在。

"爱情说"在当代研究中有一定数量的赞成者，而且持"爱情说"者，从各个角度入手，对文本进行了多层次开掘。张红的《〈长恨歌〉主题重议》①，马茂元、王松龄的《论〈长恨歌〉的主题思想》②，戴武军的《〈长恨歌〉主题新证》③，綦天桴的《〈长恨歌〉主题刍议》④等，是力主"爱情说"且较有影响的文章。除了这些单篇论文外，还有一部不为众说所囿的文学史也力倡"爱情说"，这部文学史便是周祖谟先生于20世纪50年代中后期出版的《隋唐五代文学史》。在论述《长恨歌》时，周先生大胆提出："《长恨歌》的主题是歌颂爱情的。"⑤50年代受极"左"思想的影响，"爱情说"并不被社会风尚所认可、接受，惜其石沉大海，而无反响。从"爱情说"研究历程看，一来由于"讽谕说"根深蒂固，难以一批就倒；二来由于论文、文学史著述，要么从单一的一点进行论证，要么受篇幅的限制而不能充分展开，"爱情说"从总体上不能尽服人心。但是，"爱情说"毕竟没有被"讽谕说"完全驱逐出论坛，虽然在论争中它显得举步维艰，但总算还具有维系人心的力量。在此，笔者试图从全方位的角度再做努力，以期能有一个撑得住"爱情说"的论证。至于"爱情说"所存在的不足和缺憾以及笔者所提出的"长爱说"的具体内涵，且留待后文详论细说。

第一节　从创作缘起看《长恨歌》之切入角度

陈鸿在《长恨歌传》中曾明确交代了《长恨歌》的创作过程："鸿与琅邪王质夫家于是邑。暇日相携游仙游寺，话及此事，相与感叹。质

---

① 张红：《〈长恨歌〉主题重议》，《南开学报》1980年第6期。

② 马茂元、王松龄：《论〈长恨歌〉的主题思想》，《上海师范大学学报》1983年第3期。

③ 戴武军：《〈长恨歌〉主题新证》，《求索》1991年第5期。

④ 綦天桴《〈长恨歌〉主题刍议》，《北方论丛》1991年第5期。

⑤ 周祖谟：《隋唐五代文学史》，福建人民出版社1958年版，第157页。

夫举酒于乐天前曰：夫希代之事，非遇出世之才润色之，则与时消没，不闻于世。乐天深于诗、多于情者也，试为歌之如何？"① 这段话为我们考察白居易创作《长恨歌》的切入角度提供了重要依据。

首先，我们由此知道，《长恨歌》是在白居易、陈鸿、王质夫三人于"暇日相携游仙游寺，话及此事，相与感叹"后创作出来的。也许，他们三人是在不经意之间涉及了李杨的故事，并共同为李杨之事感叹不已。那么，当时他们感叹的具体内容是什么呢？也许是感叹李杨由爱而亡身、误国，并由此而堕入不能自拔的困惑陷阱；也许是感叹李杨之爱在逼不得已的情况下卒然毁灭，以及由此而激发、凝聚起的痴情不改、刻骨相思……总之一句话，他们既有可能从"讽谕"的角度"沉恨细思"，但也不排除从"爱情"的角度"闲坐说玄宗"。

其次，笔者认为有必要对"希代之事"细加推究。有的论者以为，"希代之事"就是男女之事，联系《长恨歌》可解释为帝妃之事。其实，这种说法仅仅是对"事"的内涵的认定，而对"希代"并未作出说明。因而，将"希代之事"定义为帝妃之事，只算说对了一半，还不能令人满意。事实上，问题的关键的确凝聚在对"希代"二字的理解上。持讽谕说者大都认为李杨纵欲，先乐后悲，造成生离死别、几至亡国的下场。甚至有人不无嘲弄地说，玄宗"思倾国"，国果然倾覆。从这里我们知道，持讽谕说者把一般人对"希代之事"的解释进一步收束，落实在李杨淫乐纵欲上。笔者以为，这种理解完全是出于为其主题寻求支撑的苦心，可以说，它基本上偏离了"希代之事"的本意。其实，帝王宠溺女色而导致亡国的事件，唐玄宗以前就屡见不鲜：商纣王宠妲姬，周幽王宠褒姒，汉成帝宠赵飞燕，晋献王宠丽妃，魏晋南北朝时北齐昏侯宠冯小怜，陈后主宠张丽华……由此可见，唐玄宗宠幸杨贵妃并不能算是"希代之事"。那么，"希代之事"究竟是什么呢？笔者认为，"希代之事"有三层含义：第一，唐玄宗以一至尊至贵的皇帝身份，居然保不住自己钟爱的妃子，在历代帝王中出现这样的人生悲剧，唐玄宗算是第一个。第二，杨贵妃作为一个历史上稀有的既美丽又钟情的美神，居然成了宫廷斗争的牺牲品。其被宠极而突然又被毁灭的

---

①　朱金城：《白居易集笺校》，上海古籍出版社 1988 年版，第 659 页。

不幸际遇，开天辟地以来算是头一遭。第三，杨贵妃在马嵬坡蒙难之后，曾有贵妃未死、流落乡野、入籍为女冠的小道消息。玄宗曾派人多方寻找，以致出现了方士为贵妃招魂的神话传说，以及赠物托情、盟誓寄怀的情节。《太平广记·杨通幽》载："玄宗幸蜀，自马嵬之后，属念贵妃，往往辍食忘寐。近侍之臣，密令求访方士，冀少安圣虑。或云：'杨什伍有考召之法。'征至行朝。上问其事，对曰：'虽天上地下，冥寞之中，鬼神之内，皆可历而求之。'上大悦，于内置场，以行其术。是夕奏曰：'已于九地之下，鬼神之中，遍加搜访，不知其所。'上曰：'妃子当不坠于鬼神之伍矣。'二日夜，又奏曰：'九天之上，星辰日月之间，虚空杳冥之际，亦遍寻访而不知其处。'上悄然不怿曰：'未归天，复何之矣？'炷香冥烛，弥加恳至。三日夜，又奏曰：'于人寰之中，山川岳渎祠庙之内，十洲三岛江海之间，亦遍求访，莫知其所。后于东海之上，蓬莱之顶，南宫西庑，有群仙所居。上元女仙太真者，即贵妃也。谓什伍曰：'我太上侍女，隶上元宫。圣上太阳朱宫真人，偶以宿缘念想，其愿颇重，圣上降居于世，我谪于人间，以为侍卫耳。此后一纪，自当相见。愿善保圣体，无复意念也。'乃取开元中所赐金钗钿合各半，玉龟子一，寄以为信。曰：'圣上见此，自当醒忆矣。'言讫流涕而别。什伍以此物进之，上潸然良久。"[①] 这种于传说中富于浪漫情调的仙凡之爱，在以前的帝妃中确实少有。

再次，白居易因"深于诗，多于情"，故被王质夫相中，并被促请"试为歌之"。在王质夫看来，那溢美动人、可歌可泣的爱情故事，倘若不用文字的形式将其保留下来，恐怕"会与时消没，不闻于世"，造成永远无法弥补的缺憾。王质夫是作歌的积极鼓动者，但他并没有把保留流传于民间的李杨之事的任务，托付于一同感叹且深于史、多于理的史学家陈鸿，而是托付于"深于诗，多于情"的文学家白居易。由于白居易深爱诗歌、深懂诗歌、深能诗歌，同时又是一位"多于情者"——具有浪漫情怀的风流才子，是位沉溺于爱河的痴情种子，是位深知爱情三昧的性情中人。所以，在相与感叹之后，王质夫便主动促请白居易用诗歌形式将这段旷世佳话保留、记载下来。白居易所特有的

---

① （后汉）李昉：《太平广记》，中华书局 1961 年版，第 138—139 页。

素养、气质、才情，决定了创作李杨爱情诗歌的人非他莫属。反过来说，李杨的浪漫之事，最适合白居易"多于情"的禀赋，两者一拍即合。

最后，关于"出世之才""润色"的含义。笔者认为"出世之才"与"深于诗、多于情"既有区别又有联系，两者是互补、交叉的关系。所谓"出世之才"当然可包含诗艺、才情，但细加品味，当还指一个作家超越其时代认识水平之上的真知灼见——这种才智不仅不为俗见、常见所囿，且能自觉地对偏见、浅见进行内省反扑，并最终跳脱出来，站在时代前列以及美学的高度上，对历史人物作出符合真善美规律的判断和再创造。白居易被王质夫推崇为具有"出世之才"的人，可见白居易识见的过人之处。事实证明，白居易的确是位明辨是非、富有真知灼见的俊秀之才。

"润色"，按我们今天的话讲，就是加工再创造。这是文学规律赋予创作主体的权利和职责。可以这样说，没有加工、改造，就不可能超越历史；没有虚构、想象的艺术手段，也就没有文学。文学创作活动是一个再生的过程，是对历史事件、人物形象进行重构、整形的审美活动。王质夫要求白居易对李杨之事进行"润色"，以有别于历史著述的方法来描绘李杨爱情故事，可见，他对文学的规律性是有比较准确的理解的。当然，史书也存在加工、改造的问题，但那类加工、改造基本上是以史实为主的取舍、组合，是以真实为标准的理性汰选、提取。倘若王质夫意在以历史为鉴，以李杨为戒，他为何不提出由最具此类资格的史学家陈鸿出面进行创作呢？可见史学的"秉笔直书"绝不是文学的"润色"，两者分别隶属于不同的文体所应遵循的创作原则。

从以上的分析、论述中，我们可以推断出《长恨歌》的切入角度：以文学规律、美学规律为利剑，对历史上曾经发生的李杨之事进行删裁、润色，以生生死死的至情为主线，展现凄恻缠绵、痴情坚贞的帝妃之爱。

第二节　从创作心境度《长恨歌》之主题走向

单从《长恨歌》的创作缘起看，只能表明白居易有可能按照文学、美学的规律对李杨之事加以再创造，但我们尚无绝对把握断言白居易定然会摆脱历史的束缚，从正面去讴歌李杨生死不渝的爱情。然而，如果我们对白居易创作《长恨歌》前后，尤其是之前的心境加以考察、研究的话，我们自然会看出《长恨歌》是在白居易特定的心理定势作用下的产物，它被创造成现在这个样子，自有其合情合理的内在关联性。

我们知道，在文学创作过程中，心理定势起着主要的作用。心理学研究表明，人的知觉不仅依赖于外界物象的刺激，而且依赖由主体的官能和个性、心境、体验所构成的心理定势。由于心理定势的作用，日常生活中的知觉经验与潜在对象的映象不完全同一，人们倾向于看见他们以前看过的东西，以及看见最适合于他们当前对于世界所全神贯注的和定向感知的东西。具体说来，对主体特定的知觉活动产生影响和制约的定势结构，主要包括主体最初的经验，主体的需要和动机，主体的情绪和心境，主体的人格、志趣和文化素养。客观物象在被指定和选取的时候，必定要满足和符合主体意识的内需求，并与主体意识的当前心理结构重叠、吻合。客观物象在内化的过程中总是倾向于被融合为主体更愿意接受的映象，并成为较为听话的乖孩子，任凭主人调动、驱使。客体依赖、受制于主体的创作心理活动表明，文学创作是一种表现出强烈主观性、情绪性和独创性的客体主体化过程。这也就是说，作家从选取题材开始，就以自己的情感体验、经验为过滤器，筛选着与内心情感合拍的、最能打动他自己心灵情弦的事情来写。

白居易创作《长恨歌》前的情感世界、心理定势究竟怎样呢？倘若我们能读懂他的内心世界，那么，我们也就能为探明《长恨歌》的主题走向寻求必要的帮助。白居易创作《长恨歌》前，大约有两位姑娘在他的内心深处留下了较深的印象，并直接涵育了他丰富的内心世界，使他亲身感受到了爱的酸甜苦辣。

从白居易现有的一些诗歌来推断，大约在他19岁的时候，与邻里一位15岁的湘灵姑娘产生了爱意，并开始初恋。白居易初涉爱河，带着一种童男所特有的圣洁之心扫视、爱怜着那位情窦初开、玉容美艳、软语悦耳的少女。在《邻女》一诗中他写道："娉婷十五胜天仙，白日嫦娥旱地莲。何处闲教鹦鹉语？碧纱窗下绣床前。"① 贞元十四年（798），白居易 27 岁的时候，为了解决生活以及奔赴前程，他不得不离开从 11 岁开始就一直居住的符离，远走江南。"离愁渐远渐无穷"。一路上，白居易止不住友情、爱情被割断的悲伤，一连写了三首怀念心上人的诗。第一首题为《寄湘灵》，诗云："泪眼凌寒冻不流，每经高处即回头。遥知别后西楼上，应凭栏杆独自愁。"② 第二首题为《寒闺夜》，诗云："夜半衾裯冷，孤眠懒未能。笼香销尽火，巾泪滴成冰。为怜影相伴，通宵不灭灯。"③ 第三首题为《长相思》，诗云："九月西风兴，月冷霜华凝。思君秋夜长，一夜魂九升。二月东风来，草拆花心开。思君春日迟，一日肠九回。妾住洛桥北，君住洛桥南。十五即相识，今年二十三。有女如萝草，生在松之侧。蔓短枝苦高，萦回上不得。人言人有愿，愿至天必成。愿作远方兽，步步比肩行。愿做深山木，枝枝连理生。"④ 第一首诗关合诗人与湘灵。白居易利用七言诗缠绵婉丽的特点，抒发了自己逢高回头、不忍离去的痛苦心情，以及他悬揣中的湘灵那独倚西楼、骋目自愁的孤苦神情。后面两首诗则将五言古诗坦言、独白的特性发挥到了极致。在第二首诗中，在诗人的情感领域里，存在着一个悬想的相怜者，诗人仿佛就坐在湘灵的对面，注视着她辗转不眠、滴泪成冰的愁容。第三首诗又以湘灵口吻出之，写湘灵向诗人倾诉着魂飞魄逝的惆怅和愿为连理的强烈愿望。从这三首诗中不难看出，他们经过八年的苦恋，已经达到了心与心的交通与共鸣，任何一方都为失去另一方而痛苦不堪。

　　贞元十六年（800）初，29 岁的白居易在考取进士后，回到阔别两年的符离探视亲友，并在此居住了近十个月的时间。其间，他曾恳切要求母亲允许他与湘灵的婚事，但却遭到门第观念极强的母亲的拒绝。白居易再度高涨的爱情之火，就这样被冷酷的现实浇灭了。在离开家乡、离开湘灵的时候，他悲愤难禁，饱含热泪地写了一首题为《生离别》的诗，诗云："食蘗不易食梅难，蘗能苦兮梅能酸。未如生别之为难，

---

　　① 朱金城：《白居易集笺校》，上海古籍出版社 1988 年版，第 1304 页。

　　② 同上书，第 784 页。

　　③ 同上。

　　④ 同上书，第 645—646 页。

苦在心兮酸在肝。晨鸡再鸣残月没,征马连嘶行人出。回看骨肉哭一声,梅酸蘖苦甘如蜜。黄河水白黄云秋,行人河边相对愁。天寒野旷何处宿?棠梨叶战风飕飕。生离别,生离别,忧从中来无断绝。忧极心劳血气衰,未年三十生白发。"① 这首诗可谓是白居易对这段难忘恋情的泣诉,其中酸梅苦蘖对爱恋感受的变调性衬托,多维地展现了白居易酸甜参半、苦乐交加的独特心境。"悲莫悲兮生别离",这种爱意的失落充满了难以承受的悲剧色彩。

贞元二十年(804)秋,在朝廷任校书郎、时年已33岁的白居易,在行将举家迁往三秦之时,复苦求母亲成全他和湘灵的婚事。但是,他的最后一次努力不仅没有感动、说服母亲,而且在离开符离时,母亲百般阻挠不让他与湘灵见最后一面。白居易在题为《潜别离》一诗中,低回沉痛地叙述了他愁闷无助、有泪无声、有情无缘的愁苦情怀:"不得哭,潜别离。不得语,暗相思。两心之外无人知。深笼夜锁独栖鸟,利剑春断连理枝。河水虽浊有清日,乌头虽黑有白时。唯月潜离与暗别,彼此甘心无后期。"② 两心相应,却不能互通音信;两情相依,却只能在心中默默作别。人世间还有比这更无奈、更煎人的苦情吗?低回的痛楚和无奈的悲哀,直可摧肝折肺。

白居易与湘灵的恋情就这样被迫中断了。然而,虽身处两地,却情无两分。白居易未因空间的阻隔而放弃爱的理想。在内心深处,白居易依然深爱着湘灵,并以不与他人结婚来惩罚母亲好心的残酷。贞元二十一年(805)冬和元和二年(807)秋,白居易先后写了三首诗,以此表达他眷眷不能忘怀的深情,以及他对有情人不能成眷属的悲凉感触。一首题为《冬至夜怀湘灵》,诗云:"艳质无由见,寒衾不可亲。何堪最长夜,俱作独眠人!"③ 一首题为《感秋寄远》,诗云:"惆怅时节晚,两情千里同。离忧不散处,庭树正秋风。燕影动归翼,蕙香销故丛。佳期与芳岁,牢落两成空!"④ 另一首题为《寄远》,诗云:"欲忘忘不得,欲去去无由。两腋不生翅,二毛空满头。坐看新落叶,行上最

---

① 朱金城:《白居易集笺校》,上海古籍出版社1988年版,第628页。
② 同上书,第683页。
③ 同上书,第760页。
④ 同上书,第725—726页。

高楼。暝色无边际，茫茫尽眼愁！"①

元和三年（808）末，白居易职官左拾遗。时年已 37 岁了，他才在母亲的高压下，经人介绍与同僚杨汝士的妹妹结了婚。但直到元和七年（812）和八年（813），白居易还未能斩断他那根无声的情弦。以下两首诗是他寄托对湘灵的思念之情的明证。一首题为《夜雨》："我有所念人，隔在远远乡。我有所感事，结在深深肠。乡远去不得，无日不瞻望。肠深解不得，无夕不思量。况此残灯夜，独宿在空堂。秋天殊未晓，风雨正苍苍。不学头陀法，前心安可忘？"② 另一首题为《感镜》："美人与我别，留镜在匣中。自从花颜去，秋水无芙蓉。经年不开匣，红埃覆青铜。今朝一拂拭，自照憔悴容。照罢重惆怅，背有双盘龙。"③

元和十年（815），白居易在贬谪江州途中，意外邂逅漂泊在外的湘灵父女。时白居易已 44 岁，湘灵也 40 岁了（尚未婚嫁）。白居易悲喜交加，有感于命运的捉弄，写下题为《逢旧》一诗："我梳白发添新恨，君扫青娥减旧容。应被傍人怪惆怅，少年离别老相逢！"④ 诗中潜藏着对那时去人老、少别老逢的无常命运的深深感喟。

元和十一年（816）夏天，白居易在晾晒衣物时，偶尔发现了 18 年前他与湘灵私订终生时湘灵给他做的一双鞋。于是，被掩埋的深情再次被激活，他情不自禁地写下了《感情》一诗，诗云："中庭晒服玩，忽见故乡履。昔赠我者谁？东邻婵娟子。因思赠时语，特用结终始。永愿如履綦，双行复双止。自吾谪江郡，漂荡三千里。为感长情人，提携同到此。今朝一惆怅，反覆看未已。人只履犹双，何曾得相似？可嗟复可惜，锦表绣为里。况经梅雨来，色黯花草死。"⑤ 那赌物先思人、再思语、复思情的层递式绵绵挚情，让人清晰地看到了一个失意却不泯心的痴情种子。直到长庆四年（824）白居易 53 岁的时候，在杭州刺史任满回洛京的途中，他还特意绕道符离，意欲探访湘灵。当看到"变换旧村邻"，湘灵已不知何去的时候，才最终为这段长达 35 年之久的

① 朱金城：《白居易集笺校》，上海古籍出版社 1988 年版，第 1261 页。
② 同上书，第 516 页。
③ 同上书，第 534 页。
④ 同上书，第 942—943 页。
⑤ 同上书，第 562—563 页。

爱恋悲剧画上了句号。

通过对恋爱史的勾连，我们认为白居易这段可歌可泣、好梦难成的爱情，具有这样几点可说道之处：其一，恋情持续时间长久，且白居易自始至终对之珍视有加。其二，两人聚少别多，苦多欢少，从而造成焦灼的渴盼和思念。其三，两情相依，却被迫离散，其恋情特具一种善始无终的悲剧色彩。

白居易这段久思无果的恋情，对他情感经验的储备有着不可忽视的作用。它使白居易尝到了爱情的甜蜜，悟出了男女追求理想爱情的天经地义，同时也使他深切感受到了爱而不得的焦虑、苦涩，体验到了那种超越肉体的人间至情。这种悲怆的但却是活跃着的、随时要找到宣泄口的心态，对他创作《长恨歌》显然产生了不可低估的积极作用。可以这样说，从时间顺序上看，这种情感经历当是创作《长恨歌》的情感基础、心理定势。诗人对爱的感受、理解，随着与湘灵恋情的逐步推移，愈来愈深，愈来愈浓，终于因元和元年（806）冬十二月，在与王质夫、陈鸿共同感叹后，触发了他积蓄已久、不可遏制的情感波澜。我们从上面那些白居易与湘灵相恋时所创作的诗歌，完全可以寻绎出作者情感发展的脉络与《长恨歌》之间的内在联系，我们也可以从那些诗作与《长恨歌》的意象设置，以及遣词造句等方面的对照中，看出白居易恋情的影子在《长恨歌》中的投射。如《长相思》中的"人言人有愿，愿至天必成"，不是可以在《长恨歌》类似"能以精诚至魂魄""但令心似金钿坚，天上人间会相见"等诗句中找到某种对等成分吗？还有一些句子，如"愿作远方兽，步步比肩行。愿作深山木，枝枝连理生""永愿如履綦，双行复双止"，与"在天愿作比翼鸟，在地愿为连理枝""夜半衾绸冷，孤眠懒未能""艳质无由见，寒衾不可亲"与"鸳鸯瓦冷霜华重，翡翠衾寒谁与共"，以及"河水虽浊有清日，乌头虽黑有白时。唯有潜离与暗别，彼此甘心无后期"与"天长地久有时尽，此恨绵绵无绝期"等都可以看作是同样的情怀、感受在不同诗作中的真实流露。也可以这么说，白居易恋爱时的感受，无论从形式上或从内容上讲，都在《长恨歌》中借李杨故事得以尽情释放。《长恨歌》与其说是在王质夫的促请下创作出来的，不如说是在白居易内心苦情的涵育、灼煎下创作出来的。白居易借李杨故事的形式，宣泄了他内心深处悲痛的感受和真挚的爱意，并"将他对自己的爱情悲剧的认识和情感完全融化在《长恨歌》中了"①。这也正如傅道彬、陈永宏先生所说的那样：（白居易）"就在经意不经意之间，把自己这一段惨痛的人生经历及其感受，融入到《长恨歌》的创作里，这就又有了夺他人之酒杯、浇自己胸中之块垒的特点。就遭遇了婚恋的不幸且痛彻肺腑这一点说，白居易是把唐明皇看成了同为天涯沦落人，自然会产生一种惺惺相惜的深切同情，当然也就在《长恨歌》的描写里，倾注了他的全部热情和真情。这是一条热情汹涌、真情激荡并伴以悲情透骨的大江，江面上扬起了一叶充满了美丽和感伤的风帆，那风帆上大书三个字——'长恨歌'。"②

需要说明的是，在心理定势的作用下，白居易一眼觑定了与其相爱命运非常相似的李杨之事，并以此作为其内心苦情的发泄口。但是我们只能说，白居易把自己对爱情的态度、感受、理解以及理想，溶化、寄托在了李杨故事中，而决不能说李杨故事就是他隐情自伤的载体、躯壳。因为无论白居易和湘灵的恋情与李杨爱情在"久长时"的内容上表现出怎样的相似，两者毕竟不是同一码事。李杨是万乘之尊的人物，他们的爱情发生在那个特殊的皇宫，他们的爱情悲剧有着远远高出普通爱情悲剧的价值和意义。他们是特出、典型的一对，这就决定了他们的爱恋、毁灭、思念、期待的历程必然有着为他人爱情所无法包容的独特之处。尽管帝妃之爱与常人之爱在本质上没有差别，但不同的身份、不同的环境、不同的发生背景，必然地造成爱情的方式千差万别。所以，我们只承认白居易那种相思的情感，那种对爱的抽象的心灵震颤，融化了李杨的艺术形象之中，但绝难认同那些仅凭诗句的形式、情感内涵的相似性，就断定《长恨歌》"是诗人借李杨之史实，加以生发，达到抒发自己思念恋人之情的目的"③ 的这一观点。

---

① 王用中：《白居易的初恋悲剧与〈长恨歌〉的创作》，《西北大学学报》1997年第2期。

② 傅道彬、陈永宏：《歌者的悲欢——唐代诗人的心路历程》，河北大学出版社2001年版，第179页。

③ 戴武军：《〈长恨歌〉主题新证》，《求索》1991年第5期。

　　另外，白居易在贞元十六年（800）认识了长安的一位名叫阿软的歌妓，并赠给她一首诗，其落句云："绿水红莲一朵开，千花百草无颜色。"事过 15 年，即元和十年（815）元稹出为通州司马日，在馆阁墙壁上读到了这句精妙绝伦的诗，吟叹不足，遂草诗一首，并附缀白诗于后，一同寄给了在江州司马任上的白居易。白居易看后，知是自己十多年前赠给阿软的绝句。于是，缅怀往事，怀旧感今，又提笔题写了一首律诗，诗云："十五年前似梦游，曾将诗句结风流。偶助笑歌嘲阿软，可知传诵到通州？昔教红袖佳人唱，今遣青衫司马愁。惆怅又闻题处所，雨淋江馆破墙头。"① 后来，白居易还在另一首诗中提及阿软："忆昔嬉游伴，多陪欢宴场。……多情推阿软，巧语许秋娘。"② 从这三首诗作来看，在白居易心目中，阿软是一位貌美多情的女子，白居易对其倾注了一定的感情。这些磨炼情感世界的经历，既自然育成、强化了白居易"多于情"的气质，同时，又成了白居易"多于情"的明证。这段经历不仅使我们进一步坐实了王质夫称誉白居易"多于情"的实际所指，而且还使我们进一步领悟到白居易类似的情感积累对他创作以描写李隆基与杨玉环爱恋之情的《长恨歌》起着怎样一种"交叉感染"的作用。

　　总之，白居易与湘灵的恋情、与阿软的交往，对他内心的感受以及感受力的锤炼、孕育、涵养之功是不容忽视的。那种久久不能忘怀的恋情，无时无刻不在剧烈地震撼着诗人的心灵。震撼的脉冲在适当的时机往往就会转化为创作灵感，喷出带血的情丝，化为含泪的诗情，成为白居易创作《长恨歌》的"感情的酵母"③。当白居易携带着那种几乎熟透了的爱情观来创作《长恨歌》时，便妥溜自然、游刃有余，充分发挥出了他"多于情"的优势特长，"形成了一个完整的恩爱夫妻生离死

---

　　① 见朱金城《白居易集笺校》卷 15《微之到通州日，授馆未安，见尘壁间有数行字，读之，即仆旧诗。其落句云："绿水红莲一朵开，千花百草无颜色。"然不知题者何人也。微之吟叹不足，因缀一章，兼录仆诗本同寄。省其诗，乃是十五年前初及第时，赠长安妓人阿软绝句。缅思往事，杳若梦中。怀旧感今，因酬长句》，上海古籍出版社 1988 年版，第 922 页。

　　② 谢思炜：《白居易诗集校注》，中华书局 2006 年版，第 2898—2899 页。

　　③ 钟来因：《〈长恨歌〉的创作心理与创作契机》，《江西社会科学》1985 年第 3 期。

别的故事"①。

第三节　从矛盾性自评辨《长恨歌》之主题归属

所谓"矛盾性自评"指白居易自己在评价《长恨歌》时所呈现的矛盾性言论和态度。在白居易的诗论、诗歌中，的确出现了一些针对《长恨歌》表面看起来非常矛盾的评价，这使得我们在把握《长恨歌》在白居易心目中的地位时，产生了左右游移不定的困惑。但问题的严重性还远不止这一点，最为糟糕的是，一些论者据此无端发挥，要么从对"风情"的枉解中去挖掘《长恨歌》的讽谕主旨，要么从对作品的矛盾性自评出发去断言《长恨歌》主题存在着矛盾。更有论者认为，虽然《长恨歌》是感伤诗，但并不能排除诗人以感伤诗的形式去写具有讽刺性的诗歌。我们注意到，所有这些认识在一定程度上都源于白居易对《长恨歌》的矛盾自评。为了辨明作者自评性矛盾的实质，更为了从中梳理出《长恨歌》的主题归属，我们有必要在此对矛盾性自评加以察是明非的考察探究。

一　"一篇《长恨》有风情"的确解

白居易曾在《编集拙诗成一十五卷因题卷末戏赠元九李二十》一诗中写道：

> 一篇《长恨》有风情，十首《秦吟》近正声。每被老元偷格律，苦教短李伏歌行。世间富贵应无分，身后文章合有名。莫怪气粗言语大，新排十五卷诗成。②

很清楚，从这首诗所流露的口吻来看，白居易对自己的《长恨歌》充满了自得之意。"苦教短李伏歌行"说的是李绅对其歌行体诗歌的折服，"十首《秦吟》近正声"指的是《秦中吟》具有雅正之声。《秦中

---

① 谢思炜：《白居易集综论》，中国社会科学出版社 1977 年版，第 403 页。
② 朱金城：《白居易集笺校》，上海古籍出版社 1988 年版，第 1053 页。

吟》组诗，在白居易看来是按照"句句必尽规""惟歌生民病""救济人病，裨补时弊"的讽谕原则创作出来的，是属于写得最满意的有为而作的诗歌。将《长恨歌》与这组诗并肩比驾，充分说明白居易对《长恨歌》给予了颇高的重视。对于这些看法，无论持什么说者，都毫无疑义地首肯称是。然而，在白居易究竟是在什么范围内，或在什么层次上对《长恨歌》给予高度评价的问题上，"讽谕说"与"爱情说"出现了严重的分歧。"讽谕说"者认为，既然白居易把《长恨歌》与"近正声"的《秦中吟》相提并论，很明显，白居易是在讽谕诗的范围内品评它们的；倘若两者之间没有一致性，白居易是绝难将它们放在一联之中加以对举的，也绝难将它们提到同样重要的位置上。有了这些初步的判断，持"讽谕说"者进一步从讽谕的角度对其中的关键词"风情"作了顺理成章的解释："在这一联诗里，'风情'与'正声'对偶，'风情'指风人之情，'正声'指雅正之声。《毛诗序》云：'上以风化下，下以风刺上，主文而谲谏，言之者无罪，闻知者足以戒，故曰风……国史明乎得失之迹，伤人伦之废，哀刑政之苛，吟咏性情，以风其上，达于事变而怀其旧俗者也。故变风发乎情，止乎礼义。'这就是'风情'所本。《毛诗序》又云：'雅者，正也，言王政之所由废兴也。'李白《古风》亦云：'大雅久不作，正声何微茫！'这就是'正声'所本。总之，白居易声明他的《长恨歌》有风情、《秦中吟》近正声，是和他在《与元九书》里反复强调的'风雅比兴'之说完全一致的。"①

我们姑且不论《毛诗序》对"风"的解释是否完全与《诗经》的实际状况符合，我们也不必多辨"风情"与"正声"在律诗的第一联中对偶的情况是否意味着词义上一定切近、吻合（其实，这只是对偶的一种表现方式，此外还有"反对"、"流水对"等），我们只想说，单从"风"的含义就给"风情"下定义，至少是牵强的、靠不住的。倘若一切的双音节词的意义都由第一个音节的含义统摄、决定的话，那么，我们的语言乃至思维将会复杂、混乱到怎样的程度，恐怕是谁也说不清、道不明的。"夫人"的意思是否只取决于"夫"的含义？"玉

---

① 霍松林：《唐宋诗文鉴赏举隅》，人民文学出版社1984年版，166—167页。

妃"的意思是否只由第一个字"玉"字决定？"汉皇"的意思是否只需讲明白"汉"字就可以了？如觉扯得太远，那么，白居易《燕子楼三首并序》"徐州故张尚书有爱妓曰盼盼，善歌舞，雅多风态"① 中的"风态"一词，是否也遵循 A + B = A 的定律呢？可见，上述对"风情"一词深解的做法是行不通的。那么，"风情"的含义究竟是什么呢？笔者觉得可以从以下几个方面进行把握、体味。

（一）从对举角度感悟"风情"之含义

"一篇《长恨》有风情，十首《秦吟》近正声"是上面所引的那首诗的首联。从表意功能、陈说口气上讲，笔者认为，这两句诗有一种强烈的互补韵味，即"有风情"的《长恨》与"近正声"的《秦吟》分别代表了白居易诗集中两类不同风格的诗歌，而这两类不同风格的作品又是组合、构成白居易自鸣自得的诗作的主体。从诗歌对仗的规律讲，作对的上下句，在意思上形成一种对半的互补性关系，且力求避免在同一联中造成句意的重复，这是一种惯见的情况。故此，笔者以为，"风情"与"正声"在含义上是有区别的。

"风"作为一个单独的概念与"风情"的含义其实是不同的，它甚至与作为构成整体概念部分的"风"词素，在意思上也是不尽相同的。"风"是中国古典美学术语，是关于诗歌及其审美属性的概念。"风"最初是指一定地区、国家的风尚、习俗。《礼记·王制》云："天子……命大师陈诗，以观民风。"② 后来，"风"逐渐成了固定的称谓，即专指《诗经》中的各国民歌——十五国风。由于诗歌是作者内心情志的抒发、流露，所以，后来"风"就抽象为美学术语，特指作品所表现出来的作者的思想、感情、意趣。刘勰《文心雕龙·风骨》云："诗总六义，风冠其首，斯乃化感之本源，志气之符契也。是以怊怅述情，必始乎风。"③ 所谓志气，当指蕴含于作者胸中的不可见的情思意趣，"情与气偕"。作者内心之气形于作品就是风，"深乎风者，述情必显"，情显即风生，气与风构成符契即表里关系。就情感而言，气与风

---

① 朱金城：《白居易集笺校》，上海古籍出版社 1988 年版，第 926 页。

② 王文锦：《礼记译解》，中华书局 2001 年版，第 165 页。

③ 周振甫：《文心雕龙注解》，人民文学出版社 1981 年版，第 320 页。

是一致的。所以《文心雕龙·风骨》云："思不环周，索莫乏气，则无风之验也。"① 作者胸中无情（乏气），作品就无动人之情（无风）。但两者不完全等同。气是就作者而言的，是人主观观念形态的情思，属于内；风是就作品而言的，是气的物态化——作品的审美属性，属于外。这里，我们看到的是"风"的情感属性。

在审美活动中，由于诗歌丰富的情感、内容能够起到打动、感染欣赏者的作用，因而古人便借自然之风能动物这个意义，来比喻诗能动人。在古典美学中，常把"风"用作动词，兼指诗歌的教化、感化（美感）作用。《毛诗序》云："风，风也，教也；风以动之，教以化之。……上以风化下，下以风刺上。"② 不难看出，统治者把诗歌作为政治教化工具，通过风（fēng）来教化百姓；被统治者把诗歌作为讽刺、规劝的形式，通过风（fěng）来感化统治者。同时，我们注意到，无论是教化或是感化，其特点都是动人。尤需注意的是，作为名词使用的"风"（fēng）与作为动词使用的"风"（fěng）其意义并非同一：动词"风"（fěng）是指讽刺，名词"风"（fēng）是指动人之情。"上以风（fēng）化下"，只能解释为："统治者以打动人心的感情来教化黎民百姓"，而不能解释为"统治者以讽刺的义理来教化黎民百姓"。由此可见，同一个"风"字，在一段话中，既可作动词用，又可用作名词，而且其含义判然有别。

"风情"中的"风"既是而又不全是单独概念的"风"。从"风情"与"正声"相提并举的情形出发，我们可以断言，"正声"的"正"与"风情"的"风"在词中的功能是相同的，而且其词性也是相同的。"风情"中的"风"若以名词对应之，再合适不过；若以动词之意对应之，则悖谬不通。那些无视"风"的双重功能和双层意义的论断，那些取消动词"风"与名词"风"的差异而以动词"风"包揽全局的偏见，是否应该首先划清"风（fēng）"与"风"（fěng）的界限，再为"风情"下定语呢？

如果有人硬要死抱"风情"与"正声"词义相同的偏见不放，那

---

① 周振甫：《文心雕龙注解》，人民文学出版社 1981 年版，第 320 页。
② 郭绍虞、王文生：《中国历代文论选》，上海古籍出版社 1979 年版，第 30 页。

么，你是否认为"十首《秦吟》有风情，一篇《长恨》近正声"一样可读通？这样的交换互置表达了同样的意思，并且与白居易原句的本意不发生任何冲突？

（二）从《长恨歌》的内情把握"风情"之实质

《长恨歌》是以李杨生死不逾的爱情纠葛为主线的长篇叙事诗。在李杨爱情发生、发展、结束的过程中，作者始终紧紧围绕"情"字做文章，让故事中的人物形象在情的内在催动下，展示各自饱满而颤动的内心世界。在皇宫里，两情相依，如胶似漆。妃子的使情，皇帝的任情，可谓炽如烈火。"后宫佳丽三千人，三千宠爱在一身""缓歌慢舞凝丝竹，尽日君王看不足"，偌大的皇宫，似乎只有一对痴情的帝妃。马嵬坡下，杨妃命归九泉，一对挚爱中的帝妃，被迫生死两分。但马嵬坡既是爱情的断桥，又是爱情的跳板，生命的终结反成了情潮的催化剂，由此激荡起了无数璀璨的爱的浪花，喷射出了朝着永恒延伸的情丝。唐玄宗对杨贵妃的刻骨思念，成为他们曾经挚爱过的象征符号，成为称量他们那份失去了的情的砝码。只有内心为情所控制、操纵的人，才能产生"芙蓉如面柳如眉，对此如何不泪垂"的幻觉和伤痛。蓬莱仙山，消失"经年"的杨贵妃回应着唐玄宗喃喃的召唤，再度出现于仙境。她虽然削减了宫中的妩媚，但却焕然而为别样的凄美；她虽然没有了"承欢侍宴无闲暇""春从春游夜专夜"的销魂生活，但却有"天上人间会相见"的坚定执着。一个貌如仙子、情似圣女的杨贵妃，成为真善美的集合体。其情真挚自然，一片神行，足可与日月齐辉，同天地共存。可以说，身在仙山的杨贵妃，进一步丰润、完善了宫中的那个绝代佳人的形象。

白居易在评论以李杨爱情为纽带的《长恨歌》时，拈出"风情"二字，再恰当不过地概括出了《长恨歌》在内容上的特点。仔细玩味、反复推敲，笔者以为"风情"就是深情、痴情，就是缠绵、浪漫的恋情，就是男女之柔情、帝妃之真情。

（三）从"浔阳少有风情客"等诗句体会"风情"之意味

元和十三年（818），白居易在江州司马任上，曾写过《湖亭与行简宿》这样一首诗，内容如下："浔阳少有风情客，招宿湖亭尽却回。

水槛虚凉风月好，夜深唯共阿怜来。"① 从诗题可知，白居易与其弟白行简曾在一个风疏月明的夜晚，同宿在湖亭上，后白居易以诗的形式记载了这次夜宿。从诗的内容来看，大约起初有一个约定，即文人雅士相互招呼到湖亭上去玩赏夜景，然后留宿湖亭以度过一个别具情趣的浪漫之夜。可能这个约定后因来者纷纷离去而告吹，于是，在夜深人静时分，只有诗人与其弟"阿怜"漫步、停宿在风细、月好的湖亭上。大致弄懂诗意后，我们再来研究第一句及句中的"风情"二字。白居易在诗的一开篇，就毫不客气地表露了他对浔阳人的埋怨之情，说在浔阳客中少有"风情"之人。这句怨言，其功能其实是为第四句诗服务的，它在整个诗章的结构中，起着先抑、后比、再托月的作用。也就是说，它的最终任务是衬托白居易与其弟有别于众人的雅趣。白居易与其弟在众人尽回的情形下，依然醉心于湖亭的夜生活——对朗月，览清波，沐和风，吟小诗……这是何等优美、风雅、浪漫的情怀啊！

元和十四年（819），白居易在由江州司马调任忠州刺史的途中，写下了《题峡中石上》一诗，诗云："巫女庙花红似粉，昭君村柳翠于眉。诚知老去风情少，见此争无一句诗。"② 白居易创作此诗的心态当属无趣、无谓。由州司马调任刺史，本当欣喜、高兴才对，但自贬官江州以来，白居易苦等三年多等来的不是回归京城，而是远赴穷山恶水、荒蛮狭陋的忠州。所以，此度迁除，并没有带给他太大的兴奋、安慰。当舟行神女庙、路经昭君村时，诗人心绪不爽，提不起精神，即便面对花红柳绿，即便置身充满神奇传说、诗材茂盛之地，也似乎逗不起他创作诗歌的欲望，往日的风雅俊爽、倜傥风流之情始终处于压抑、屏蔽状态。对此，白居易也对自己的诗情全无深为不满、感到不解。由此可知，"诚知老去风情少"中的"风情"一词的含义，当指吟诗作赋的风流、浪漫情怀。

是否有人还要引经据典来证明"浔阳少有风情客"、"诚知老去风情少"中"风情"的含义就是"正声"，就是讽刺？从诗人风流自赏或不满自我表现的口吻，以及诗句的意脉、诗章的整体意境里不难推断"风情"的韵味。

---

① 朱金城：《白居易集笺校》，上海古籍出版社 1988 年版，第 1109 页。
② 同上书，第 1147 页。

附带再说一句，"风情"不等于"风"，"风"也不等于"讽"，否则，白居易在结纂自己的诗集时，或许很可能把"讽谕诗"写成"风谕诗"。然而，事实却是白居易并没有这样做。另一个有力的佐证当推《与元九书》中白居易对"风"与"讽"的区别对待、使用。其文曰"设如'北风其凉'，假风以刺威虐也。'雨雪霏霏'，因雪以愍征役也。'棠棣之华'，感华以讽兄弟也。……然则'余霞散成绮，澄江静如练'、'离花先委露，别叶乍辞风'之什，丽则丽矣，吾不知其所讽焉。故仆所谓嘲风雪、弄花草而已。于时六义尽去矣"①。可见"风"与"讽"是有区别的，对此白居易是了然于心、了然于口、了然于手的。自然，"风情"中的"风"不同于"讽"是无需赘言的了。

通过对"风情"一词的多方考察，我们有充足的理由相信，白居易是把"有风情"的《长恨歌》与"近正声"的《秦中吟》放在他诗集的总体范围内进行评说的，《长恨歌》在文学价值、审美功能等方面与《秦中吟》有着不容混淆的区别。

二　矛盾性自评的谜底

在《与元九书》中，白居易有两处谈及《长恨歌》的流传及影响情况。于两处论述中，他明显流露出与"一篇《长恨》有风情"判然有别的、自轻自贱的不满和遗憾；同时，在《与元九书》中，两段论述彼此既有矛盾对立的地方，又有附和谐振的地方。更令人费解的是，在第二次论及《长恨歌》时，前半部分不无自得的陈述语气与后半部分自损自贱的结论之间，又再次出现混乱不堪的矛盾。诸如上面的矛盾，究竟是白居易对《长恨歌》文本存在着矛盾的认识呢，或是他矛盾的价值取向造成了评价中矛盾的出现呢？这些矛盾是能理顺、摆平的，还是针锋相对、不可理喻的呢？此外，这些矛盾的谜底、实质究竟是什么？它对我们理解《长恨歌》的主题有何帮助？这些都是值得我们深思的问题。

在《与元九书》中，有一段文字是这样写的：

> 今仆之诗，人所爱者，悉不过杂律诗与《长恨歌》已下耳。

---

① 朱金城：《白居易集笺校》，上海古籍出版社 1988 年版，第 2791 页。

　　时之所重，仆之所轻。①

　　很明显，在这里，白居易把《长恨歌》看得很轻，其低调的评价让人难以置信，进而禁不住怀疑"一篇《长恨》有风情"是不是出自他的口中。细味这段话，言语之间还流露出对时人喜爱其《长恨歌》的遗憾和不满。在同一书信文中，白居易在陈述《长恨歌》在当时影响、流播情况时，言词之间露出更复杂的矛盾：

　　　日者又闻亲友间说，礼吏部举选人，多以仆私试赋判传为准的。其余诗句，亦往往在人口中。仆恧然自愧，不之信也。及再来长安，又闻有军使高霞寓者，欲聘倡妓。妓大夸曰："我诵得白学士《长恨歌》，岂同他妓哉？"由是增价。又足下书云：到通州日，见江馆柱间有题仆诗者，复何人哉？又昨过汉南日，适遇主人集众乐娱他宾，诸妓见仆来，指而相顾曰："此是《秦中吟》、《长恨歌》主耳。"自长安抵江西，三四千里，凡乡校、佛寺、逆旅、行舟之中，往往有题仆诗者。士庶、僧徒、孀妇、处女之口，每每有咏仆诗者。此诚雕虫之戏，不足为多。然今时俗所重，正在此耳。②

　　以上问题看似复杂，其实简单；看似矛盾，其实同一。揭开谜底的关键，在于必须弄清白居易在诗中与在书中评说时的不同心理及不同出发点。

　　先来看上面书中第二段落出现的矛盾。其实，此处的矛盾是假矛盾，或可说算不得矛盾。稍懂心理学的人都能一目了然白居易前言不对后语的矛盾现象，乃源于文人自谦心理驱使、作祟的结果。既已得到来自官方的、民间的、上层的、底层的不同读者群的普遍褒扬、认可，那么，以谦下之姿看待自己的作品，既对自己的文学作品及文学地位没有丝毫影响、动摇，反而有助于博得世人连同其作品一起对其谦逊人品的

---

　　① 朱金城：《白居易集笺校》，上海古籍出版社1988年版，第2795页。
　　② 同上书，第2793页。

再称赞。故而，无论是"近正声"的《秦中吟》，或是"有风情"的《长恨歌》都一齐遭到作者的诅咒、蔑视，并为其过谦所害，沦为被轻谩小瞧的"雕虫"，成了白居易再赚美名的牺牲品。

尽管白居易谓《秦中吟》和《长恨歌》均为"雕虫之戏"，但其娓娓而道、详说细论时所泛溢出来的欣慰、窃喜之情却是遮掩不住的。看来，无论表面上或骨子里，白居易对《歌》与《吟》均推崇、看重。"口非"的背后，揣着"心是"的激动。有了这个认识的基础，我们再来解决诗、书之中出现的矛盾，大概就容易得多了。大体说来，白居易对自己的作品，无论是讽谕类的《秦中吟》，还是感伤类的《长恨歌》，单从文学的角度去衡量它们的价值，在其深层次意识中，自始至终都持绝对肯定的态度。

值得深思的是，白居易在诗中自高自贵的矜持很快转变成为书中自损自贱的无奈，这一悬殊、反差的大转变到底是受怎样的心理动机的驱遣而发生的呢？

我们知道，白居易不仅是位文学家，而且是位政治家，即是政客、骚客兼于一身的人物。双重的角色，往往要求与之对应的双重的言行。政客角色要求他以治国、平天下为己任，在仕途上奉行"兼济天下"的志向。在这种意识的支配下，白居易便以民生疾苦为念，以揭露统治者的弊端为任。《秦中吟》等一系列讽谕之作，便是其政治信仰和价值观念在文学领域里的对应形式。这些文学作品更多的是从政客角度出发的有为之作。骚客的角色要求白居易以文学自身的内部规律为重，突出"情感"在文学作品中的重要作用和价值。由此出发，他认为"感人心者莫先乎情，莫始乎言，莫切乎声，莫深乎义。诗者：根情，苗言，华声，实义"[①]。这也就是说，在艺术领域里，感情是诗情天性的最主要动力之一；没有感情，就没有诗人，也没有诗歌，其作品也就不会达到沁人心脾、感荡灵魂的效果。以《长恨歌》为代表的感伤诗便是白居易骚客意识和审美理想在文学领域里的对应形式。这类诗，更多的则是从骚客的角度出发的有"情"之作，是关乎至悲至大的人间真情的作品。虽然政客意识与骚客意识并不是绝对对立不融的，两者之间有部分

---

① 朱金城：《白居易集笺校》，上海古籍出版社 1988 年版，第 2790 页。

相交、互渗的地方，但是，理性的政客意识与感性的骚客意识毕竟存在着一定程度的区别：前者服务于政治，后者作用于人情。所以从某种角度说，政客意识与骚客意识在文学创作中发挥着功能不同的引导作用。在政客意识导引下的文学作品中，其政治色彩浓，功利思想重；在骚客意识浇灌下的文学作品中，其情感色彩浓，功利思想轻。一浓一淡、一轻一重之间，显出了政客意识与骚客意识在文学作品中各自的优势及其对立状态。

政客的责任感为白居易的作品提出了为君、为臣、为民、为时、为事而作的创作原则。在某种需要政治突出、挂帅的背景、场合下，骚客意识由一线退隐二线，成为政客意识排挤、打击的对象。这时，一切有违讽谕、美刺原则的作品，在政客意识显浓的氛围中大约总不免被既真又伪的政治心态所冷落、小觑。而一些符合政教、有为原则的作品，总是处在被称赞、肯定的有利地位。这是不是"今仆之诗，人所爱者，悉不过杂律诗与《长恨歌》已下耳。时之所重，仆之所轻"的矛盾的确解？这样的解释是否可以为我们解开《长恨歌》时而受白居易极力推崇、时而又遭到他全盘否定的哑谜提供一把解开其谜底的钥匙呢？

也许我们扯得太远，但请注意，兜圈子的最终意图正在这里：如若以上的分析可信，那么，《长恨歌》有没有讽刺的内容不是很清楚了吗？

三 《长恨歌》归入"感伤诗"之意义

白居易在《与元九书》中，明确将自己此前创作的诗歌划分为四类，即讽谕诗、闲适诗、感伤诗、杂律诗。书曰："仆数月来，检讨囊帙中，得新旧诗各以类分，分为卷目。自拾遗来，凡所遇所感，关于美刺兴比者，又自武德讫元和，因事立题，题为《新乐府》者，共一百五十首，谓之讽谕诗。又或退公独处，或移病闲居，知足保和，吟玩情性者一百首，谓之闲适诗。又有事物牵于外，情理动于内，随感遇而形于叹咏者一百首，谓之感伤诗。又有五言七言长句绝句，自一百韵至两韵者四百余首，谓之杂律诗。"① 其中前两类是他自认为主要的作品，

---

① 朱金城：《白居易集笺校》，上海古籍出版社 1988 年版，第 2794 页。

后两类是他自认为不必保存的作品。"谓之讽谕诗，兼济之志也。谓之闲适诗，独善之义也。故览仆诗，知仆之道焉。其余杂律诗，或诱于一时一物，发于一笑一吟，率然成章，非平生所尚者，但以亲朋合散之际，取其释恨佐欢。今铨次之间，未能删去，他时有为我编集斯文者，略之可也。"① 虽然这里只提"其余杂律诗"而未及感伤诗，但从"今仆之诗，人所爱者，悉不过杂律诗与《长恨歌》已下耳"这句中将杂律诗与感伤诗的代表名篇《长恨歌》同提并举的运笔中，不难看出感伤诗与杂律诗同处于白居易诗歌分类的最下层。但是，笔者认为，白居易这样看待他的感伤、杂律诗歌，乃是在"至于讽谕者，意激而言质，闲适者，思淡而词迂。以质合迂，宜人之不爱也"② 的情况下，出于一种其讽谕诗、闲适诗蒙受了不应有的冤屈——不为人所看重，而力图救偏补弊，还讽谕诗、闲适诗一个公平、公道的义愤心理，他的最终目的在于采取矫枉必须过正的偏激方式，将讽谕诗、闲适诗提升到它们原本该有的地位，以引起社会对其讽谕诗、闲适诗另眼相看。甚至可以说，提请社会、读者把讽谕诗、闲适诗与感伤诗、杂律诗以同样喜爱的程度来对待，是其掩藏在字里行间未曾表明的悲哀和希冀之情。关于这一点，可以从元和十二年（817）白居易将其诗歌编撰成集后，题于卷末的"一篇《长恨》有风情，十首《秦吟》近正声"诗句中得到基本的印证。我们相信，白居易不可能不负责到时而喜欢自己的诗歌，时而又否定自己诗歌的无序、犯浑的程度。事实证明，他把《长恨歌》看得和《秦中吟》一样重要，认为它们都是其诗集中最具代表性的作品。

在我们进一步弄清了白居易评价其诗歌时所出现的怪异现象的心理缘由，认清了白居易对《秦中吟》式的讽谕诗和对《长恨歌》式的感伤诗同样重视的态度后，我们可以说，没有丝毫必要非得把《长恨歌》归入讽谕诗才对得起白居易，才符合现实主义诗人所一贯遵从的原则，才能使《长恨歌》在思想性、艺术性上成为完美结合的典型。事实上，将《长恨歌》归入"感伤诗"就会有污于白居易作为人民的诗人、现实主义诗人的顾虑纯属杞人忧天、自寻烦恼。白居易坦然、明确地将

---

① 朱金城：《白居易集笺校》，上海古籍出版社 1988 年版，第 2794—2795 页。

② 同上书，第 2795 页。

《长恨歌》归入感伤诗类，说明他对自己的作品有着科学的判断、清醒的认识以及负责的态度。他并不因《长恨歌》是感伤诗就认为会有损于自己的形象而一味违心地压抑真我而刻意贬损之。相反，他以实事求是的客观态度，不无欣喜地表达了他对《长恨歌》的由衷喜爱之情。所以，白居易将《长恨歌》归入感伤诗的意义，首先在于为我们弄清他的矛盾性自评的本质提供了可探寻的指针，为我们把《长恨歌》坦然地当作一首"事物牵于外，情理动于内"的言情诗提供了坚实的保证。

除此之外，白居易将《长恨歌》归入"感伤诗"的意义还在于，他以此举有力地捍卫了自己的权利。值得注意的是，白居易将《长恨歌》归入"感伤诗"是在距《长恨歌》创就九年之后的元和十年（815），也就是陈鸿为《长恨歌》自定主题后的第九个年头进行的。是白居易在时隔九年后，转变了态度、认识，重新为《长恨歌》设定了主题框架，还是《长恨歌》天生就归属"感伤诗"而非"讽谕诗"？试想，如果白居易对陈鸿之说——"惩尤物，窒乱阶，垂于将来"无甚异议的话，他自然会顺着这根高贵的竹竿往上爬，让他的《长恨歌》永远戴着那顶似是而非的高帽，徜徉于正统的天衢。然而，白居易并没有那样做，他毅然摘除了陈鸿无端套在《长恨歌》头上的桎梏，以归类的方式重申了他对自己作品的定位、定性。因此，将《长恨歌》归入"感伤诗"应看成是《长恨歌》总体倾向的复归，是白居易对陈鸿强自追加"大意"的拨乱反正。也许，陈鸿当年的臆揣自说曾使得正欲在仕途上有所作为的白居易有口难辩，只好听凭其摆布。然而，科学的东西是容不得半点虚伪的，白居易终于在九年后，以含蓄而巧妙的"归类"手段，摆脱了当年《长恨歌》被讽谕说淹没的无奈，从而校正了《长恨歌》的主题归属。

第三章

《长恨歌》之审美阐释

在理清了《长恨歌》的主题倾向后，我们再来从三部曲的总体结构上具体看看白居易是怎样凸显《长恨歌》的"爱情"主题的。

赏美、思美、寻美，可说是《长恨歌》的爱情三部曲。第一部曲从首句"汉皇重色思倾国"至"尽日君王看不足"；第二部曲从"渔阳鼙鼓动地来"至"魂魄不曾来入梦"；第三部曲从"临邛道士鸿都客"至结尾"此恨绵绵无绝期"。这三部曲之间，相互依存，互为因果，共同构成了《长恨歌》情感律动的内在逻辑连线。

第一节　赏美

白居易在这部曲中充分运用艺术化手段，删除枝蔓，淡化历史，苦心而善意地塑造了姿质美丽、魅力万种、能耸心动意、摄魂动魄的杨贵妃形象，以及面对如此美艳佳人时，唐玄宗不能自已的宠情、任情形象。与此同时，作者还极尽渲染之能事，描绘了这对特殊的帝妃互赏互爱、如胶似漆的情爱生活。

起首六句为"汉皇重色思倾国，御宇多年求不得。杨家有女初长成，养在深闺人未识。天生丽质难自弃，一朝选在君王侧"。从叙述的角度讲，前两句写"汉皇"——唐玄宗对"倾国"之色毫无所遇的追求。中间两句，写"杨家女"美玉未凿的清纯女儿身。后两句则是写丽质终于投入君王的怀抱及其过程。从叙述的口吻上讲，句句隐含着作者对这段婚姻严肃的礼赞之情。前面我们已对"重色"的内涵作了较为详细的辨析，故而我们知道，唐玄宗对待"色"的态度是严肃的，绝非那些游戏人生者可比；同时，我们从"倾国"——绝顶美丽佳人一词的所指中感受到唐玄宗对"色"的选取标准是高档次的，绝非那些不辨妍媸的好色之徒可比。杨家女呢，则刚刚长大成人，如出水的芙蓉，如含苞未放的花蕾；多年以来，她一直深藏闺楼，从未泄露过春光。干净纯洁的成长史，初步具备了侍王伴君的先决条件；与生俱来的美丽姿质，不需要任何修饰，便特具一种不由得自己不珍视、不自爱的天然美。终于有那么一天，通过正当、合法、神圣、庄重的途径，她被选送到皇宫。从这六句中，我们不仅了解到了唐玄宗与杨贵妃结合的全过程，而且还感受到了白居易对李杨嫁娶的赞赏性倾向。白居易对唐玄宗合乎美、善择妇标准的介绍，让读者先期形成一种唐玄宗爱上杨贵妃绝非随意、偶然的判断，继而对后来唐玄宗在热恋中陷得那么深提供了理解的向导。总之，全诗开头六句，白居易从情爱关系的视角出发把李杨设定于爱情的起跑线上，做好了让他们携手并进、绕皇宫马拉松畅游的一切准备。

"回眸一笑百媚生，六宫粉黛无颜色。春寒赐浴华清池，温泉水滑洗凝脂。侍儿扶起娇无力，始是新承恩泽时。"这一段描述，白居易以一种取消审美主体的独特手法，解构了唐玄宗、作者、读者之间的距离，以一种模糊主体的视觉清晰地抓拍下了杨贵妃的三组特写镜头：第一组镜头是对杨贵妃面容美的直播——"回眸一笑百媚生，六宫粉黛无颜色"。在这两句里，作者调动了诸如白描、夸饰、对比、映衬的艺术手法，对其外表美及美的魅力作了传神的揭示。笑，是女性面容美的总开关，丑女愈笑愈丑，美女愈笑愈美。杨贵妃是难再求的国色天香，因而，洋溢在她脸上的笑容，锁定了永恒的千娇百媚，飘洒着醉人的陈酿芳香。眼睛是心灵的鼠标，轻轻一动，银屏启开：回眸一顾，溢彩流光；嫣然一笑，情柔意妙。当此之时，唐玄宗的感官为这幅俏丽而多情的少女相所折服。所有的后宫佳丽相形见绌，顿失颜色；新的美神挤进了审美的镜框，驱走了旧的忆像，并牢牢地盘踞在了心灵的荧光屏的中心位置。"春寒赐浴华清池，温泉水滑洗凝脂。"这是作者在描绘了杨贵妃的面容美之后顺水而下所拍摄的一幅裸体像。正像西方的裸体画最能表现人的形体美一样，白居易在这里以浓墨重彩的工笔为我们描画出了杨贵妃的形体美。当我们克服了语言的不透明性，借助于想象的力量，去审视这幅裸浴像的时候，我们似乎看见了氤氲的水汽，体察到了温馨的柔情；我们仿佛感触到了那肌肤的温热和如油似脂细腻、光滑的皮肤。"侍儿扶起娇无力，始是新承恩泽时。"这是紧承上两句，对杨贵妃出浴时慵倦的体态美的进一步拍摄。女人的体态美永远是男人对美的理解的生动演示。那尚余的水珠，新冒的细汗；那如翼的薄纱，如柳的身段……展示出了传统美学经验中缺席已久的慵倦美。慵倦绝不是困倦、疲倦、有气无力、精疲力竭之类的语符的同义词，甚至也不在这些词所构成的词语系列里。慵倦意味着女人一任身体自然放松而处于无力的状态。对丑女而言，这构成了男人感觉中丑陋的印象；对于一般女性而言，这构成了男人意识中懒散的概念；而对杨贵妃而言，出浴后的慵倦之态则凝固成了中国传统期待美感中的永恒美。尽管这种审美经验往往会因距离感失去而易滑向情欲那一边，但"新承恩泽"时的"娇无力"的神态，却永远是男人心目中美的范式。

从"云鬓花颜金步摇"以下，白居易运用了夸张、映衬、烘染、议论等一系列艺术手法，多侧面、多角度地展示了杨贵妃美的力量和美的效应。这两点主要从唐玄宗对杨贵妃极度宠爱以及惟恐恩宠不足的角度来表现的。三千美人的吸引力不足以与慵倦的美人相抗衡，这一映衬的结果将杨贵妃之美烘托到了无以复加的地步。从此以后，杨贵妃"度春宵""娇侍夜""夜专夜"；从此以后，唐玄宗"爱在一身""不早朝""看不足"。总之，先前满足中的不满足结构为而今不满足中的满足结构所替代，唐玄宗和杨贵妃在"缓歌"的乐曲中，在"慢舞"的节奏中，上演着一幕登峰造极的爱情剧。这幕爱情剧的热心观众便是"天下父母"，其演出效果之好的形象证明便是对传统世俗观念的彻底打破——"不重生男重生女"。

从第一部曲中，我们可得出这样几点感受：第一，赏美的对象是杨贵妃，赏美的主体是唐玄宗。杨贵妃倾城倾国的美貌是这段美满婚姻的首要条件，唐玄宗赏美、宠美之心是这段美满婚姻的感情基础。因而，他们的相知、相爱不仅是合情合理的，也是无可挑剔的。第二，唐玄宗和杨贵妃相处的时间概念被淡忘（除并不能说明时间长度的"春宵""春游"外），可看成是对他们相爱到忘记一切的暗喻，以及他们爱意持久不衰、不变的明证。第三，发生在皇宫中的浪漫恋情，必然地带有其贵族的印记，但像"华清池""芙蓉帐""金屋""玉楼""后宫""骊宫"之类表示空间地名的词不断出现在诗中，除了在其能指层面上代指他们爱的发生地外，在其所指层面上则是以丽词艳字作为李杨相爱的密度、浓度的符号而出现的。因而，这些表面看来没有任何情感色彩的名词，在李杨挚爱气氛的化育下，都变成了有意味的语符，成为负载着李杨爱意的有机形式。所以李杨的爱达到了无处不在处处在的程度。第四，第一部曲在全篇中的作用是非常重要的。它是整个曲折、离奇故事的开端，它为全诗定下了以情为主的基调，它为第二部曲爱的变调演奏起着铺路架桥和对比映衬的作用，它为第三部曲爱的主旋律再次对接、奏响起着参照的作用。

第二节　思美

在这部曲中，白居易转换了抒情的基调——变快意为悲痛，变浪漫为凝重。主要写了美的毁灭，以及失美以后唐玄宗痛苦不堪的刻骨相思之情。其中的抒情主体，已随杨贵妃之死而直接由唐玄宗一人所扮演。

"渔阳鼙鼓动地来，惊破霓裳羽衣曲。"这里以渔阳战鼓的动地之声，交代了安史之乱的爆发。相对于"缓歌慢舞"的纡徐节奏，"渔阳鼙鼓"裸露出了它的淫威。《霓裳羽衣曲》欢快而有序场面的被打乱、被冲破，预示着美质厄运的临近。至"六军不发无奈何"，进一步加重了美质非被毁灭不可的概率。一句"宛转娥眉马前死"，写出了杨贵妃就死之时对生命的无限留恋，对爱情被迫中断的不甘。曾经美贯后宫、色压群芳的美人就这样凄凉地死去了。面对自己宠爱至今仍然深爱着的妃子挣扎于自己眼前的情景，唐玄宗这位不呼即应的万乘之尊，居然回天乏术，无力制止悲剧的发生。当此之时，他只能掩面长泣，一任撕心裂肺的酸泪洒落在汩汩流淌着的杨贵妃的鲜血上。"马嵬兵变"的突然发生，是唐玄宗和杨贵妃爱情命运的转折点。在他们挚爱着的时候，不曾料想到死亡的魔剑正向他们刺来。就这样，一对缠绵恩爱的帝妃被逼无奈地遭受了生与死、灵与肉的劫难。刚刚迈步的一对爱侣，陡然间便走到了爱的终点，这是怎样的一种无常？绝色美人，宛转马前，贵为天子却不能救一己之爱，这又是何等的一种悲哀？"昭阳宫"里刚刚上演的喜剧，至此便以悲剧的形式画上了一个揪心的、沉重的句号。

然而，悲剧并未因杨贵妃的香消玉殒而中止，悲剧并未因唐玄宗的"苟活"、残存而落下剧幕。唐玄宗成了这出悲剧唯一的演员，他将这出悲剧的意义推向了对人类灵魂最深层伤痛的诉说。唐玄宗心失所爱之后，无时无处不沉浸在对失去爱妃的深深思念之中。入蜀途中，"黄埃散漫风萧索""旌旗无光日色薄"，一副天昏地暗、旌旗瑟索的落荒景象。在唐玄宗的眼中、耳中，"蜀江水碧蜀山青，圣主朝朝暮暮情。行宫见月伤心色，夜雨闻铃肠断声"。碧波荡漾的江水，青翠茂盛的山峦，成了逗起唐玄宗日夜追思的触媒。驻跸行宫，举目览月，唯见一片惨白；行经斜谷，倾耳闻铃，唯使肝肠脆断。在这里，哀伤的心境与美丽的物境构成一种相悖互错的矛盾，白居易以这种不和谐的意境突现出人物处处不如意的悲剧性感受。

"天旋日转回龙驭，到此踌躇不能去。马嵬坡下泥土中，不见玉颜空死处。君臣相顾尽沾衣，东望都门信马归。"这六句是"马嵬兵变"以后又一重场戏，字数虽不多，可情感却颇沉痛凝重。本来国势好转，回驾长安是再令人快慰不过的大事了。然而，对于唐玄宗来说，这天大的喜事却成了他天大悲伤的衬托物。当内心不再惊慌，思绪不再纷乱无序时，那曾经有过的疼痛便扩散到全身。车轮缓缓辗过马嵬坡下的泥土，玄宗徘徊伫立在那片曾流血的土地上。一时间，那生离死别的前尘影事，如梦似幻，再次重现于眼前；那片曾掩埋贵妃尸骸的滚烫热土，早已迁化为无言的冷寂，向生者诉说着爱的热烈、死的冤屈。玄宗的那颗受到过重创的心，再次经受了比曾经经受过的更强烈的刺激。那曾经拥有而今不能再拥有的美人，连死都是如此地富有魅力。君王、大臣相互瞩望，交流着无可言状的哀伤。当那无力的马蹄声传递着灰暗的心声时，抖落在沿途的酸泪正凝结成思念的和弦。

"归来池苑皆依旧，太液芙蓉未央柳。芙蓉如面柳如眉，对此如何不泪垂？春风桃李花开日，秋雨梧桐叶落时。"这六句以物是人非的对照手法，写出了唐玄宗回宫后睹物伤情的心理反应。昔日留下欢声笑语并成为他们相亲相爱见证的池苑，丝毫没有减损它们的繁华富丽。芙蓉花依然亭亭玉立于碧水灵液之上，细丝柳仍旧款款摇摆于柔风阳春之中。然而，为死别之情所苦的唐玄宗，偏偏无心赏玩眼前的美景，他的身心淹没在了昔日的太液池中，他的魂魄游荡在那时的未央宫里。当唐玄宗凝神贯目之际，美丽富贵的荷花化成了杨妃如花似玉的容颜，片片柔嫩的柳叶幻化成了杨妃两道细细的弯眉；长期的渴盼，浇铸成了狭深的情感隧道，输送着虚化了的美的倩影。依赖这种几乎病态的幻觉，唐玄宗方才抚慰定自己那颗憔悴而疲惫的心。无论是春风拂拂、桃李盛开的日子，还是秋雨阵阵、枯叶飘飞的季节，只有时光的变换，而没有思绪的转移。在玄宗的生活中，缺席的是杨贵妃；而在他的情感里，所有的只是杨贵妃。是那种幻影，是那种不泯的思念支撑着玄宗一切的一切。杨贵妃真正成了唐玄宗的唯一。

"西宫南内多秋草，宫叶满阶红不扫。梨园弟子白发新，椒房阿监青娥老。"这四句在结构上，与上面几句在次序上形成一种蝉联而下的格局。从所抒发的情感内核讲，则又是一种意脉的顺承续接。西宫和南内是唐玄宗生存的空间，也是他思绪放飞的空间。衰败的秋草和凄艳的红叶，是他生活环境中的典型物象。这些充满萧索、冷落况味的物象，堆砌在唐玄宗的眼前，排列组合成伤春悲秋的标识，转化成内心人生失意的锐感意绪。曾经亲手调教的梨园弟子，随着时光的推移，黑发转白；曾经随侍左右的后宫淑女，随着日月的更替，红颜渐老。就在自然的褪变中，就在人生衰老的进程里，唐玄宗承受着来自自然规律的消磨和来自人生苦况的折磨。双重的煎熬，蓄满了驱赶不散的离情和无情。

"夕殿萤飞思情然，孤灯挑尽未成眠。迟迟钟鼓初长夜，耿耿星河欲曙天。鸳鸯瓦冷霜花重，翡翠衾寒谁与共？悠悠生死别经年，魂魄不曾来入梦。"这八句以生活细节为切入点，进一步描写了唐玄宗孤苦寂寞的内心世界。昏黑的殿外，跳动着阴冷的萤火；阒寂的殿内，扑闪着垂危的昏灯；迟缓的钟声报告着夜的漫长，斜转的银河宣示着夜的终结。在这萧索清冷的背影上，游动着一个悄无声息的灵魂。他那孤单的身影印在了无声的墙壁上，他那无眠的双眼镶嵌在了漆黑的夜幕中。无言的神色里，流露出焦灼不堪的思绪。他在自伤，他在自守，他在等待，他在召唤。他噬舔着那处流血的伤口，他守护着那扇思念的闸门，他等待着杨贵妃魂魄的出现，他召唤着杨贵妃与他鸳梦再温。然而，严霜掩盖了鸳鸯瓦的柔情，寒冷掠夺了翡翠衾的温馨。唐玄宗辗转难眠，连试图借助梦境相会片时的一丝希望也因无眠而好梦难成。这真是不幸中的不幸。

在这一部分里，白居易笔下的唐玄宗，完全是一位忠于爱情、恪守真情的痴情天子。诗人紧紧抓住了唐玄宗失去杨贵妃后缠绵无尽的怀想痛悼之情，环环相扣，反复咏叹，或借景抒情，或寓情于景，或直抒胸臆。如此回环往复，层层推进，诗歌的感情越来越浓郁，越来越强烈，读之令人悱恻感慨，荡气回肠。所以，这一部分主要通过唐玄宗内心的缺憾来写他对爱的执著，对爱的忠诚。

在第二部曲中，我们可以得出以下几点感受。第一，唐玄宗对杨贵妃的浓郁的追思之情，是第一部曲中痴情、任情的必然结果。而且，这是一种合乎良心人性、值得肯定的有价值的东西。第二，唐玄宗对杨贵妃的思念，具有历久弥坚的长久性。文中反复出现的时间概念，暗示着这是一个无时不思处处思的追思季节，这是一段唯余一念苦苦念的感伤岁月。第三，唐玄宗的悲伤，是其无计可消除的真情的自然流露。从审美的角度看，不幸的劫难虽然击碎了温馨的梦，但长久的思念却淬成了永恒的爱；虽然毁灭了千娇百媚的肉体，但却借此铸就了天长地久的灵魂。第四，这一部分在诗章的总体结构中，担负着承上启下的作用。"马嵬兵变"成为爱的黑洞，但同时也是爱的隧道。一方面，它使唐玄宗失去了爱；但另一方面，失去爱的唐玄宗才真正体会到了爱，才又从爱的终点上重新起飞，并环绕着那条永恒的爱的轨道前进再前进。杨贵妃突然被毁灭的缺憾，既成为唐玄宗沉溺在思念的漩涡中不能自拔的心理障碍，又成为其锤炼爱意的心理动力。唐玄宗对爱的痴迷、执著必然要形成感天动地的内驱力，从而出现与之对等回应的第三部曲。

第三节　寻美

"寻美"是诗章的重头戏。在这部分里，白居易以浪漫主义的手法，塑造了仙界中的杨贵妃形象。其中主要描写了她崇高的灵魂——她对爱的理解，她对爱的追求，她对爱的坚定信念和对爱的美好祝愿。在仙界，杨贵妃的形象最终走向了完美，成为一个既有外表美又有内心美的光彩照人的艺术形象。《长恨歌》的总体构思也于此浑成妙合，主题至此也豁然突现。

"临邛道士鸿都客，能以精诚致魂魄。为感君王辗转思，遂教方士殷勤觅。排空驭气奔如电，升天入地求之遍。上穷碧落下黄泉，两处茫茫皆不见。"这八句是"寻美"的起缘，寻美的方式，寻美的范围，寻美的结果。唐玄宗日思夜想、辗转不安的执著，终于感动了客居京城的临邛道士。这位道士法术高明，能够利用祈求者忠贞不二的诚意招来他所思念的人的魂魄。于是，道士便派出了精明强干的"侦察兵"，到四面八方去搜求杨贵妃的魂魄。"精诚"两字，写出了唐玄宗心无旁骛的专一；"殷勤"两字，写出了方士受"精诚"感动的程度和他们努力的程度。他们反复地、多次地、不知疲倦地搜寻，以此来完成唐玄宗的重托。他们驾着长风，像闪电一样穿梭往来于天地间。然而征途不总是坦途。方士把天地搜寻了个遍，可最终还是茫茫然不见杨贵妃的丝毫踪影。寻美的征途至此中断，唐玄宗的渴望随之落空。这是失落后的再次失落，希冀的白日梦眼看就要幻灭。

"忽闻海上有仙山，山在虚无缥缈间。楼阁玲珑五云起，其中绰约多仙子。中有一人字太真，雪肤花貌参差是。"在久思无果、遍求不遇、眼看唐玄宗的希望将要落空，身心将要俱焚的情况下，一处别有洞天非人间的蓬莱仙境突然出现了。在那辽阔无垠的海天尽头，有一座远离人寰的蓬莱仙山。在这座云彩环绕的仙山上，建造着玲珑精美的楼阁，居住着姿容美妙的一群仙女。在众多的仙女中，有一位名叫太真、肤白如雪、貌美似花的仙子，看上去有点像杨贵妃。真是"山重水复疑无路，柳暗花明又一村"。希望的烛光再次点燃，搁浅的"探寻号"再度扬帆。

"金阙西厢叩玉扃，转教小玉报双成。闻道汉家天子使，九华帐里梦魂惊。"这四句写唐玄宗的使者通过门卫与杨贵妃联系的过程以及音信沟通后杨贵妃的神情。杨贵妃住在金碧辉煌的西厢房，通过层层通报，汉家天子使者莅临的消息才达于幽居的杨贵妃之耳。杨贵妃获悉这一讯息后，从华贵的九华帐中猛然惊醒。一个"惊"字，传递出杨贵妃乍闻消息时惊讶、惊喜、惊慌的神情。历久萦怀的"两处闲愁"，终于等到了互倾互诉的那一天；隔离已久的金口、玉唇就要在这里对接、碰撞。这怎能不令杨贵妃魂惊梦醒、情动魄飞呢！时间是发酵剂，它把酸涩的葡萄烤成了酸甜的"干红"。

"揽衣推枕起徘徊，珠箔银屏逦迤开。云鬟半偏新睡觉，花冠不整下堂来。风吹仙袂飘飘举，犹似霓裳羽衣舞。玉容寂寞泪阑干，梨花一枝春带雨。"这八句从多个角度写了杨贵妃再次正式出现时起伏不定的心情和曼妙寂寞的姿容。"揽衣推枕起徘徊"是四个连续的动作，前三个动作写杨贵妃从梦中惊醒后起床的过程。这个过程一气连贯，节奏急促。"徘徊"写杨贵妃起床后犹豫不定的神情。她为何会出现与"揽衣推枕起"节律相反的"慢动作"呢？生离死别后，阴阳的阻隔早已使杨贵妃形成了一种天各一方、不可沟通重逢的心理定势。尽管她内心蓄满了对唐玄宗思念的汩汩柔情，可仙界与人间的死生界限已使她对重构爱情产生了这是一个"无言的结局"的判断。她默默承载着"一片春情无处诉"的遗憾，将自己幽闭在与情隔绝的仙界。一声"汉家天子使者到"的通报，打破了寂寞的平静，搅动了那颗灰死的心。此刻，她虽然从梦中惊醒，但是尚未回过神来，这突如其来、毫无心理准备的喜讯使她不知所措了。她惊诧，她激动，她惊慌，她错愕。她在悲悼那音容两茫茫的久长岁月，她在预卜那两心相对时的激动场面；她在积蓄抵抗晕眩的力量，她在作转换心态的最后努力。无声有形的"徘徊"，写透了杨贵妃苦乐并生、酸甜同有的复杂心理。"珠箔银屏逦迤开"，她终于打破了早已僵固的心理结构，从钝化了的心理阴影下振起。她真正醒来了，掀起珠箔，绕过银屏，从闺房的深处，急匆匆走来。她只争朝夕，急不可耐地要见到汉家天子的使者；她按捺不住，不顾一切地要与来到仙界的唐玄宗的灵魂对话。她已经完全为情的鹊桥的开通所支配、所陶醉。她甚至来不及梳妆打扮，一任乌黑的云鬟斜垂耳边，一任精致的花冠乱簪头侧，便快步从高堂上走下。匆匆行走时带起的仙风，将她的裙裾、衣带高高地吹向身后，远远看去风韵依旧，不减当年，如同她昔日跳"霓裳羽衣"舞时回风流雪的美妙样子。当她来到近处时，却是一副从未见过的、与昔时宫中华美的脸庞迥然有别的凄美模样：如玉般清纯的容颜上凝结着抑郁的冷色，滴淌着感激而伤心的泪花。独处的委屈，阻隔的遗憾，交会成黯然神伤的悲歌，谱在了杨贵妃喜忧参半的心扉上。这寂寞的冷色冲淡了兴奋的暖调，使这位绰约的仙子看上去像是一朵颤悠在春风中的、带着雨珠的圣洁梨花。凄美的杨贵妃别具一番苦情涩调所附丽的清香冷玉之美。

"含情凝睇谢君王，一别音容两渺茫。昭阳殿里恩爱绝，蓬莱宫中日月长。回头下望人寰处，不见长安见尘雾。"这六句写杨贵妃初见使者时的怨怅。"谢"是致谢、感谢的意思，它是杨贵妃对唐玄宗一往情深的由衷感激。她两眼脉脉含情，长时间凝视着使者，并初次吐露了自己与唐玄宗音容两渺茫的分离苦情。马嵬一别，结束了昭阳殿里恩爱幸福的生活，从此，在蓬莱宫中开始了日出月没、年复一年、日复一日的索然寡居的生活。她无法与唐玄宗沟通，她无法向唐玄宗陈情，她只祈求瞥一眼生活在人间的唐玄宗。然而仅此一点"降而求其次"的小小心愿，竟然不能够得到满足。曾几何时，在她回望长安城时，遮天蔽日的烟尘、云雾将她的视线挡回，心灵的雷达已经完全坏死，扫描不出唐玄宗出没的位置，回望的努力验证了努力的无望。

"惟将旧物表深情，钿合金钗寄将去。钗留一股合一扇，钗擘黄金合分钿。但令心似金钿坚，天上人间会相见。"这六句写杨贵妃托物的过程及其目的。面对人间与仙界不能来往互访的残酷事实，杨贵妃只能以自己珍藏的爱情信物为媒质，以此来表达她未曾遗忘片时的挚意和她对这种挚意的美好期冀。由唐玄宗赐给她的金钗和钿合，既是她受宠的信物，又是他俩相爱的凭证。杨贵妃郑重地把金钗和钿合一分为二，一份留与自己，一份托使者带回交与唐玄宗。并进而表明，她此举的意义在于借此相期共勉：只要我们俩的心坚定不移，如同这坚固的黄金铸成的金钗和钿合，那么，天上的我和人间的你总会有再见面的那一天。这种坚定的信念，非情深意笃者不能言其里，男图女貌、女图男势的露水夫妻有此景致也无？这种突破不可能的可能，就是爱的伟大力量之所在。

"临别殷勤重寄词，词中有誓两心知。七月七日长生殿，夜半无人私语时。在天愿作比翼鸟，在地愿为连理枝。"这六句是继上面的托物寄情后，杨贵妃再一次恳切地叮嘱使者，要他千万记住她捎给唐玄宗的话。她的这些流溢着爱意的誓言，大约只有她和唐玄宗方能解开其中的奥妙，领会其中的真意。此时此刻，杨贵妃一边殷勤地叮嘱着使者，一边又深情地回味着那荡魂撼魄的幸福时刻：在那年七月七日夜深人静时分，她与唐玄宗相亲相依在长生殿；他们互吐真情，互表心迹，信誓旦旦地发下誓言——在天上希望做一对双飞相从的恩爱鸟，在地下愿为两条互缠共生的连根藤。这誓言，是过去的好时光里两心相爱的符码，但其作用和意义更在于它是今天两情共颤的回响，是未来两心谐振的长音。

"天长地久有时尽，此恨绵绵无绝期。"这画龙点睛般的两句，是诗章中最有分量的两记重锤，它们敲在杨贵妃的心坎上，震响在唐玄宗的脑海里。坚如磐石的誓言，催动着情感世界的飞扬和精神境界的提升。杨贵妃不由自主地吟咏道：天地寥廓，悠远长久，但它们终有地老天荒、无形无息的时候；而我们之间相爱的深情将久远绵长，永无终止的那一天。

也许这样把"恨"解释为爱，亦不免有牵强之嫌。但笔者觉得，这样理解，不仅是合情的，而且也是合理的。从第三部曲的总体情况看，白居易以浪漫主义的创作手法，创造性地设计出了蓬莱仙山这一绝境。这一精妙的构思，不仅有效地消解了唐玄宗从未间断的意识焦虑，而且活灵活现地展示了李杨相爱的高潮和爱意升华的全过程。

从三部曲的相互逻辑关系，以及每一部曲之间情感的生发连接看，第一部曲主要写李杨之爱。中心人物分别是娇美的杨贵妃和宠美的唐玄宗，皇宫是他俩相爱的游乐园。在第一部曲中，交代时间的笔墨最少。从杨贵妃"一朝选在君王侧"开始，一直到"尽日君王看不足"，其间所提到的时间概念仅为"春寒""春宵""春游"中的"春"字。从字面看，唐玄宗与杨贵妃相爱和示爱的一切活动似都发生在春天。但无论从哪个角度讲，相爱的时间、相爱的高潮仅只局限在春天是不大可能且不真实的。因此，"春天里的故事"是白居易有意剪辑下的李杨相爱的情影。白居易以烂漫的春光作为李杨多幅合影的布景，旨在取得一种"花面交相映"的和谐效果。所以，他未曾涉及那些与温馨、缠绵、舒心的爱的节律相冲撞、抵触的诸如夏日、秋天、冬季之类的时间概念。"春天里的故事"又是白居易刻意淡化时间观念、精心制作的一组瞬间特写定格。这一组画面洋溢着春天芳香、醉人的气息，它们是李杨相爱的剪影、缩影。当我们设身处境地欣赏他们形影不离的痴爱镜头时，时间停留在了那不动的春天里。我们甚至忽略了时间的存在、变化，我们为他们如胶似漆的爱所吸引，只感到一种恒定不变的常在，一种永恒不变的相爱。白居易如此"荒谬"地处理时间，其良苦用心大约在以时间的不变，甚至时间的几乎不存在，来造成一种爱的热烈、爱的忘我、爱的短暂的效果。第二部曲主要写李杨爱情招致毁灭后唐玄宗对杨贵妃长久的思念。李杨由相爱到被迫分离，造成中心人物由二减为一。马嵬坡是爱的坟墓，西宫、南内是爱的冷宫。第二部曲与第一部曲相比有着突出而多变的时间概念，诸如"日色薄""朝朝暮暮""夜雨"的"夜""春风桃李花开日，秋雨梧桐叶落时""秋草"的"秋""白发新""青娥老""夕殿"的"夕""迟迟""初长夜""欲曙天""悠悠""经年"，等等。总之，时间在量上满纸皆是、触目可见，在质上春秋代序、昼夜交织。这些既多且变的时间概念，作为自然律动的形式照射着人物生命变迁的步履。春光嘲笑着黯淡的生命，秋雨浸泡着发颤的灵魂；白昼斜视着疲倦的身躯，黑夜掩埋了无望的双眼。时间与生命相对，它在向生命炫耀着淫威。但时间与爱却相应，它在证实着爱的密度。在对生命的磨损和对爱意的酝酿中，时间扮演着既丑又美的角色。生命在时光流变中销蚀，爱情在时光更替中再生；愁损的生命兑换成了丰满的爱情，爱在生命的涅槃中飞升，爱在时序的暗换中闪光。不可否认，唐玄宗的长相思，就是唐玄宗的长爱歌。第三部曲主要写杨贵妃对唐玄宗浓情长意的回应以及她坚贞不渝的爱情观。离场已久的杨贵妃成了抒情的中心人物，蓬莱仙山成了示爱的最高境地。与第一部曲中的时间概念淡薄的情形相比，第三部曲有着浓厚的时间意识；与第二部曲中时间概念多变的情形相比，第三部曲有着恒稳的时间意识。"蓬莱宫中日月长"的"日月长"，是一个漫长的时间概念。它既是杨贵妃寂寞岁月的作甬者和见证人，又是杨贵妃马嵬一别后久悬不安的心的别名、化名。"七月七日长生殿，夜半无人私语时"，这是一个既短且长的时间概念。它既是李杨昔日定情的特定时间，它又是李杨未来相会的约定时间；前者虽一夕，却已是抹不掉的永恒记忆；后者一年虽一逢，却是神话的再度延伸、重演。"天长地久有时尽，此恨绵绵无绝期"，这是一对长中有短、长中无尽的时间概念，其中蕴藏着杨贵妃几多痴情的呢喃。所以我们可以说，"天长地久有时尽"是对"此恨绵绵无绝期"的有力衬托。依照常理，天地无穷，永没尽头；人情再长，终有尽日。而这里，却以地不老天不荒的固常时间概念的被打破，将缠绵相爱的时间推进到了"无绝期"的永恒状态。于是，李杨之爱便超越了天地，超越了时空，成为永不消失的电波。

疏淡的时间，对应着忘我的热爱；多变的时间，对应着多维的思念；恒定的时间，对应着不朽的渴求。赏美之短，失美之久，寻美之切，构成了《长恨歌》三部曲的内在运行主线。《长恨歌》之"长爱"主题正是李杨之爱由发生到发展再到高潮所必然闪现的光环。

第四章

"蓬莱仙境"之审美意蕴及
《长恨歌》之"长爱说"

　　《长恨歌》是白居易最负盛名、最具影响的代表作。作者以其"深于诗、多于情"的艺术才能和"新天下人耳目"的精妙构思，在突破历史题材的束缚，充分吸收民间传说的基础上，成功地将现实主义与浪漫主义创作手法结合在一起，从而结撰出了"有声有情、可歌可泣"的优秀诗篇，也从而引起了上自帝王将相、文人学士，下至倡优释道、贩夫走卒持久不衰的关注、激赏的浓厚兴致。应该说，从《长恨歌》的传播史和研究史来看，前贤、学人对该诗的品评、探讨可谓多且详矣。不过，笔者在对文本反复解读、对研究史仔细翻检后，总觉得我们对白居易苦心孤诣所设计的"蓬莱仙境"的审美意蕴多有疏忽、重视不够。虽然亦有个别前辈从道教的视角研究《长恨歌》，但却并非把对"蓬莱仙境"在《长恨歌》中的价值、意义作为研究重心。事实上，"蓬莱仙境"在《长恨歌》故事情节的拓展、主题倾向的生成、悲剧意味的消解等方面，的确发挥着举足轻重甚至可说是无可替代的作用。关于《长恨歌》的主题从本质上看究竟为何？这是本章在对"蓬莱仙境"的审美意蕴进行探讨的过程中要解决的另一问题。可以说，"爱情说"虽然摆脱了"讽谕说"的困扰，着眼于文本中缠绵缱绻的两情相悦、相思、相守，但这一概括在大体方向不错中却总给人以言犹未尽、关捩未明的缺憾，因而我们有必要再行参悟、深挖提炼，直指《长恨歌》主题的核心。

第一节　"蓬莱仙境"对《长恨歌》情节的拓展作用

　　《长恨歌》是一首具有浓郁抒情色彩的长篇叙事诗。整首诗，不仅具备叙事诗的基本属性——一定的故事情节、生动的人物形象，而且可以说将这类叙事诗的基本属性推举、发挥到了一个前所未有的高度。就《长恨歌》的故事情节来说，实可用跌宕起伏、曲折离奇加以形容。能取得如此的审美效果，实与"蓬莱仙境"对整个故事情节的拓展、丰富、细化有着直接的关系。

情节是表现人物间相互关系的一系列生活事件的发展过程，是人物命运在发展过程中所形成的逻辑轨迹。《长恨歌》以爱情故事为中心，生动地展现了李杨悲剧性命运的推进历程。从《长恨歌》的总体情节结构来看，可划分为三个部分：第一部分"赏美"，从首句"汉皇重色思倾国"至"尽日君王看不足"；第二部分"思美"，从"渔阳鼙鼓动地来"至"魂魄不曾来入梦"；第三部分"寻美"，从"临邛道士鸿都客"至结尾"此恨绵绵无绝期"。从各部分在诗中所占的权重来看，赏美共30句，思美共44句，寻美共46句。单从这一比例来看，显然三部分形成了一个递增的走势，且第三部分寻美在其中所占分量最重。虽然仅从字句数量的多少，并不能证明寻美一节就具有重大的作用，但我们至少可从耗墨多寡的偏向上，看出作者用力、属意之所在。

赏美是故事情节的开端。它实际上包含着追求美、欣赏美两个层次。追求美在文本中体现在"追求"和"求得"的过程中，即"汉皇重色思倾国，御宇多年求不得""天生丽质难自弃，一朝选在君王侧"。欣赏美在文本中体现为对美的"珍视"和对美的"爱心大奉献"，即"春宵苦短日高起，从此君王不早朝。承欢侍宴无闲暇，春从春游夜专夜。后宫佳丽三千人，三千宠爱在一身"和"姊妹弟兄皆列土，可怜光彩生门户"。在赏美这部分中，白居易删除枝蔓，淡化历史，苦心而善意地塑造了姿质美丽、魅力万种的杨贵妃形象，以及面对美艳佳人时，唐玄宗不能自已的痴情、宠情、任情、使情的形象。与此同时，作者还极尽渲染之能事，描绘了这对特殊伴侣——帝妃间知音互赏、如胶似漆的情爱生活。

思美可视为故事情节的发展。它实际包含着美的陨落和对美的思念两个层次。关于美的陨落集中体现在"六军不发无奈何，宛转娥眉马前死。花钿委地无人收，翠翘金雀玉搔头。君王掩面救不得，回看血泪相和流"几句诗中。至于对美的思念则不仅体现在逃往蜀地的征程中——"蜀江水碧蜀山青，圣主朝朝暮暮情。行宫见月伤心色，夜雨闻铃肠断声"，还体现在驾返长安的旅途中——"天旋日转回龙驭，到此踌躇不能去。马嵬坡下泥土中，不见玉颜空死处"，更体现在西宫南内寂寞独守的煎熬中——"芙蓉如面柳如眉，对此如何不泪垂""夕殿萤飞思悄然，孤灯挑尽未成眠""鸳鸯瓦冷霜华重，翡翠衾寒谁与共"。在思美这部分中，白居易按照故事情节的自然律动，转换了抒情叙事的基调——变沉醉为悲痛，变浪漫为凝重，主要抒写了杨贵妃的香消玉殒，以及痛失爱妃后唐玄宗无时无处不有的对杨贵妃的刻骨思念。

赏美和思美是白居易依托历史又重塑历史的结果，尽管作者调动了诸种艺术手段，将爱与痛均夸饰到无以复加的程度，但毕竟这两部分情节的构成和推移，更具有某种真实性。赏美是一对热恋情侣奏出的欢快乐章，思美是"失伴飞"的唐玄宗对另一半的喃喃呼唤。在爱情命运的迁变中，抒情主人公由成双成对骤然间变成形单影只。生的欢乐与死的悲惨，拥有的幸福与失去的痛苦，在赏美与思美的参照、对比中，积聚成巨大的、无以言传的悲感势能和情感张力。

也许以上便是白居易借助历史的影子所能最大程度给我们提供的审美范本。然而，倘若主人公的命运果真如此，那么我们谁也无法面对一对深爱的情侣最终不免落得个一生一死的悲惨结局的事实，我们将很难在感性层面和理性层面上接受一个永不甘心的苦行者就如此了无结果地"苟活"着的惨况，无论是谁都难以承受爱情的力量仅是如此乏力渺小、不堪一击、不值一提的幻灭感。

白居易不愧是一位"深于诗"的伟大诗人，他以超凡脱群的艺术天赋，充分地撷取了民间关于李杨故事的传说，在尊重人物情感需求、心理期待的基础上，创造性地构思出了寻美的情节。从而不仅使诗情于柳暗花明处骤生波澜，而且对人物的命运也作了一个合情入理的演绎。显然，寻美是人物情感诉求在另一世界的延伸，是故事情节的高潮所在。寻美包含有的放矢地搜寻得而复失的美人以及重现于仙境的美人托物寄情、重申誓言三个场面，而这一切均发生在蓬莱仙境。

在久思无果及"魂魄不曾来入梦"的情形下，临邛道士这位"能以精诚致魂魄"的超人的出现，给无计可施、几近绝望的唐玄宗带来了希望。方士"升天入地"殷勤搜寻的结果，是在那辽阔无垠的海天尽头，一处别有洞天非人间的蓬莱仙境的出现。在仙山上，消失已久的杨贵妃，像一朵颤悠在春风中、带着雨珠的圣洁梨花再度闪亮登场。此时此刻的杨贵妃虽已没有了皇宫中"回眸一笑百媚生"的艳丽妩媚，然却别具一番绰约仙子苦情涩调所附丽的清香冷玉之美。方士即将返回复命之际，杨贵妃以她昔日受宠的信物作为寄情、陈情的载体——"唯将旧物表深情，钿盒金钗寄将去"，并进而满怀希冀地共勉道："但令心似金钿坚，天上人间会相见。"也许，漫长岁月中的寂寞孤苦太需要温馨缱绻的幸福时光加以冲淡，也许托物寄情的用意仍显单薄而不足以表白自己的良苦用心，也许那撼人心魄的往日誓言情不自禁还想重温、仍欲重申："临别殷勤重寄词，词中有誓两心知。七月七日长生殿，夜半无人私语时。在天愿作比翼鸟，在地愿为连理枝。"从杨贵妃殷殷叮嘱的话语中，又再度推出另一段鲜为人知的感人故事：在那年七月七日夜深人静时分，她与唐玄宗相亲相偎在长生殿，他们为牛郎织女坚贞不渝的爱情所感动，于是互吐真情，互表心迹，信誓旦旦地发下誓言——在天上希望做一对双飞相从的比翼鸟，在地下愿为两条互缠共生的连根藤。毫无疑义，这誓言是昔日皇宫中两心相爱的符码，但同时，这誓言的作用和意义于远离人寰的仙山上再度裂变、升腾——它是今日两心谐振的回响，是未来两心相约的长音。

寻美这一部分的重头戏在仙山托物寄情、誓言重温再申。从情节构成来看，可说是白居易对民间传说的认同、追步，即"尊重民间传说的改造，服从于在民间传说中形成的李杨爱情故事的主题和情节模式"[1]。然而，若从文学的内在规律来看，寻美却是赏美、思美所形成的情节张力自然运行的结果。也就是说，"蓬莱仙境"的出现具有一种无法抗拒的必然性。"蓬莱仙境"的及时出现，好比雪中送炭，使唐玄宗的焦情灼意有了着落，有了回应，使突遭劫难的杨贵妃的命运有了归宿，有了发展；同时，唐玄宗，尤其是杨贵妃的情感、心灵乃至情操在这里方才得到了最大程度的展现、提升。正由于此，诗章的结构方显完美浑成，诗情的高潮才得以聚合彰显。

---

① 谢思炜：《白居易集综论》，中国社会科学出版社1997年版，第402页。

第二节 "蓬莱仙境"对《长恨歌》主题的生成作用

"蓬莱仙境"是道教中诸神仙的落脚、聚集之地。从现存的典籍来看，《山海经·海内北经》《列子·汤问》《史记·封禅书》等都有关于"蓬莱仙境"所处方位、轮廓外貌、价值作用的虚构、描绘。东汉以后，道教渐次发展成熟，至唐代达于鼎盛。因此，在魏晋南北朝及隋唐诗人的笔下，随处可见关涉"蓬莱仙境"的吟哦题咏。不过，无论是神话传说还是历史著述，其中所出现的"蓬莱仙境"往往是"临之辄引去"的海市蜃楼，其中所活动的神仙大约是谁也未曾谋面的子虚乌有。换句话说，"蓬莱仙境"是纯粹理念中的虚幻世界。在大量的游仙、寻仙诗歌中，"蓬莱仙境"成为诗人们向往另一个世界的常见抒情媒介。然而，由于偶一提及且语简情短，其调味性、道具性色彩颇为浓厚。所以，"蓬莱仙境"在诗境的扩张、形象的塑造、主题的生成诸方面并未发挥鲜明独特的作用。反观《长恨歌》中的"蓬莱仙境"，不仅呈现出磅礴的气势、宏大的场景、深厚的诗境，而且在故事情节的延伸、拓展，尤其是在人物形象的丰润、再塑，主题倾向的熔铸、生成过程中，明显发挥着举足轻重的决定、制导作用。

"忽闻海上有仙上，山在虚无缥缈间。"不可否认，寻美一章中所出现的"蓬莱仙境"仍不免是浪漫幻想的结果，仍挣脱不了"虚无缥缈"的外衣。但值得注意的是，此处所出现的"蓬莱仙境"，具有一种情之所至其势必然的惯性。在经历了灵与肉的困扰、考问后，似乎天地间一切能满足悲情负载者心愿的幻想、虚构均不为过，均不为假。换言之，只要能使孤独寂寞的灵魂得到安抚、安顿，使生命的另一半最终再现、复归，什么样的虚幻手段不可以用，什么样的沟通方式不可以接受？当唐玄宗的苦思灼意积聚到一定程度后，方便之门忽然打开，世间奇迹骤然闪现，正所谓"精诚所至，金石为开"是也。于是，天意与人情、自然与人工交互做合的结果，便是一处活灵活现的"蓬莱仙境"的出现，一个有血有肉的绰约仙子的出场，一段有声有色的仙凡之恋的上演。

从深层次审美规律来看，"蓬莱仙境"的出现，是对唐玄宗刻骨思念的自然且必然的回报；感天动地的仙凡互访相恋，是唐玄宗苦情痛意浇灌、催开的花朵。在仙山上，消失已久的杨贵妃重新亮相，带着寂寞的柔情，自诉着她寥落的心境。失落已久的心声再度奏响，带着她坚贞的深情，回应着唐玄宗喃喃的呼唤。在生命的道白里，杨贵妃没有失意，只有惊喜；没有怨言，只有誓言；没有沮丧，只有憧憬。从她那殷勤叮嘱的誓言里，一一敞开灼人的心扉。笔者不知道，于天地宇宙间，还能有更优美的诗句来表达杨贵妃无怨无悔的情愫吗？还能有更动听的誓言来展现杨贵妃坚贞不移的情操吗？"天长地久有时尽，此恨绵绵无绝期。"这两句以物理遣人情、以有限衬无限的怨语、痴语，正是在久别重逢、悲喜交加的背景下凝结而成的。它似叹惋，似互勉，似希冀，似盟誓，包蕴着杨贵妃几多复杂的情怀。真心相爱却不能长相厮守，心灵交通却无缘破镜重圆，被阻隔的两情只能在苦盼的折磨中感叹"昭阳殿里恩爱绝，蓬莱宫中日月长"。然而，眼下相爱却被迫分离的处境，并没有冲垮杨贵妃由挚爱、深爱而构筑的精神堤坝："但令心似金钿坚，天上人间会相见""七月七日长生殿，夜半无人私语时""在天愿作比翼鸟，在地愿为连理枝"……涩涩的酸楚在乐观的憧憬面前，显得多么渺小、无味和乏味；绵绵的焦虑已被坚定的信念，销熔得庶几无声无息。当这些满怀期盼、自信的誓言从一位"雪肤花貌"的弱女子口中倾吐而出时，我们不由得不震惊杨贵妃在"无绝期"的阻隔面前所表现出来的勇气和韧性。更为重要的是，刹那间，我们透过"长恨"的表层意义——遗憾，感悟出了潜藏在其背后的深层意蕴——"长爱"。

　　纵观"蓬莱仙境"中杨贵妃的情感特征、心理诉求、精神境界，我们认为"天长地久有时尽，此恨绵绵无绝期"中的"恨"与普通男女之间爱极则恨极的范式有本质的区别。原本产生于两性之间的"爱"与"恨"，与《长恨歌》中的"爱"与"恨"既有区别，又有相通之处。就"爱"而言，都是指相爱的恋人之间魂牵梦绕的彼此对对方的牵挂、关心、惜痛、畅想之情。就"恨"而言，普通男女之间的"恨"往往是"爱"的副产品，爱与恨如影随形，不能分离。"恨"常常是"爱"的异化形式，"爱"与"恨"既相互对抗，又相互包容；既相互排斥，又相互吸引；既相互矛盾，又相互转化。所谓"恨极则爱极，爱极则恨极",即是此类男女之爱的普遍样式。而《长恨歌》中的"恨"则与因误会、妒忌、爱而不被爱等所引起的普通男女之间的怨恨、痛恨不同,它特指分离而造成的缺憾。虽然这种缺憾作用于李杨之心,然而缺憾的起源却是客观而非主观的。客观的生死界限,阴阳间无法调和转换的时空,是造成李杨爱情受阻、有憾的真正原因,这与普通恋人之间多主观原因所造成的"恨"明显不同。另外,男女之间的"恨",既可能是爱的助燃器,又可能是爱的灭火机。暂时的恨,可能会成为爱的高潮的前奏;一时的恨,也可能会成为爱的葬礼的哀乐。也就是说,"恨"会造成两个方向上的结果:要么爱得更深,要么恨得要死。《长恨歌》中的李杨,从始至终我们未曾见到两人感情的裂纹,它们的爱毁于"马嵬兵变",他们的爱受阻于人间与仙界暂时无法超越的鸿沟。因而,"此恨"中的"恨"只会产生一个方向上的走势,即无法消除的距离及分离成为他们彼此渴求、期盼的熔炉——焚烧着"恨",流泻出"爱"。正因为如此,原本矛盾对立的"爱"与"恨",在《长恨歌》中才转化成一对新的概念——有"此恨",才有"此爱";"此恨"越长,"此爱"越久。久长的爱不因时空距离而淡化、消亡;相反,"此爱"以"此恨"为高炉,把自己冶炼得炉火纯青。这也正如地球的 N 极和 S 极一样,距离最远,引力最大。所以,在"此恨绵绵无绝期"这句里,"爱"与"恨"可以互相交换甚至自然转换而无损于诗意。"此恨"——分离而不得相聚的怨恨,成为"此爱"——依恋而永不变心的爱的活化剂,使"此爱"在"此恨""无绝期"的冶炼、重锤下,裂变为惊心动魄、响彻宇宙的高亢音符。由肉体之爱,到相失消磨,终至精神上的水乳交融,这是死神赠送给爱神的最宝贵的礼品。就这样,玄宗之思,贵妃之情,两相合奏,谱写成了一曲超越时空的"长爱"绝唱。

作品的主题是通过作家所塑造的人物形象以及贯穿在作品中作家的主观创作倾向来体现的。白居易在寻美一章中,通过托物寄情、仙山盟誓,以及对往昔七月七日难忘一幕的深情追忆,成功地完成了对杨贵妃形象的塑造。如果说"回眸一笑百媚生,六宫粉黛无颜色"是对皇宫中杨贵妃美免绝伦的外在美的传神描写,那么"但令心似金钿坚,天上人间会相见""在天愿作比翼鸟,在地愿为连理枝"则是对仙境中杨贵妃坚贞不渝的内在美的深层开掘。皇宫中形影不离的热恋，虽然浓烈、甜蜜，然总不免于浅表、单一；仙宫中的情愫互通，虽缺失肉体的碰撞、交融，但却因此而显现出纯洁、深刻、崇高和伟大。"马嵬兵变"是爱的黑洞，它吞噬了生命，毁灭了爱情；"蓬莱仙境"是爱的跳板，它提升了爱情的境界，赋予了灵魂新的内核。俗语说得好：因为失去，所以得到。又曰：塞翁失马，焉知非福？遭受劫难而得道成仙的杨贵妃，才真正理解、体味到了爱的深度、厚度，遂成为闪耀着光辉色彩的爱神形象，成为灵与肉相结合的完美典型。笔者认为，白居易通过"蓬莱仙境"所蕴含的意义以及于其中再获新生的杨贵妃形象，已再清楚不过地表达了《长恨歌》的主题倾向和主旨所在。这正像许道勋先生所指出的那样："《长恨歌》在艺术创造上第一次把李杨爱情故事从世间上升到灵界，以'畅述人天生死形魂离合之关系'为主题。这就是《长恨歌》成为千古绝唱的真正秘密，这就是它引起无数读者思想上的共鸣与强烈的精神反响的根本原因。"①

在《长恨歌》研究中，主题的界定一直成为欲休还说的热点。自从陈鸿在其所创作的《长恨歌传》中将《长恨歌》的主题臆断为"惩尤物，窒乱阶"以来，受儒家"美刺"诗教观的影响以及文人本能的以史为鉴的历史观的支配，历朝历代不乏"讽谕说"的首肯赞同者。"讽谕说"由于有正统文化的暗中"扶持"，有传统心理的反复呼求，一直以来以其源有所自、根正苗红而成为《长恨歌》主题研究中的强硬派、得势派。纵观"讽谕说"者赖以仰仗的材料和形成的观点，归纳起来不外乎有以下几条：其一，取材于历史的《长恨歌》，其主题的研判当然与对历史人物的善恶评价有联动性。其二，陈鸿在《长恨歌传》中所表达的"惩尤物，窒乱阶，垂于将来者也"的意见具有权威意义。其三，白居易美刺现实的创作原则，自然会对《长恨歌》的主题走向产生辐射、匡正作用。其四，白居易对《长恨歌》的自评——"一篇《长恨》有风情，十首《秦吟》近正声"中的"风情"即是"正声"。其五，《长恨歌》中的某些诗句呈现出荒淫祸国、贪爱误身的倾向。其实，上述这些论点虽说是认真思考、潜心研究后得出的结论，

---

① 许道勋、赵克尧：《唐玄宗传》，人民出版社1993年版，第596页。

但却违背了白居易的创作本意。我们说，历史与文学本属于不同的观照范畴，历史重在总结与借鉴，文学旨在反映与表现。将文学与历史混为一谈，是无视文学的本质特征，不懂得文学的基本规律的一种表现。不错，白居易于806年底创就《长恨歌》后，曾主动促请陈鸿为其新作作传。但问题是，陈鸿之"意"只是他本人的观点、看法（或者可说是他自己为《长恨歌传》所提炼、总结的主题），并不能必然代表白居易对《长恨歌》的认识。那种"陈"云亦云、简单的移花接木式的《传》冠《歌》戴的研究方法决非一种科学的态度。白居易的确创作了相当数量的令"权豪贵近者相目而变色""执政柄者扼腕""握军要者切齿"① 的诗歌，表现出了美刺时政、规讽劝诫的敢为精神和负责态度。但是，"讽谕诗"有"讽谕诗"的创作原则，"感伤诗"有"感伤诗"的创作原则，这在白居易于815年所写的《与元九书》中，表达得再清楚不过了。更何况，白居易在陈鸿为其《长恨歌》臆断主题后的第九年，明确将《长恨歌》归入"感伤诗"，难道这一举动的背后所表露的倾向性我们可以无视吗？所以，以创作"讽谕诗"而赢得读者敬重的白居易，不见得非要在《长恨歌》中注入讽刺的意味，方是一位本色的、值得尊重的诗人。事实上，《长恨歌》之所以取得"文人学士既以为不可及，妇人女子，亦喜闻而乐诵之，是以不胫而走，传遍天下"② 的审美效果，正是因为其中所蕴含的缠绵执著的生命意识、爱情意识。与此相关，把"风情"理解为"正声"的观点，乃是一种无限放大白居易艺术细胞中"讽刺"因子，看似抬高《长恨歌》实则贬损之的盲目比附的做法。无论是从白居易诗句中"风情"与"正声"对举的实际用意，或是从白诗中大量使用的"风情"的真正含义，抑或是从《长恨歌》文本所蕴含的内在情感，都无可辩驳地证明"风情"就是深情、痴情，就是缱绻、浪漫的恋情，就是男女之柔情，帝妃间之真情。推崇"讽谕说"者最看重的佐证材料可能是《长恨歌》中所谓带有明显讽刺、针砭色彩的一些字句，如"汉皇重色思倾国""从此君

---

① 朱金城：《白居易集笺校》，上海古籍出版社1988年版，第2789页。
② （清）赵翼：《瓯北诗话》，霍松林、胡主佑校点，人民文学出版社1963年版，第37页。

王不早朝""春从春游夜专夜""姊妹弟兄皆列土""惊破《霓裳羽衣曲》"等。然而，倘若我们摆脱外围其他因素的过多干扰，以平实而客观的眼光来审视上述这些诗句，我们就会领悟到，"重色""倾国"不是"好色""祸国"的同义词，"夜专夜""不早朝"乃是对杨贵妃受宠程度和唐玄宗宠美程度的极度渲染，"姊妹弟兄皆列土"的所指意义是对唐玄宗爱屋及乌式的爱心大奉送的最好夸饰。至于"惊破《霓裳羽衣曲》"之被写入诗篇，乃缘于这是由赏美到失美之场景切换、形势突转的客观陈述过程中，无法回避、必须交代的一笔。总而言之，推崇"讽谕说"者，是在脱离文本、枉顾作者本意的情形下，以僵化的思维模式不适地为《长恨歌》拈出了"讽谕"的主题。

不言而喻，如果我们对"蓬莱仙境"在整个诗章中的地位给予足够的重视，准确把握了它的审美意义，我们自然会用这种"罗盘"来有效修正我们在主题研判中所出现的困惑、迷误。换句话说，一旦我们抓住了"蓬莱仙境"的审美作用，便能在解读《长恨歌》主题时，不为浮云遮望眼，而能透过迷雾看本质，准确地揭示《长恨歌》的主题。正因如此，我们有充足的理由认为，"蓬莱仙境"的出现，有力地制导着《长恨歌》主题的走向，并强化了我们对"讽谕说"否定的信心。

第三节　"蓬莱仙境"对悲剧意识的消解作用

陈鸿于《长恨歌传》中叙及《长恨歌》的创作缘起时写道："元和元年冬十二月，太原白乐天自校书郎尉于盩厔，鸿与琅邪王质夫家于是邑，暇日相携游仙游寺，话及此事，相与感叹。质夫举酒于乐天前曰：'夫希代之事，非遇出世之才润色之，则与时消没，不闻于世。乐天深于诗、多于情者也，试为歌之如何？'"[①] 从这段记叙中，可作出以下判断：其一，《长恨歌》创作于806年底，即距离"马嵬兵变"已整整半个世纪之久。其二，相携游玩的人有王质夫、陈鸿、白居易，游玩的地点是仙游寺。其三，三人"话及此事，相互感叹"，而所"话"所"感"之事乃"希代之事"。其四，王质夫主动提出由白居易将发生于

---

① 朱金城：《白居易集笺校》，上海古籍出版社1988年版，第658—659页。

李杨间的"希代之事",用宜于歌咏、流传的诗歌形式保存下来,以防其"与时消没,不闻与世"。从王质夫"夫希代之事,非遇出事之才润色之,则与时消没,不闻于世"的担忧中,我们不难推测,当时有关李杨间的爱情故事在民间已形成并流传开来。这是因为李杨之事发生在半个世纪以前,这为时人、后人传播、演绎其故事提供了必要的时间长度;从王质夫的身份来讲,他是一位隐于民间、崇道迷仙的道士;从他们三人游玩、感叹的地点来看,乃是当时的道教圣地仙游寺。揆诸常情常理——到哪山说哪山话,则所谓的"希代之事",不仅指发生于帝妃间的缠绵悱恻的人间恋情,更应包含发生于"蓬莱仙境"的凡人与仙人的恋情。对此,川合康三先生在《关于〈长恨歌〉》一文中曾精辟地指出:"《歌》,(以及由《歌》而产生的传奇体裁的《传》)是由三种成分构成的。其一,是像《玄宗本纪》这样的史书记载,即历史事实;其二,则是'开元遗民'流传下来的口头传说,即民间产生的故事;其三,是白居易创作时的'润色',是以文人为主体的创作部分。关于贵妃死后的情节,可以说是以第二种成分即口头流传的故事为基础的。"① 如此说来,我们今天见到的《长恨歌》就是白居易在民间传说的基础上,运用他"深于诗,多于情"的艺术禀赋,对"希代之事"润色加工过的具有浓郁仙道色彩的艺术精品。

与以往诗歌中关于神仙的描写相比,《长恨歌》中的"蓬莱仙境"具有更大的联想性和由此而生出的合理性。唐玄宗是一位热衷道教的帝王,他在位期间把朝廷的崇道活动推向了高潮。开元九年(721),他迎请道士司马承祯入朝,"亲受法箓,前后赏赐甚厚"②;二十一年(733),"制令士庶家藏《老子》一本,每年贡举人量减《尚书》、《论语》两条策,加《老子》策"③;二十九年(741),"制两京、诸州各置玄元皇帝庙并崇玄学,置生徒,令习《老子》、《庄子》、《列子》、《文子》,每年准明经例考试"④。此后,又御注《道德经》并修疏义,置玄学博士,令天下诸州于玄元皇帝降诞日设斋祭祀,编制亲见老子降

---

① 马歌东:《日本白居易研究论文选》,三秦出版社 1995 年版,第 159 页。
② (后晋)刘昫:《旧唐书》,中华书局 1975 年版,第 5128 页。
③ 同上书,第 199 页。
④ 同上书,第 213 页。

迹显灵示符的故事等。为了表示对道教的推崇，唐玄宗不断追加老君尊号，由天宝二年（743）的"大圣祖玄元皇帝"①，到八载（749）的"圣祖大道玄元皇帝"②，再到十二载（753）的"大圣祖高上大道金阙玄元天皇大帝"③，可谓显隆之极。由于道教是唐代的国教，崇道并不仅仅局限于男性的圈子。事实上，有相当一批出身统治阶层的女性包括公主、贵妇、宫人等入道，女子出家入道从而形成潮流。杨贵妃亦是大量"入道"者中的一员。据《旧唐书·玄宗杨贵妃传》记载："或奏玄琰女姿色冠代，宜蒙召见。时妃衣道士服，号曰太真。"④《新唐书·杨贵妃传》亦有类似的记载："或言妃资质天挺，宜充掖廷，随召内禁中，异之，即为自出妃意者，丐籍女官，号'太真'。"⑤ 我们引用史料的目的，绝非出于要弄清杨贵妃入道的真正原因，也绝非要评说历史上李杨之事的是非曲直，我们真正感兴趣的是，杨贵妃曾有过"度为女道士"的经历。

上有所好，下必行焉。对于普通民众来说，由于受统治阶层嗜好的熏染，受道教观念及信仰的影响，从道、学道、入道者比比皆是。甚至连一些最坚定的反释道者如韩愈，亦摆脱不了"长生久视"的吸引力，最终不免从俗随流。因此，道教在唐代百姓的心目中有着根深蒂固的位置，他们实际上比帝王将相们迷恋的程度有过之而无不及。

正是基于以上李杨及普通民众信奉道教的真实性，我们才可以说，《长恨歌》中的蓬莱仙境以及仙境中的杨太真具有一种依据真实存在而合理生发的联想性和可接受性。这也就是说，由凡间向仙界的转化，显得那么顺乎自然而丝毫没有突兀乖捩之感。"蓬莱仙境"及仙境中的杨太真，似乎并非是远离人寰的虚幻不实的东西，而是人间的皇宫和皇宫中杨贵妃的一种更趋合理、完美的正常对应，甚至代表着唐玄宗的灵魂而踏入仙境的道士，亦让人从他的神秘性与世俗性兼而有之的特异性中，感到其存在的可能性和真实性。

---

① （后晋）刘昫：《旧唐书》，中华书局1975年版，第216页。
② 同上书，第223页。
③ 同上书，第227页。
④ 同上书，第2178页。
⑤ （宋）欧阳修、宋祁：《新唐书》，中华书局1975年版，第3493页。

　　获取了以上的认识，我们似乎更能深入地解答"蓬莱仙境"对悲剧意识的消解作用这个命题。

　　首先，"蓬莱仙境"对李杨的孤苦、寂寞之情具有极大的消解作用。赏美一章中的中心人物是唐玄宗与杨贵妃，于人间极尊贵、富丽的皇宫中，两人上演了一出如影随形、甜美幸福的喜剧。思美中的"马嵬兵变"一节，使人间的喜剧突然变调而成为一出惨绝人寰、生离死别的悲剧。由唐玄宗与杨贵妃共同绘制的热恋曲线，随着一方的命殒马前而即刻中断。唐玄宗成了这出悲剧的主角，杨贵妃成了悲剧主角赖以维系生命的精神支柱。入蜀途中，返京路上，唐玄宗触景生情，沉溺于思念之中而不能自拔。西宫南内的悄声孤影，低诉着生命、爱情双亡的孤独，以及由浓烈的孤独所包围着的生命意欲冲破孤独、走向欢聚的焦灼意愿。"悠悠生死别经年，魂魄不曾来入梦。""昼有所思，夜有所梦"的恒定规律，在急需抚慰的唐玄宗这里，却完全失效。思绪在不住地放飞，无论春夏秋冬；焦虑在不停地叠加，无论太液池畔未央宫中。可以说，唐玄宗的悲情体验已登峰造极，悲感势能亦聚积到再难承受的程度。"临邛道士鸿都客，能以精诚致魂魄。"当凝重的悲剧即将裸露出它残忍的面目时，临邛道士的出现，为绝望的心灵注入了希望的灵液。道士秉承旨意，不惜一切地殷勤寻觅，终于在"蓬莱仙境"上找寻到了消失已久的杨贵妃。随着"蓬莱仙境"及杨贵妃的出现，那出人间的悲剧随即便演化成了仙界的悲喜剧。重现于仙界的杨贵妃，虽然远离了人间，来到一处陌生的地方，但她仍然享受着如同皇宫一般富丽堂皇的生活：玲珑多彩的楼阁，镶金嵌玉的闺房，文静乖巧的侍女，典雅华贵的帐幔……而所有这一切，都可看成是人间生活的一种再延续，都可视为死者在仙界所获得的一种补偿。生活于仙界的杨贵妃，虽然"玉容寂寞泪阑干"，但她依然"风吹仙袂飘飘举，犹似霓裳羽衣舞"，风韵不减当年。更为重要的是，从马嵬之死到仙山更生，杨贵妃的精神境界得到了最大程度的升华。常言道："爱多则情厌，爱少则情变。"重获新生的杨贵妃，已没有了伴君侍王的可能和再获宠爱的机会，伴随她的将是"蓬莱宫中日月长"的寂寞生活。但令我们起敬、钦佩的是，杨贵妃并未因在皇宫中爱多而情厌，更未因身处仙界爱少而情变。人在仙界，心驰凡间——"回头下望人寰处，不见长安见尘雾";身虽受阻,情弥坚贞——"在天愿作比翼鸟,在地愿为连理枝""天长地久有时尽,此恨绵绵无绝期"。在"蓬莱仙境",杨贵妃的情怀得到了最大幅度的释放,唐玄宗的心理得到了最大程度的满足。所以说,"蓬莱仙境"的出现,不仅有效地消解了唐玄宗的精神苦闷,使那根中断了的爱情曲线在仙界重新续接、延伸,使唐玄宗此前茫然的苦恋,立刻被赋予了价值和意义,并转化成了有目标、有目的的执著追求。同时,"蓬莱仙境"的出现,还有效地消解了杨贵妃的悲剧命运,使她超越了死亡,脱胎换骨,并在因应、对应唐玄宗"一种相思"的过程中,幻化成一位雪肤花貌、风姿绰约、情操高尚而令人仰视的美神!

其次,"蓬莱仙境"对接受者的悲剧意识发挥着巨大的消解作用。李杨在人间的爱情故事,对任何一位读者来说,都是可歌可泣的佳话。皇宫中的相依斯守,马嵬驿的生离死别,西宫南内的刻骨思念,都以其打破了帝妃的神圣性所显现的世俗性、平民性而别具一种亲切性和平易性,并由此拉近了与读者可接受的心理距离。在思美一章中,杨贵妃的"宛转马前死"以及唐玄宗的"朝朝暮暮情",均具有极浓的悲剧意味。当人间最美好的真情遭受到不公正对待的时候,认同这种真情的读者自然要为其鸣不平,要为他们关心、牵挂的主人公的命运捏一把汗。从接受美学来看,接受者的这种心理活动,正是接受者与主人公的命运产生高度共鸣的体现,只有当接受者所关注的人物命运得到应有的改善后,这种紧张的心理才能得到有效缓解。

面对杨贵妃的遭劫历难和唐玄宗的相思欲绝,读者那颗久悬的心怎样才能放下而获得踏实的感受呢?"仙是作为一种价值转换物而成为悲剧意识的消解因素的。神仙世界是一个与现实世界根本不同的超现实世界。然而当现实世界的人把它作为一个确实存在的世界而相信的时候,它就对现实世界的人们发挥着作用和影响。神仙的超世观念与执着于世的悲剧意识是对应的,它在本质上对悲剧意识有一种消解作用。"① 上述这段关于神仙世界对悲剧意识的消解作用的精辟论述告诉我们,神仙世界作为悲剧意识的消解因素要想发挥其消解功能,必须具备信仰和崇

---

① 张法:《中国文化与悲剧意识》,中国人民大学出版社 1989 年版,第 199 页。

尚神仙之道的普遍社会基础。从我们前面的论述中不难看出,唐玄宗、杨贵妃以及唐代普通平民,均具有普遍而浓厚的道教情结,因而,神仙世界的消解功能所赖以生发的前提条件是充分完备的。从某种意义上说,采撷于民间传说的《长恨歌》中的"蓬莱仙境",是白居易对普通接受者消解李杨爱情悲剧意识努力的再加工、再创造。

天地宇宙间,许多"人性化"的东西乍一看,也许并不完美,甚至有一些瞒和骗,但往往却是维系人类生存的有效工具,是人类改变命运、畅想未来的本质动力。我们知道,道教主要是以求福免灾、羽化登仙、长生久视、永享富贵来赢得人心的,它是以区别于肉体凡胎、多灾多难的另一个神秘却充满幸福的世界来吸引信徒的。因此,当崇道的理由、目的深入人心的时候,它的抚慰人心、安顿灵魂的功能便自然运转。从白居易所创造的"蓬莱仙境"的实质意义来看,它更像是人间的皇宫在仙界的翻版,杨贵妃对未来的坚定憧憬更像是对往昔情爱生活的进一步放大、扩张、提升。所以,"蓬莱仙境"以其超越尘世的极乐性成为李杨互吐衷肠、交流爱意的一个理想场所,它使那根由唐玄宗坚守的爱情线再次与杨贵妃那失而重现的爱情线交汇并得以复原成粘连的状态。从这个角度看,"蓬莱仙境"将精神之恋抬升到一个凡间永难企及的高度,并成为安顿离情别绪的绝域佳境。也许,正是对"蓬莱仙境"意义的灵透感悟,接受者焦虑的心态才得到了缓解,倾斜的心理才得到了平衡,不安的灵魂才得到了安顿。

"情不知所起,一往而深。生者可以死,死可以生。生而不可与死,死而不可复生者,皆非情之至也。"[1]《长恨歌》中的杨贵妃由死而复生、复现于"蓬莱仙境"的奇迹,正是"情之至"的生动注脚。可以说,"蓬莱仙境"为人间至情的转化、深化、美化提供了最得体、最精彩的演绎舞台。尽管"蓬莱仙境"是现实中并不存在的虚设,但读者在受到这种"至情"的非凡力量震撼的同时,自然期待着有一处传爱、示爱的理想场所的出现。毫无疑问,正是接受者"愿天下有情人终成眷属"的良好心愿,以及潜意识中"分久必合""否极泰来"的

---

① (明)汤显祖:《汤显祖诗文集》,徐朔方笺校,上海古籍出版社1982年版,第1093页。

"大团圆"审美期待，成为"蓬莱仙境"顺利诞生并发挥作用的最根本动能。

综上所述，"蓬莱仙境"在《长恨歌》中的审美意蕴是丰富而深厚的，这正如孙昌武先生所指出的那样："人世间破灭的爱情，只能在仙界延续；在仙界里，再没有任何力量可以阻隔或破坏这真挚的爱情了。这样，在神仙世界里，人间的真情得到了寄托，爱情从而获得了永恒的生命。这虽然是虚幻的艺术幻想，但包含着对人生的肯定、对爱情的讴歌。从而，神仙传说不只给《长恨歌》增添了曲折、生动的情节，更丰富、深化了它的主题。如果缺少了这一部分，《长恨歌》也就全然失去了现在所具有的艺术魅力。"[①] 的确，也许我们谁也无法料想，缺少了"蓬莱仙境"情节的《长恨歌》会变成什么样子？它的兴发感动的力量是否仍会依旧、持久？

---

① 孙昌武：《道教与唐代文学》，人民文学出版社 2001 年版，第 142 页。

第五章

《长恨歌》艺术魅力探源

　　《长恨歌》是一首经受住了时间汰选的优秀诗篇，它从中唐走来，穿越了荆棘丛生的时光隧道，抗住了苛刻严厉的历史眼光，带着它委婉柔曼的情调、深沉挚烈的慨叹，站在了我们的面前。今天，当面对这段感天地、泣鬼神的浪漫风情时，我们震惊于它那勾魂摄魄的爱情梦呓，我们赞叹它那生生不息的顽强生命力。掩卷抚然，一首诗歌，在千余年的流播史上，能成为历代评论家赞赏、议论的热门话题，能激起不同阶层读者的浓厚兴趣，能赢得老少妇孺的普遍交口称赞，这难道不该引起我们的深思吗？

　　任何脍炙人口、辉映千古的优秀作品，之所以经久不衰、历久弥新，广泛为不同时代、不同阶层、不同文化层次和不同审美趣味的读者群所喜闻乐见、雅俗共赏，是因为它必蕴藏着震慑人心的思想价值和艺术魅力。在《长恨歌》的研究中，主题归属是其难点，而艺术魅力则又因顾此失彼而成为被忽视的盲点。在《长恨歌》中所潜藏着的不可抗拒的魅力，成为人们对其赏玩不厌的秘密所在。然而，这种超时代、超阶层的美学魅力，恰恰被历代的赏析、评论、研究文章所遗漏，要么蜻蜓点水、语焉不详，要么简单地以艺术特点越俎代庖，以"粗"掩精。当然，对作品的艺术特色加以归纳总结，对鉴赏诗篇在叙事、写景、抒情等方面的独到之处无疑是有帮助的，但是，这类工作着眼点一开始便偏低，致使对作品的研究仅限于浅表性的低层次上。而对于《长恨歌》而言，这样的简化处理无疑是难以让人感到圆满的。艺术特色是就一首作品所体现出的共时性特征加以概括，它与作品有着最为明晰、亲密的血缘关系。而我们所谓的《长恨歌》的艺术魅力，其重心不仅仅落在作品的横断面上，更主要的是要考察其在纵切面上所体现出的特殊意味。也就是说，我们更在乎它的历时性意义，我们要对它作动态的观照，把它放在文学、文化、审美甚至哲学的发展长河中加以追究，从而昭示它固有的、超出艺术特色之上的深层次魅力。一首好的文学作品，应该具有橄榄的品位——愈嚼味愈浓。《长恨歌》正是这样一枚历久弥新、百"吃"不厌的有品位的青果——在其华丽精致的形式下包蕴着令人神醉、令人沉思、令人回味无穷的芬芳。

第一节 情爱世界的全景图

从文学的角度来审视，《长恨歌》当之无愧地可称为我国古典诗歌画廊里关于爱情题材的一帧精品，一幅缩影。它不仅囊括、包容了爱情题材发展史上"色"与"情"的百态图，而且还融会、再现了中唐市民阶层的审美情趣。我们在《长恨歌》中感知和体察到了人类最美好情感中最拔萃的部分，我们同时还接近并触摸到了唐传奇中所表现的那些为爱而生、为爱而死的缠绵灵魂。总之，《长恨歌》是情爱世界的大观园、全景图。

一 《长恨歌》是情爱经验的集大成者

在我国古典诗歌发展的历史长河中，出现了许多以爱情为主题的优秀作品。

《诗经》《楚辞》《汉乐府》《古诗十九首》六朝诗歌及初盛唐诗歌，在诗歌的波动图上，爱情的旋律从未中止过。尽管儒家多理性而少人性，道家多神性而少世情，佛家多佛性而少俗欲，但"青山遮不住，毕竟东流去"，人心如此，世道如此，任何清规戒律都堵塞不住那爱情的激流。它滔滔滚滚，高唱"大江东去"，横过崇山峻岭，奔泻、汇聚到情江爱河之中。所以在文学史上，有名的、无名的，职业的、业余的，众多言情的能手、高手在爱情诗的天地间尽情翱翔、辛勤耕耘，谱写出一曲曲充满真情、痴情、哀情、悼情的歌曲。这些连接着人类最狭深、最隐秘情怀的诗歌，纳天地之真气，吐阴阳之魂魄，记载下了男女之间至大至深的情感涌动的历程，珍藏着夫妇之间至悲至痛的依依惜别的呓语。爱与恨，生与死，苦与乐，聚与散；国色天香的体态美，隽永缠绵的沉挚美；生离死别的伤感，痴心不改的执着；相爱而不能厮守的遗憾，失意而又不甘的求索……爱情的天涯海角都织满了五彩的千千结。而《长恨歌》可说是其中最丰富多彩、最绚丽夺目的情网。

　　首先，让我们对《长恨歌》以前爱情题材的盛况作一番简略的巡礼吧。

　　《诗经》中有一首描写卫庄公夫人庄姜新婚时美丽形象的诗歌。其中有几句是这样写的："手如柔荑，肤如凝脂，领如蝤蛴，齿如瓠犀，螓首蛾眉。巧笑倩兮，美目盼兮。"①庄姜的手像白嫩的茅芽，皮肤像凝结的油脂，颈脖白而且长像蝤蛴，牙齿洁白得像瓠瓜子。她长着似蝉的方额，似蛾的长眉，巧笑俊美的容颜啊，随着那妩媚、灵动的眼珠靓丽照人。这幅被称为"美女图"的挂像，自古以来，招来了多少灼人的目光。建安七子之一的曹植，在其《美女篇》中，以秀美轻灵的诗笔，同样为我们勾画出了一幅美女图："美女妖且闲，采桑歧路间。柔条纷冉冉，落叶何翩翩！攘袖见素手，皓腕约金环。头上金爵钗，腰佩翠琅玕。明珠交玉体，珊瑚间木难。罗衣何飘飘，轻裾随风还。顾盼遗光彩，长啸气若兰。"②玉手纤纤，手腕圆润，腰肢婀娜，美目流光；衣裾随风轻扬，声音清爽芳香。静态见出她的娴淑，动态照见她的风采。娟秀、轻盈的倩影，让人畅想不已。

　　元嘉诗人鲍照曾写过一组情深语挚的《拟古诗八首》，其中第七首全诗如下："河畔草未黄，胡雁已矫翼。秋蛩挟户吟，寒妇成夜织。去岁征人还，流传旧相识。闻君上陇时，东望久叹息。宿昔改衣带，旦暮异容色。念此忧如何，夜长忧向多。明镜尘匣中，宝瑟生网罗。"③该诗写的是思妇对征人的怀念。征人陇上东望久叹息的声音，应合着思妇织布窗前秋蛩的鸣叫声，一种人各两地、情生一处的绵绵深情跃然纸上。思妇为情所苦，早晚容颜改，今昔衣带宽。但思妇守情不移：明镜弃置不再

---

① 程俊英、蒋见元：《诗经注析》，中华书局1991年版，第165页。
② 傅亚庶：《三曹诗文全集译注》，吉林文史出版社1997年版，第658页。
③ 逯钦立：《先秦汉魏晋南北朝诗》，中华书局1983年版，第1296页。

照，宝瑟任闲不复弹。由外入内，由形写神，思妇那沉挚的内心情怀被和盘托出。盛唐诗人张九龄也写过类似缠绵隽永的诗篇。如其《望月怀远》写道："海上生明月，天涯共此时。情人怨遥夜，竟夕起相思。灭烛怜光满，披衣觉露滋。不堪盈手赠，还寝梦佳期。"① 远隔天涯的一对情人，因对月相思而久不能寐，满地的清辉铺洒在相思的心田，衣上的露珠凝结成久思的泪花。不得已，相爱的一对，只得寄深情于好梦。

屈原在《少司命》中有言："悲莫悲兮生别离。"② 江淹在《别赋》中亦云："黯然销魂者，唯别而已矣。"离别对热恋者来说，是生活的不幸；死别对相爱的情人而言，是人生的大不幸。在古典诗苑中，关乎这类生离死别的诗歌，比比皆是。东汉时的秦嘉和徐淑这对夫妇，可算是古代恩爱夫妻的模范。一次，秦嘉奉命入京，而徐淑因患重病回娘家疗养。两人未曾见面而别，秦嘉因作《赠妇诗三首》"遗思致款诚""贵用叙我情"，畅言自己的情怀和真爱。徐淑收读后，即作《答秦嘉诗》。其中有句云："悠悠兮离别，无因兮叙怀。瞻望兮踊跃，伫立兮徘徊。思君兮感结，梦想兮容晖。君发兮引迈，去我兮日乖。恨无兮羽翼，高飞兮相追。长吟兮永叹，泪下兮沾衣！"③ 这种缠绵凄恻、痛彻肺腑的话语，非痛离伤别之人不能道其一二。"太康诗人"潘岳命运多舛，曾遭遇半道丧妻的不幸。对此，诗人接连写了《悼亡诗》三首以发抒对爱妻杨氏之死的深哀巨痛。其中第一首写道："荏苒冬春谢，寒暑忽流易。之子归穷泉，重壤永幽隔。……望庐思其人，入室想所历。帏屏无仿佛，翰墨有余迹。流芳未及歇，遗挂犹在壁。怅恍如或存，回惶忡惊惕。如彼翰林鸟，双栖一朝只。如彼游川鱼，比目中路析。"④ 一副物是人非、形单影只的凄凉愁容，一种思故念旧、哀愁欲绝的悲苦情怀。真可谓人间生别尚可聚，此心此情最伤悲啊！

汉乐府民歌中有一首撼天动地的恋歌，这首诗就是广为人所熟知的《上邪》。歌词写道："上邪！我欲与君相知，长命无绝衰。山无陵，江

---

① （清）彭定求：《全唐诗》，中华书局1960年版，第591页。
② 聂石樵：《楚辞新论》，商务印书馆2004年版，第41页。
③ 逯钦立：《先秦汉魏晋南北朝诗》，中华书局1983年版，第188页。
④ 同上书，第635页。

水为竭；冬雷震震，夏雨雪；天地合，乃敢与君绝。"① 这是出于一位沉溺于爱情漩涡中的妙龄女子之口的誓词。歌中连举五种反常的、绝无发生可能的自然现象，一气贯注，如雷霆爆发，似江河奔泻，抖落出这位女子对爱情热烈而执著的坚定态度。汉乐府中还有一首写青年男女为争取婚姻自由、幸福不惜以死与封建恶势力相抗衡的诗歌。这首诗就是家喻户晓的《古诗为焦仲卿妻作》。焦仲卿与刘兰芝本是一对恩爱和谐的伴侣，但最终为母亲（婆婆）所逼，双双殉情而死。然而，在这朵不该早谢的爱情之花盛开、飘零的过程中，却让我们感受到了悲剧中那坚忍不拔、生死相随的执著："君当作磐石，妾当作蒲苇。蒲苇纫如丝，磐石无转移。……东西植松柏，左右种梧桐。枝枝相覆盖，叶叶相交通。中有双飞鸟，自名为鸳鸯。仰头相向鸣，夜夜达五更。"② 生不能做夫妻，死亦要为相向和鸣的鸳鸯。死的意义在于兑现了生的誓言，悲剧的价值正在于生时相爱、死后有加的痴心无改。

相爱的道路上不总是一帆风顺的，爱情并不只是幸福的代名词。痴情儿女不能结为秦晋之好，只能默默忍受那种相爱无法相守的遗憾，这在爱情中也是常有的一种情感体验。《古诗十九首》中的"迢迢牵牛星"一诗，可算是这类情感体验的动人悲歌："迢迢牵牛星，皎皎河汉女。纤纤擢素手，札札弄机杼。终日不成章，泣涕零如雨。河汉清且浅，相去复几许？盈盈一水间，脉脉不得语。"③ 牛郎和织女是神话传说中一对经自由恋爱而结合的伉俪，但他们偷吃禁果的行为，却为天帝所不容。为了惩罚他们的"越轨"行为，天帝将其分置银河两岸，让他们此时相望不相闻。古往今来，牛郎织女相爱却不能相聚的遗憾，化成了一种最为痛挚的情感原形，震撼着无数痴男怨女的心扉。南朝诗人汤惠休有一首名叫《怨诗行》的诗歌，同样表达了类似的情感："明月照高楼，含君千里光。巷中情思满，断绝孤妾肠。悲风荡帷帐，瑶翠坐自伤。妾心依天末，思与浮云长。啸歌视秋草，幽叶岂再扬。暮兰不待岁，离华能几芳。愿作张女引，流悲绕君堂。君堂严且秘，绝调徒飞扬。"④ 诗中的

---

① （宋）郭茂倩：《乐府诗集》，中华书局 1979 年版，第 231 页。
② 逯钦立：《先秦汉魏晋南北朝诗》，中华书局 1983 年版，第 284—286 页。
③ 同上书，第 331 页。
④ 同上书，第 1243 页。

这位年轻女子尽情地倾吐了青春的渴望与寂寞，爱情的期待与失落。最摇荡人心的莫过于情箭已上弦，却不敢、亦不能射向所思人的心。飘荡的情丝最终难结同心圆。

之于失意而不甘的情怀，在古诗中府拾即是。如西晋诗人傅玄的《车遥遥篇》，诗中这样写道："车遥遥兮马洋洋，追思君兮不可忘。君安游兮西入秦，愿为影兮随君身。君在阴兮影不见，君依光兮妾所愿。"① 游子驾车而去，西向入繁华的长安；思妇忧心忡忡，深以游子乐游忘己为虑。但她依然坦心露怀地表示愿像影子一样追随着郎君，与他不要分离。永明诗人谢朓有一首《玉阶怨》，同样抒写了那分失意却不甘的情怀。诗中写道："夕殿下珠帘，流萤飞复息。长夜缝罗衣，思君此何极。"② 时息时飞的流萤，时明时暗的萤光，衬托出宫人寂寞、灰冷的心境。她深深的忧怨来自她孤苦凄凉的生活感受。然而，当她手持罗衣，抬眼望月时，她的内心又无从回避地涌起对意中人的思念和牵挂。

从以上我们所列举的诗篇中不难看出，在《长恨歌》出现以前，文学史上已存在大量的爱情诗。而且，这些爱情诗无论在情感的深度或广度上都达到了一定的水平，它们分别代表了不同的爱情层面，抒发了不同的情感体验。但是，关于这些认识，并不是笔者在此大量引用诗歌的真正目的。在此不厌其"繁"地罗列、赘论那么多的诗篇，真正的目的在于：第一，从先秦至唐，有关爱情的层面和体验，大都能在《长恨歌》中找到其对应的影子。《长恨歌》汇聚了种种爱的情态，无论是"回眸一笑百媚生""温泉水滑洗凝脂，侍儿扶起娇无力"之类有关形体美的描写，还是"宛转娥眉马前死""君王掩面救不得，回看血泪相和流"之类有关生离死别的描写，抑或是"但令心似金钿坚，天上人间会相见""在天愿作比翼鸟，在地愿为连理枝""天长地久有时尽，此恨绵绵无绝期"之类有关沉挚深情的描写，我们都能感觉出与上面所引的诗歌在理念上、意义上、韵味上的许多相似之处。《长恨歌》中所抒发的种种情感，我们能很轻松地在那些诗歌中找到对应点，

---

① 逯钦立：《先秦汉魏晋南北朝诗》，中华书局1983年版，第565页。
② 同上书，第1420页。

而那些散见于诸多诗篇中的诸多情感体验，我们又能很轻松地在《长恨歌》中找到对应点。第二，《长恨歌》集中总括了自先秦以来几乎所有的爱情生活、爱情体验。上面所提及的诗歌，除个别诗篇如《古诗为焦仲卿妻作》外，相比而言，大都是短篇小制。受这种短小形式的制约，其中所描写的爱情生活必然是局部的、一时的。通常说来，随着人类文明的不断进步，人的内心世界也往往随之而"发达"；随着人类对文学规律的不断体认，用以表现思想情感的诗歌形式，也会日益壮大、发展。所以，透过诗歌的形式，我们看到的是人类爱情生活逐渐丰富、完善的过程。有什么样的爱情生活，必然有与之啮合的外在表现形式。内容的丰富程度，决定体制的大小长短；反过来说，形式又是对内容进行选择的必然结果。从先秦到唐，爱情生活是一个渐进丰润的过程——由简单的爱情意识发展、进化为复杂的爱情意识。《长恨歌》单从其七言诗的形式讲，就能部分地说明其爱情生活、爱情体验的丰富性、多样性。但更为重要的是，《长恨歌》以李杨从爱到别再到更高层次的爱的曲折故事，展现了方方面面的爱情图景。其中的爱情生活、爱情体验，既具有时间上的延展性，又具有空间上的多变性；既具有形式上的曲折性，又具有内容上的一致性。爱时的热烈，死时的痛苦，思时的惝惚，寻时的执著，见时的激动，寄时的坚定等都在一个爱情故事中得到了集中而完整的表现。从这点上讲，《长恨歌》中的爱情生活、爱情体验也具有典型性、概括性。第三，《长恨歌》以帝妃之爱雄起、揭响于爱情诗坛。《长恨歌》中的抒情主人公是一对特殊的情侣，一个是"御宇多年求不得"的皇帝，一个是"一朝选在君王侧"的贵妃，这种万众瞩目的"名人"的婚姻，本身自带一种遮掩不住的神秘性、辉煌性。马嵬之别，仙山寄物，又打破了帝妃之爱亘古恒定的理性思维定势，出现了意想不到的曲折性、离奇性。这种特殊情侣的特殊生死恋，比起上面所引述的那些大致是普通人的爱恋，更具一种振动性、标本性。尤其是它们之间至真至纯、自始至终的生死恋意愿和意识，彻底改变了帝妃无爱可言的千古定律。以浪漫始，复以浪漫终的螺旋式回归的不了歌，唱出了有史以来有情人对真、善、美爱情渴求的普遍心声。从这一点上来看，李杨的爱情具有一种代表性、号召性。第四，《长恨歌》以李杨之爱揭示了爱情的真谛。《长恨歌》描写了李杨生与死相爱相思的全过程。宫中之爱的朝暮相随,马嵬之别的撕心裂肺,回宫之思的耿耿难忘,仙山之誓的沉挚坚定……在这个有情人难成眷属和有情人终成眷属的形式结构中,生动而真实地展示了爱的真谛:既有欢笑,又有眼泪;既有相聚,又有分离;既有爱的热烈坦然,又有思的凄惨悄然;既有生时的心心相印,又有死后的比翼连理。总之,爱并不意味着无忧无虑、无牵无挂,幸福和快乐不是爱的全部;爱是苦与乐的有机相加、融合并最终指向乐的极境的辩证形式。爱需要时间的考验,爱需要聚散的磨炼。可歌的爱非是伟大的爱,可泣的爱也不是伟大的爱,只有可歌且可泣的爱才是最伟大的爱,才是爱的精品、极品。相对于上述所引诗歌中关于爱的单方面、瞬间性的描写,《长恨歌》可说是以其全方位的整体性流程,揭示了爱的秘密、爱的真谛。

综上所述,《长恨歌》是爱情诗的经典之作。它覆盖了爱情诗内容的全部,并且将爱情诗开掘和提升到了一个前所未有的广度和高度。透过《长恨歌》,我们便可纵览爱情生活、爱情经验的方方面面,获得诸种有关爱情的审美感受和审美享受,在关于爱情的酸甜苦辣的吮吸、品味中,发现自我、发现性灵、发现人生、发现宇宙。而这大约可算是千百年来人们喜爱《长恨歌》的原因之一吧!

二 《长恨歌》是市民审美情趣的载体

《长恨歌》描写的是一个充满浪漫色彩的感伤的爱情故事,正如陈寅恪在《元白诗笺证稿》中所说:"(《歌》)详悉叙写燕昵之私,正是言情小说文体所应尔。"[①] 陈先生所谓"言情小说文体"当是指中唐流行的有关男女恋情的唐传奇小说。据此我们可知,当时新兴文学唐传奇的"言情"特点对《长恨歌》的审美走向、审美趣味产生了重要的影响。

列宁在论及现实与历史关系时曾说:"在分析任何一个社会问题时,马克思主义理论的绝对要求,就是要把问题提到一定的历史范围内。"[②] 从这一理论观点出发,我们认为,对一首古典诗歌也应努力去

---

① 陈寅恪:《元白诗笺证稿》,三联书店 2001 年版,第 12 页。
② 〔俄〕列宁:《列宁选集》第 2 卷,人民出版社 2012 年版,第 512 页。

把握住那一时代的特殊精神，从而体会这种时代精神在文本中所反映出来的特殊情趣。那么，《长恨歌》产生在怎样一个时代氛围中呢？"贞元之风尚荡，元和之风尚怪"①"至于贞元末，风流恣绮靡"②。唐代贞元、元和时期，社会的审美情趣发生了巨大的变化，由先前庄严、沉稳的面目摇身一变而为轻佻、浮艳的面孔，传统的社会风尚为一种新的、不属于以前时代的审美观念所取代。这种时代风尚在文学领域，表现出了更为广阔、更为激荡、更为刺激，甚至被人诬为"淫荡""险怪""纤艳不逞"的审美理想。

我们知道，唐代是封建经济高度繁荣的时代，这种高度繁荣的封建经济所表现的一个侧面便是手工业和商业的发达。当时在许多大城市中，从事手工业和商业的市民阶层占有相当的比重。在这些市民阶层中由潜滋暗长到后来蔚为大观的则是世俗生活，特别是世俗的爱情生活和"幸福观"。市民阶层的思想意识取决于他们的文化素养、生活方式、认知逻辑。他们总是从自己切身的感知出发，形成一种有别于士大夫文人的人生理想。在他们看来，上层社会的那种贵族生活虽可羡慕，但却是可望而不可及的。因此，与其眼巴巴地做那些永远难成真的白日梦，还不如抓住世俗生活中看得见、摸得着、可以捕捉的"幸福"更加来得"实惠"。故而，在他们的生活理想中，就摒弃了封建士人常有的对于"建功立业"的企盼，以及"留名青史"的志向，而只图过一种平庸而甜蜜、琐细而快活的生活；什么国家大事，什么圣贤豪杰，对他们来说，都是些遥远和隔膜的东西。由这种生活理想所决定，他们的审美意识中也就渗透了更多的"世俗"和"平庸"的成分，而大为削减了士大夫所具有的立功边陲、致君尧舜的英雄主义、浪漫主义和理想主义色彩，也与文人们所努力追求的"典雅"的审美观念大异其趣了。市民阶层的这种思想意识反映在文学中就出现了唐传奇中量大质优的爱情题材。

爱情题材，在唐代宽松的文化气氛和淡泊的贞节观念的熏染、催生下，出现了前所未有的繁盛局面。儒家"发乎情，止乎礼义"的文学

---

① 《唐五代笔记小说大观》，上海古籍出版社2000年版，第194页。
② 《杜牧全集》，陈允吉校点，上海古籍出版社1997年版，第3页。

信条，在唐传奇爱情题材的作品中，已被更新为"发乎情，止乎情义"的新潮观念。男女之间，不再恪守"男女授受不亲"的封建教条，不再讳言思慕异性的内心隐秘，不再虚假地把自己装扮成不食人间烟火的君子、贞女，也不再有太多的谈性色变的正经与羞怯，尽管为情而付出青春甚至生命的男、女，未必都能使自己的追求以喜剧的形式画上一个美满的句号。在爱情传奇故事中，我们所见到的主人公，几乎都是些天生经过情欲的染缸浸泡过的红男绿女。他们内心积满了倾诉不完的似水柔情，他们身上洋溢着释放不完的如炽春情。他们基本将传统的伦理道德抛诸脑后，瞪大了多情的双眼，敞开了温馨的怀抱，义无反顾地搜猎着如花的美眷，拥携着如意的郎君。《离魂记》《霍小玉传》《李娃传》《任氏传》《莺莺传》等脍炙人口的传奇小说，便属于此类表现市民阶层审美情趣的名篇。陈玄祐的《离魂记》，通过对主人公悲欢离合故事的描写，歌颂了精诚专一的爱情。故事中的张倩娘在所悦之人王宙"阴恨悲恸"、愤而出走的情况下，神魂决然脱离躯壳，急奔追上王宙，并喜结良缘，圆了"常私感想于寤寐"的梦。[①] 李景亮的《李章武传》描写的是一个凄艳的人鬼恋爱的故事。有夫之妇的王氏，因思慕李章武而"竟日不食，终夜无寝"，忧郁而身亡。随后，不散的游魂终再与李欢会重聚的情形，同样显示了情爱的不朽力量。[②] "倩女离魂"与人鬼相恋的离奇故事，岂非是"情不知所起，一往而深，生者可以死，死可以生"之类的至情？元稹的《莺莺传》描写了一个令人惋叹的悲剧故事。莺莺与张生以诗传情、幽会于西厢的浪漫恋情虽因后者"终弃之"而告吹，但作为相门小姐，在初严词拒绝、后主动取欢的情变过程中，不仅让人体察到了"情"的驱动力，而且让人感受到了其对妇道按捺不住的冲击力。[③]《霍小玉传》描写的是妓女与进士的婚变故事。"出身贱庶"、后又沦为娼女的霍小玉，深深地爱上了门第清华的进士李益。李益虽在得官之后，很快另娶甲族高门卢氏女为妻，但在相恋时他的"粉骨碎身，誓不相舍"的承诺，让人领悟到了霍小玉的青春魅

---

① 张友鹤：《唐宋传奇选》，人民文学出版社1997年版，第17—18页。

② 同上书，第52—55页。

③ 同上书，第145—150页。

力。同时，霍小玉最终"长恸号哭数声而绝"的悲惨结局，从另一方面显示了她对爱情至死不舍的追求。① 《李娃传》则是另一类结局的爱恋故事。小说中的荥阳生不惜功名资财，受尽痛苦折磨，坚贞纯洁地爱着一个妓女，表现了对封建门阀制度、婚姻制度的大胆叛逆精神。李娃则是一位既具有真诚爱意，又富有心计的女性。在与荥阳生的婚变过程中，她始终居于主动地位，并最终与历尽坎坷的荥阳生喜结连理。② 此外，《任氏传》中的狐女任氏，也具有类似李娃的性格特点。虽为女儿身，却反被动为主动，在与郑六的情爱生活中，既坚贞专一，又主导自如，展示出了新一类女性的风采。③

上面所提到的几篇名作，正是市民阶层意识的生动展现。从所描写的情感意愿看，基本上就是一种男恋女爱的十分世俗化的理想愿望；从所塑造的人物形象看，基本上是一群世俗社会中的"芸芸众生"；从所折射的思想意识看，基本上体现出一种我思我爱、我行我素的反传统特征。

唐传奇中的爱恋主题及其所体现出的审美情趣，是一种前所未有的（至少可说是未曾光大的）、新鲜的、活泼的潮流；它带着天生的胎记对当时的正统文学堡垒给予了强劲的冲击。在时代风的濡染感召之下，无论是闾井细民，或是府邸贵人，都情不自禁地为唐传奇中的风情浪欲所俘虏。于是，就出现了"又尝于新昌宅，听说《一枝花》话，自寅至巳，犹未毕词也"④ 的盛事，形成了"惟自大历以至大中中，作者云蒸，郁术文苑，沈既济许尧佐擢秀于前，蒋防元稹振采于后，而李公佐白行简陈鸿沈亚之辈，则其卓异也"⑤ 的局面。白居易的《长恨歌》正是在这样一种文学浪潮的急流中孕育、诞生的。市民阶层的审美意识作为其创作时看不见却在暗中发挥着作用的"罗盘"，牵引、制导着原本源于民间传说的《长恨歌》的审美走向。正因如此，《长恨歌》中的主人公唐玄宗和杨贵妃，才坠入了与世俗的爱情并无二致的热恋、伤感、

---

① 张友鹤：《唐宋传奇选》，人民文学出版社 1997 年版，第 61—66 页。

② 同上书，第 100—106 页。

③ 同上书，第 1—6 页。

④ 元稹：《酬翰林白学士代书一百韵》之"光阴听话移"句下自注（见《元稹集》，中华书局 1982 年版，第 116—117 页）。

⑤ 鲁迅：《唐宋传奇集·序例》，《鲁迅全集》第 10 卷，人民文学出版社 2005 年版，第 88 页。

祈盼、情思互达的圈子。白居易能够自如地把李杨塑造成只是享有富贵生活的、懂得爱恨且敢于爱恨的正常人，其创作心理储备中，岂能没有市民审美情趣的活跃分子？不可否认，正是市民阶层中普遍被看好、被激赏的世俗风，熏陶、涵养了白居易的心胸情怀，正是市民阶层中背逆传统审美情趣的世俗意识，煽起、吹动了白居易言情的火焰，从而使《长恨歌》越过了肃穆的堂屋而步入了浪漫的西厢。

《长恨歌》出于白氏之手，传于民众之口。毫无疑问，是《长恨歌》中生死相恋的平民化了的爱情意识，赢得了千百万欣赏者共同的赞誉。倘若《长恨歌》以一种类似于《长恨歌传》的"正声"出之，我想其受欢迎的程度必然会因其毫无新鲜可言的"平声调"而大打折扣，其流传的范围、影响的结果恐与《长恨歌传》自会殊途同归。白居易不愧是一位具有灼识真见的伟大诗人，他不但能准确地洞悉时代的审美情趣，而且还能赋予这类情趣一个缠绵动人的物质外壳，从而使《长恨歌》成为市民审美情趣的传声筒。

第二节 对传统意识的反叛

白居易既是一位明辨是非曲直的政治家，又是一位深懂恩爱三昧的文学家。政治家的清醒和文学家的执迷，为他能够把李杨塑造成有别于传统意识作用下的人物形象提供了优势条件。于是，我们在《长恨歌》中感受到了唐玄宗为爱而狂跳的心，触摸到了杨贵妃为爱而秀美的魂，唐玄宗和杨贵妃才成为有血有肉、有情有欲的活着的人。白居易正是从人性而非理性的角度出发把握住了吸附在李杨恋情中未曾被昭示于天下的闪光的东西。从《长恨歌》实际所流露的意识看，白居易把李杨不仅仅看作是帝妃，他基本上把李杨当作享有富贵生活的人来看待。在他的心目中，帝妃既非神，亦非偶像；帝妃有七情六欲，有痛心疾首，有喜怒哀乐，有无可奈何，帝妃是属于"人"的帝妃。帝妃的地位是人上人，但帝妃的属性却是纯粹的人。帝妃拥有正常人最起码的权利，他们可以忘我地爱，他们可以纵情地思。正是基于对至高无上的帝妃赋予了人的思考，白居易才在塑造李杨形象时，表现出了极大的宽容性、深刻性、叛逆性，从而突破了传统意识的窠臼。

一 美人非祸水

在以男性话语为中心的封建社会里，女性总是被置于从属的、低贱的甚至是鄙陋、可怕的地位。中国古代影响最大的思想家、儒家的至圣先师孔子有一句众所周知的名言——"唯女子与小人为难养也"①。孔子明确把全体女性都划到了小人一边，仿佛只要是女子，便无一例外地与男人中那些品行情操低下者等同了。这可以说，从理论的高度开了中国历史上歧视妇女之头。如果说，孔子只是从德性的角度对女性持有偏见和警惕，那么，"女人祸水论"则是从整体上对女性持批判、否定的态度。只要是女人，就是不安定因素，就是危险分子。倘若是女性中容颜娇美者，那就更是洪水猛兽。元稹在《莺莺传》中有如下一段文字："大凡天之所命尤物也，不妖其身，必妖于人。使崔氏子遇合富贵，乘宠娇，不为云，为雨，则为蛟，为螭，吾不知其变化矣。昔殷之辛，周之幽，据百万之国，其势甚厚。然而一女子败之，溃其众，屠其身，至今为天下僇笑。予之德不足以胜妖孽，是用忍情。"② 这段话可视为对女人祸水论的形象阐释。从这种地道的大男子主义话语出发，凡是与政治挨上边、与政治人物有关系的女性，一概被视为具有祸乱亡国的潜在可能和根源。于是，就出现了历代如花似玉的美人，被强加上倾国倾城的大罪名：妹喜亡夏，妲己亡商，褒姒亡周，西施亡吴，飞燕乱汉，貂蝉败董，张丽华惑陈，甚至杨贵妃毁唐等，不一而足。《史记·周本纪》载"牧誓"之辞说："古人有言'牝鸡无晨。牝鸡之晨，惟家之索。'今殷王纣维妇人之言是用……数其罪，则用女言一，弃祠祀二，作淫乐三，疏亲族四也。"③ 周武王宣布的商纣王罪状中最重要的一条便是"妇人之言是用"。妲己遂成为中国历史上第一号亡国妖孽。到明代，妲己更是臭名昭著，就连煽情的《金瓶梅》也要声讨她一番："酒色多能误国邦，由来美色害忠良。纣因妲己宗祀失，吴因西施社稷亡。"④ 之于褒姒以"百廿种媚"亡西周，西施以美人计软吴王之斗志，

---

① 杨伯峻：《论语译注》，中华书局 1980 年版，第 191 页。
② 张友鹤：《唐宋传奇选》，人民文学出版社 1997 年版，第 149 页。
③ 韩兆琦：《史记评注》，岳麓书社 2004 年版，第 58 页。
④ （明）兰陵笑笑生：《金瓶梅词话》，人民文学出版社 1985 年版，第 45 页。

飞燕以轻体妙舞迷成帝之心，貂蝉以闭月之貌兴争夺之剑，张丽华以艳姿娇声致陈后主谱亡国之曲……凡此种种，美丽的容颜上都盖满了妖狐的印戳，最美的人却被认为干尽了最丑的事。男人的无能与败政，最终都以推脱、转移的方式指向了女人。于是，女人成了被历史唾弃、诅咒的对象，成了代男性背负孽责的替罪羊，成为男人们掩饰耻辱的遮羞布。总之，令礼崩乐坏的恶势力便是女色。来自圣人的警示和来自忠臣的箴言，汇成一股强大的文化激流，积淀成一种颇具杀伤力的声响，淹没了那试图自辩和代辩的微弱的呻吟。还以妲己为例，许仲琳的《封神演义》中，有一段关于妲己临刑前的申诉：

> 妲己府伏哀泣曰：“妾不过一女流，惟知洒扫应对，整饬宫闱；侍奉巾栉而已；其他妾安能以自专也。纣王失政，虽文武百官不啻千百，皆不能厘正，又何况区区一女子能移其听也？”①

这是一位深知个中道理的女子临刑前留于后人的惊世骇俗的喊冤之声。身处亡国之秋的女子，怎担得起兴邦之大任、亡国之重罪？

平心而论，杨贵妃在历史上并不是一个有劣迹的坏女人。杨贵妃受宠爱，杨氏家族因此而光耀满门，这在任何一个封建王朝都是再正常不过的事了。今人尚且以关系、凭裙带扶摇直上，为世人见多不怪而早已默认接受，那么，封建王朝的帝妃“恩及池鱼”又有什么大惊小怪而不能接受的呢？然而，就是这样一位无意中卷入政治的女人，依然难逃历史皮鞭的抽打。杜甫可算是较早对杨贵妃进行口诛笔伐的诗人了。除了《丽人行》《自京赴奉先县咏怀五百字》含沙射影地指责杨贵妃外，还在马嵬兵变发生的翌年所写的《北征》一诗中，公开抒愤泄怒，指责杨贵妃是祸国殃民的“褒妲”：“忆昨狼狈初，事与古先别。奸臣竟菹醢，同恶随荡析。不闻夏殷衰，中自诛褒妲。周汉获再兴，宣光果明哲。桓桓陈将军，仗钺奋忠烈。微尔人尽非，于今国犹活。”② 出现在诗中的杨贵妃无疑是一个类似于褒姒、妲己的十恶不赦的丑恶形象。然

---

① （明）许仲琳：《封神演义》，花城出版社 1996 年版，第 1287 页。
② （清）彭定求：《全唐诗》，中华书局 1960 年版，第 2276 页。

而，这类出自儒者之口，并多少带有钦定之音的言论，却无法经受住历史的掂量，中唐的现实无情地戳破了那曾经警醒人心的真实的谎言。假使唐代的军国大政仅只操纵在一个女人的手里，那么，层层机构岂不形同虚设，衮衮诸臣岂不成了行尸走肉？假使祸乱大唐锦绣河山的大罪人真的就是这个"褒姐"，那么，"褒姐"早已诛杀，为什么大唐反而一代不如一代？如此，这个为万人所羡亦为千夫所指的女人是否真的是"褒姐"就很是值得怀疑了。即便她真如"褒姐"那样宠极一时、纵情一生，她又该为大唐的衰落负多大责任呢？事实上，大唐最美好的时光竟是在这位美丽的"褒姐"在世的时代所创造出来的。历史是多么的幽默啊！当我们读着"呜呼，女子之祸于人者甚矣！自高祖至于中宗，数十年间，再罹女祸，唐祚既绝而复续，中宗不免其身，韦氏遂以灭族。玄宗亲平其乱，可以鉴矣，而又败以女子"① 之类色厉内荏的无理之谈时，难道不觉得滑稽可笑吗？

　　话题似乎扯得过远，但由此我们可以看出，有的美人背负了超出她该背负的历史罪责，有的美人则是连带地被拖进了历史的泥潭，有的美人则纯粹成了道学家们"重塑"历史的橡皮泥。白居易也曾有过偏颇的认识，譬如在《李夫人》《古冢狐》《胡旋女》等诗中，就明确地把女人看成是"善蛊惑""覆人国"的褒姐。我们不能说，白居易在这些诗里的认识是虚假的、不负责任的。但很明显，这种认识却带有明显的急功近利的思想，是在一种为政治服务、为政治负责的写作原则的作用下产生的看法。这一点可以从白居易既在理念上把女人看成恐怖的东西，却又在生活中自觉地"又踏杨花过谢桥"的言行矛盾中得到部分的印证。事实上，白居易在许多诗篇，诸如《母别子》《上阳白发人》《妇女苦》以及他的恋情诗、赠内诗中，都曾充分表达了他对妇女的同情、理解和尊重。同时，白居易以一个政治家的清醒头脑，在相距"安史之乱"半个世纪以后，在历史与现实的参照对比中，看清了为杜甫挞伐的历史人物的真相。白居易正是以善待女性的妇女观以及正确对待女性的历史观来塑造《长恨歌》中的杨贵妃的。

　　白居易站在进步妇女观和进步历史观的高度，以空前的勇气和敏锐

---

① （宋）欧阳修、宋祁：《新唐书·玄宗本纪》，中华书局 1975 年版，第 154 页。

的眼光，突破了传统意识的怪圈，击穿了传统认识的思维连线，为我们塑造了一个内美外秀的美神形象。在《长恨歌》中，无论是"回眸一笑百媚生""温泉水滑洗凝脂""侍儿扶起娇无力""云鬓花颜金步摇"所呈现出的光彩照人的优美，还是"宛转娥眉马前死""花钿委地无人收，翠翘金雀玉搔头"所呈现出的黯然神伤的凄美，抑或是"但令心似金钿坚，天上人间会相见""在天愿作比翼鸟，在地愿为连理枝"所呈现出的掷地有声的刚美，无一不让人艳羡、感动、沉醉。尤其是在家国蒙尘、动乱兴起之时，杨贵妃命归九泉而遂将女人祸国的理论改写成了"国祸女人"的事实，更是让人洒泪，催人沉思。蓬莱仙境中的杨贵妃，早已没有了住皇宫、享奢华、侍君王的可能，但她依然如故，甚至是倍加思念、爱恋着唐玄宗，这种消除了肉欲、涤尽了俗念，纯然以心灵相通、精神交感为唯一方式的相恋，不正是杨贵妃纯洁的、高尚的人格魅力的生动闪现吗？

杨贵妃挥动着美人的粉拳，砸向了套在她脖子上的女人乃祸水的沉重枷锁，她成功了，因为有白居易助阵；她如愿了，因为她走进了我们的心房。

二 皇帝亦钟情

在两千多年封建社会里，皇帝享有无与伦比的威望和至高无上的权力。中国最高统治者——皇帝的头顶上自始至终都笼罩着一轮为普通百姓既熟悉又生疏的"君权神授""受命而王""真龙天子"的神圣光环。"普天之下，莫非王土；率土之滨，莫非王臣"的家天下式的宗法制社会，使得古代人们对皇帝的顶礼膜拜远远胜过西方对上帝的迷狂。这种带有浓厚迷信色彩且近乎宗教似的崇拜心理，必然导致皇帝在民众的脑海中既清晰存在，又模糊神秘；皇帝既是最可仰仗的家长，又是最可敬畏的圣人。与此相关，皇帝的言行举止必然以其神性而有别于普通大众。或许在一般人的眼里，皇帝的生存方式、生活方式都具有超世俗的不可知性。

然而，在《长恨歌》中，白居易以一个完整的故事，解构了唐玄宗作为"天子"的神秘，向世人首次公布了皇家的秘闻。于是，唐玄宗走下了神坛、祭坛，以一个有血肉、有呼吸、有情丝、有苦恼的普通人出现在我们的视野里。紧箍在唐玄宗头上的那道神秘光环，终于让人看清了它五颜六色的组合光谱，披在唐玄宗身上的那件喻示着神圣不可侵犯的龙袍，也终于有了让我们靠近它并鉴别其质地的机会。也许，正是"神"与人之间那遥不可测的距离被缩短到可视的视野之内，才消除了民众对皇帝似是而非、似非而是的模糊判断，才满足了人们亘古就有的对"皇事"的好奇心，也才使百姓对皇帝有了真正亲近、理解、同情的机会和可能。民情得到了充分的尊重和满足，几千年来令老百姓诚惶诚恐、望而生畏的皇帝终于掀起了他的盖头，以其与民同乐、与民同苦、与民为伍的世俗性，获得了普遍的接纳、认可。

古代的中国是以家天下为其特点的，"君让臣死，臣不得不死"的信条、规则，一语道破了臣民对皇帝的绝对服从性和皇帝对臣民的绝对支配权。皇帝是所有人的大老板，而所有的人都是皇帝的私有财产。特权意识导致的结果自然是皇帝可以拥有三宫六院，可以随心所欲地占用任何一位他感兴趣的女人。这种看上谁就是谁的任情纵性，必然会形成皇帝之爱宫妾——色而已的铁定规律。方其年轻貌美，皇帝恩宠备至；方其人老珠黄，皇帝见异思迁。这正如汉武帝的宠妃李夫人在病危中从女性的角度所体认、了悟的那样："以色事人者，色衰而爱弛，爱弛则恩绝。"① 所以，皇帝对他身边的女人，真正达到了游刃有余、操纵自如的地步。皇帝朝三暮四，这是再自然不过的事了；妃子遭废弃，这是早晚且被认为是情理中的事。这种传统的帝妃关系，到头来就形成了帝妃之间无爱情可言的民族性思维定势。

然而，又一次让我们感到惊讶的是，白居易在《长恨歌》中，不仅让我们看到了唐玄宗的"人"性，而且更让我们在他身上看到了"人"性中最美好的东西——痴情且钟情。《长恨歌》的第一部曲集中描述了唐玄宗的痴情，第二部曲则集中描写了他的钟情。痴情加钟情，构成了唐玄宗耀眼的亮点。痴情侧重于对杨贵妃体态的迷恋，钟情则侧重于对杨贵妃灵魂的追求。我们说，缺少了钟情的痴情，深度不够，易陷入纵欲的泥潭；没有了痴情的钟情，生动不足，易陷入虚渺的境地。唐玄宗的痴情表现为全身心的投入，他的钟情则体现为忠贞不二的追

---

① （汉）班固：《汉书》，中华书局 2000 年版，第 2909 页。

忆。倘若白居易笔下的唐玄宗，只是一个痴情的种子，或只是一个钟情的圣徒，那么，其形象的感人度定会大打折扣。痴情到可以奉献一切，钟情到可以忘却一切，这正是普通民众"蓄谋已久"的爱的典型样式的表现，这也正是唐玄宗作为性情中人为广大民众所喜爱的光辉之处。

马克思曾经说过，"爱情是一种情欲"。他还进一步指出："诱人的、多情的、内容丰富的爱情……是可以感触得到的客体。"① 马克思立论的出发点，主要是针对那种认为男女相爱只能出自某种理念的论调，他旗帜鲜明地斥责了根源于基督教的禁欲主义思想。唐玄宗虽然是中国古代的一位皇帝，但从人的角度考虑，他的意乱情迷正显示出爱情中的人性美与人情美。清代的洪昇在《长生殿·例言》中曾对唐玄宗的痴情、钟情不无佩服和感动地说："情之所钟，在帝王家罕有。"② 的确，翻检各朝历代的文学作品，我们很难找到一位如同《长恨歌》中的唐玄宗那样对他所爱的杨贵妃生死不移、一爱到底的人。"今古情场，问谁个真心到底？但果有精诚不散，终成连理。万里何愁南共北，两心哪论生和死。……情而已。"③ 剥去了神性的唐玄宗，形象更光辉；痴情、钟情的唐玄宗，魅力更无量。俗语说，爱多则情厌，爱少则情变（按：这里的"多"与"少"主要是指夫妇间相聚厮守的时间长短）。唐玄宗既没有因"爱多"而情厌，亦没有因"爱少"而情变。在他身上体现出了为古代帝王绝少具备的人性的本质力量，散射出了甚至连普通老百姓中亦罕见的人性还原和复归的光弧。可以说，他从神坛上走下，落户在了民间，但他的人格魅力却不仅超越了神，还超越了人，并最终又复归为"神"。

第三节　悲剧的形式与悲剧的范式

当我们从美学的角度来审视《长恨歌》时，我们就会感到，《长恨歌》中的爱情既是一种悲剧形式，又是一种悲剧范式。前者是指李杨

① ［德］马克思、恩格斯：《马克思恩格斯全集》第 2 卷，人民出版社 2009 年版，第 7 页。

② （清）洪昇：《长生殿》，浙江古籍出版社 2011 年版，第 138 页。

③ 同上书，第 1 页。

爱情在演变过程中由故事的表层结构所直接体现出的爱情悲剧，后者是指李杨爱情在接受过程中由故事的深层结构所间接生发出的命运悲剧。前者具有直观的、显性的特点，而后者则具有臆想的、隐性的特点；前者指向单一的爱情，后者指向多维的命运。总之，两者分别构成了《长恨歌》的表层悲剧意义与深层悲剧意义。

一　表层的悲剧形式

《长恨歌》是一首呼唤"长爱"、追求"长爱"的颂歌。但是，它的这一主题的成形，却是建立在一个悲剧故事的基础之上的。我们知道，在第一部曲中，李杨之间是一种热烈而和谐的欢喜气氛。当"御宇多年"的唐玄宗发射出求美的神箭后，"天生丽质"的杨玉环，最终选在了"君王侧"。随后，杨玉环以其精彩动人的媚笑和慵倦娇美的意态，赢得了唐玄宗的宠爱，并成为唐玄宗生命中不可或缺的一部分。从"春宵苦短日高起，从此君王不早朝""后宫佳丽三千人，三千宠爱在一身"、"承欢侍宴无闲暇，春从春游夜专夜""缓歌慢舞凝丝竹，尽日君王看不足"等诗句中，展示出的不仅仅是具有帝妃特色的相爱方式，更重要的是展示出了与帝妃特殊的贵人身份相对等、匹敌的热恋程度。在第二部曲中，李杨之间是一种惨烈而又割裂的悲痛气氛。"渔阳鼙鼓"震天动地的狂嚣，打破了《霓裳羽衣曲》那舒畅的节奏。"六军不发无奈何，宛转娥眉马前死。君王掩面救不得，回看血泪相和流"，鲜血将生命涂抹成了黯淡的紫色。死别，既是对有形生命的戕害，又是对无形爱情的毁灭。紧紧胶合在一起的生命线被迫分道扬镳，自始便粘连不分的爱情线因一方的突然消失而出现了单线茫然延伸的局面。"天旋日转回龙驭，到此踌躇不能去。马嵬坡下泥土中，不见玉颜空死处。君臣相顾尽沾衣，东望都门信马归。"面对马嵬这块特殊的"旧土"，唐玄宗的感觉已由兵变时的"无奈"变成了痛悼时的"无常"。从他那低徊不忍离去的步履中，我们感到了他那颗曾经强劲狂跳的心，此时是那样的沉重、微弱。他悲悼着杨贵妃，他悲悼着他自己，他更悲悼着无常的爱情。西宫南内的悄声孤影，低诉着生命、爱情双亡的孤独，以及由浓烈的孤独所包裹着的生命意欲冲破孤独、走向欢聚的焦灼意愿。在第三部曲中，李杨打破了凝重茫然的局面，呈现出悲喜交加的混合气氛。

在这里，唐玄宗的苦吟，终于显现出了对爱的呼唤的威力。蓬莱仙境的出现，杨贵妃至死不渝的忠贞，使唐玄宗此前茫然的苦恋，立刻赋有了价值和意义，并转化成有目标、有目的的执著。从"闻道汉家天子使，九华帐里梦魂惊。揽衣推枕起徘徊，珠箔银屏迤逦开。云鬓半偏新睡觉，花冠不整下堂来"等诗句中，我们感受到的是杨贵妃那兴奋不已、激动难抑的心情；从"钗留一股合一扇，钗擘黄金合分钿。但令心似金钿坚，天上人间会相见""七月七日长生殿，夜半无人私语时。在天愿作比翼鸟，在地愿为连理枝"等诗句中，我们感受到的是杨贵妃那因应、对应于唐玄宗"一种相思"的挚爱情怀和坚定信念，以及受这种情怀和理念驱动的对未来前景的乐观信心。但同时，我们也从"玉容寂寞泪阑干，梨花一枝春带雨"的肖像中，体察到了杨贵妃那久久盘旋、横亘在心的凄凉情怀，我们更从"天长地久有时尽，此恨绵绵无绝期"的深沉浩叹中，感受到了杨贵妃对相爱却被迫分离，相期却非得忍受伤痛的锐感心性。在这里，极富道家意味的蓬莱仙境以其超越尘世的极乐性成为李杨互通音讯、交流爱意的一个理想高地，使那根由唐玄宗坚守的爱情线再次与杨贵妃那失而重现的爱情线交汇并得以复原成粘连的状态。但同时，蓬莱仙境又以其远离尘世的虚幻性，成为李杨再续前缘、鸳梦重温的空中楼阁，使那道由唐玄宗与杨贵妃共同绘制的爱情线呈现出精神上胶合、肉体上平行的难以圆满的状态。从这个角度来看，蓬莱仙境既消解了悲伤，又强化了悲伤；既解构了悲剧，又重铸了悲剧；既将精神之恋抬升到了一个人难企及的高度，又将肉体之爱降低到了绝望的冰点。

从三部曲的总体结构看，第一部曲是欢喜的情调，第二部曲是哀伤的情调，第三部曲是悲喜混合的情调。在三部曲中，只有第一部曲称得上是令人艳羡的美满。第二部曲无疑是对"美满"的践踏、蹂躏、摧残。第三部曲显然是对残缺的修复，但并没有达到圆满的程度。三部曲的逻辑结构所呈现出的正是李杨爱情由喜剧裂变为悲剧的过程。李杨爱情悲剧大体说来有这样几点引人注目的地方：其一，爱得热烈，别得惨烈。其二，相聚短暂，分离久长。其三，帝妃之身，贫民之命。其四，痴情依旧，美梦难圆。李杨作为享有最高级别待遇的帝妃，其爱情生活却出现了意想不到的、与他们身份及地位极不相称的错位，其极不协调、平衡的结局，正如张祜在《太真香囊子》中所吟咏的那样——"蹙金妃子小花囊，销耗胸前结旧香"①，也正如李商隐在《马嵬》（其二）中所咏叹的那样——"如何四纪为天子，不及卢家有莫愁"②。这种一百八十度大转折的爱情变化，这种打破了爱情预期目标的劫难，这种严重偏离了帝妃生活轨道的不幸，构筑成爱情史上空前绝后的悲剧样式，形成了《长恨歌》关于李杨爱情的表层悲剧形式。

二 深层的悲剧范式

《长恨歌》中的李杨爱情，不仅具有自在的表层悲剧形式的特点，还具有潜在的深层悲剧范式的特点。

李杨之爱从人伦的视角考察，乃属于夫妻之间正常的爱。《孟子·藤文公章句下》云："丈夫生而愿为之有室，女子生而愿为之有家。"③正是人之伦常构成了李杨爱情的合理性。然而，李杨爱情却以一种始料未及的方式最终被毁灭。不可否认，这种人伦、人性中最美好情感的毁灭，实际上代表了生活中美好事物的毁灭。于是，当我们观照李杨悲剧时，往往就会泛溢着超出悲剧本身的复杂感受。我们不仅仅把审美的目光黏滞在李杨悲剧的爱情故事上，我们总不免进一步把审美的视线推广到对美、对生命、对人类整体爱情的反复咀嚼之中。

以血缘宗法制为基础的封建婚姻，实行的是父母主宰的包办法则。男女双方结合只能是"父母之命，媒妁之言"。当事的一方或双方稍有不从，或有越轨犯礼的行为，则必遭国人的唾弃，背上伤风败俗的污名。因此，"古代所仅有的那一点夫妇之爱，并不是主观的爱好，而是客观的义务，不是婚姻的基础，而是婚姻的附加物"④。在礼法的重压下，个人的情爱完全屈从于封建婚姻制度。严酷的宗法礼教和冰冷无情的伦理道德，就像是一把悬在千百万追求爱情的恋人头上的利剑，哪怕只有一丝柔情，也要斩尽杀绝而后为快。这把看不见却高悬在男女心房上的酷剑，不知酿成了多少男女悲剧。从牛郎、织

---

① （清）彭定求：《全唐诗》，中华书局 1960 年版，第 5844 页。
② 同上书，第 6177 页。
③ 杨伯峻：《孟子译注》，中华书局 1960 年版，第 143 页。
④ 《马克思恩格斯选集》第 4 卷，人民出版社 2012 年版，第 72—73 页。

女，到许仙、白娘子，从焦仲卿、刘兰芝到梁山伯、祝英台，从陆游、唐婉到贾宝玉、林黛玉，这些从封建势力的夹缝中生长出的却是昙花一现的美好爱情的悲剧结局，无不证明了封建婚姻的非人性、残酷性。俗话说，越是禁果越甜，越是甜果越遭禁绝。因此，在偷吃禁果与封杀禁果的争斗中，总是出现不知禁果味而"嘴"已被打烂或命已赴黄泉的悲剧结局。类似这种难以存活的爱情，在本质上与李杨不能相守的悲剧具有极大的"同构"性。所以，当古代无数欣赏者在为《长恨歌》中的李杨爱情悲剧一洒同情之泪时，他们也正在不同程度上对自身的爱情追求得不到实现，对旦旦的承诺、誓言无法兑现进行着一种自悲、自省的审美观照。他们在审美过程中，从李杨的悲剧中看见了自己忧伤的影子，聆听到了自己痛苦的心音，找寻到了自己敏锐的痛点，释放和宣泄了在现实中遭受压抑、伤害的情感，诱发和激起了同病相怜、你悲我怨的情感共鸣。

李杨的爱情悲剧除了影响、作用于人类对爱情进行的审美观照外，它同样还辐射、涵盖于人类对生命所进行的审美观照。"天有不测风云，人有旦夕祸福"，这是人类生活中再普遍不过的常见现象。人生总会有大大小小的挫折，命运总会有或多或少的倾斜。可以说，不如意的事情随时都在发生，美好的事物随时都有化为乌有的可能。"大都好物不坚牢，彩云易散玻璃脆"① "来如春梦几多时，去似朝云无觅处"②。白居易的这几句诗写透了我们这个古老民族的忧患情怀。古老的中国人不仅要承受生老病死所造成的对生命扭曲、毁灭的痛苦，同时还要忍受道德机制对人性压抑、摧残的沉闷。在强调"存天理、灭人欲"的封建社会，生命主体总是被置于封建大厦的角落，人性屈就于义礼，天性屈从于天理，人的本性被彻底地异化，恶性心理循环的结果便积淀成一种隐隐作痛的集体无意识。故而我们说，中华民族的人性中渗进了太多的缺憾。忠心报国者，未必就被信任；才高八斗者，照样名落孙山；直言犯谏以尽职守者，最终不免遭谗见弃；孜孜矻矻以尽人事者，到头来不免投闲置散。平步青云、似龙如凤者少，放归故里、隐姓埋名者多；

---

① 朱金城：《白居易集笺校》，上海古籍出版社1988年版，第698页。
② 同上书，第699页。

致君尧舜、轻取王侯者屈指可数，身首两分、杀身取祸者比比尽是。命运裸露出难以把握的无常，生命遭受了不该承负的重压。所以，漫长的封建历史是个体生命的苦难史。同时，内忧外患，兵连祸结，社会黑暗，朝政腐败……人们不得不长期背负着沉重的历史负担，经受着种种苦难的折磨。屈原、陶渊明、李白、杜甫、苏轼、陆游、辛弃疾等富有声望的文人士大夫，哪一个逃脱了命运的捉弄、嘲笑；王昭君、蔡文姬、李清照、朱淑真、李香君、秋瑾等留名青史的女性，哪一个没有感受到命运的坎坷、多舛。板滞朴厚而又灾难深重的中华民族在艰涩缓慢的历史进程中，留下了太多的缺憾和不幸，短短"百年"的人生历程，塞满了令人痛心扼腕、抱憾终身的艰辛和困惑。《长恨歌》中从天而降的悲剧，不仅毁灭了生命，更毁灭了美，由此而突现出的命运无常、美质难久的悲剧势能，以其泛悲剧的能动性，构成一种泛化了的命运符号，覆盖、笼罩着一切蕴含着悲剧因子的人或事。于是，源于李杨爱情悲剧的伤感，便扩充、渗透到人类命运的各个层面。作为《长恨歌》中最具悲剧意味的诗句——"天长地久有时尽，此恨绵绵无绝期"，它所蕴含的那种美好事物难握于手的巨大遗憾，那种绝望中却又不甘绝望的无尽期待，更是照见了无数读者那苦痛、破损的灵魂。毫无疑问，在广泛纵深的社会历史及文化思想的背景下，"天长地久有时尽，此恨绵绵无绝期"的深沉浩叹，成为千百年来人们直截了当地投射、表达自己类似悲感势能的情感范式。人们在一唱三叹、低回流连的审美体验中，一次又一次地领悟着那命运的变奏曲所诱发、奔迸出的伤感意绪。可以说，人们代代不息反复咏叹的这一感伤的主旋律，早已超出了那具体狭小的悲剧范围，具有了一种浩大而深广的生命意识、宇宙意识。

第六章

《长恨歌》与《长恨歌传》
《连昌宫词》比较研究

　　《长恨歌》创作于元和元年（806）年底，"歌既成，使鸿传焉"，《长恨歌传》即是在此背景下诞生的。由于《歌》和《传》在时间上具有联袂而生的相从关系，又由于《歌》之作者与《传》之作者是一同"相携游仙游寺""相与感叹"①的朋友，更由于是白居易主动邀请陈鸿为其《歌》作传的，是故，《歌》与《传》往往被人视为前后出生的孪生姐妹，且具有相同的旨趣功能。陈寅恪先生在《元白诗笺证稿》中即云："陈氏之长恨歌传与白氏之长恨歌非通常序文与本诗之关系，而为一不可分离之共同机构。"②但细绎《歌》与《传》，无论是创作意图，还是人物形象，抑或是艺术成就，其实彼此的差异性是十分明显、不容忽视的。白居易与元稹不仅可称为朋友、诗友，更可称为战友，两人除有过于贞元十九年（803）及元和元年（806）同榜中第书判拔萃科、才识兼茂命于体用科的科考阅历外，还共同发起领导了中唐的新乐府运动，以直面现实的勇气，揭露时弊，指斥权贵，关注民瘼，意欲扭转中唐颓风邪气。此外，在政治立场及政治主张上两人多所趋近，并在知音互赏、惺惺相惜、彼此牵盼中结下了深厚的友谊。白居易于元和元年（806）创作了为他带来巨大声誉和影响的《长恨歌》，12年后即元和十二年（818），元稹依据同一题材——"李杨故事"创作了《连昌宫词》。两诗一前一后，震荡诗坛，引起时人与后人见仁见智

---

　　① 朱金城：《白居易集笺校》，上海古籍出版社1988年版，第659页。
　　② 陈寅恪：《元白诗笺证稿》，三联书店2001年版，第4—5页。

的品鉴。陈寅恪先生在《元白诗笺证稿》中对《长恨歌》与《连昌宫词》之关系有如下一段论析："元微之连昌宫词实深受白乐天陈鸿长恨歌及传之影响，合并融化唐代小说之史才诗笔议论为一体而成。其篇首一句及篇末结语二句，乃是开宗明义及综括全诗之议论。又与白香山新乐府序（白氏长庆集叁。）所谓'首句标其目，卒章显其志'者，有密切关系。……至于读此诗必与乐天长恨歌详悉比较，又不俟论也。总而言之，连昌宫词者，微之取乐天长恨歌之题材依香山新乐府之体制改进创造而成之新作品也。"① 在对两诗对读比较中我们发现，白诗与元诗虽依据同一历史题材，但彼此对李杨故事的取舍角度、创作旨归、情感倾向、人物褒贬、情节虚构、写景抒情实存在着较大的差异。

第一节　《长恨歌》与《长恨歌传》之比较

众所周知，白居易的《长恨歌》与陈鸿的《长恨歌传》是以同一历史故事和同一民间传说作为创作素材的"同胞"文学作品，因此两者存在着不少相同之处。大体而言，《歌》《传》均以唐玄宗和杨贵妃的爱情、命运为题材，按照故事发展的线索和顺序，从杨妃入宫写起，继之以宫中的情爱生活，随后交代马嵬之变，之后铺陈唐玄宗对杨贵妃的刻骨思念，再后叙述方士访求杨妃的过程，再按传说之意为这场悲剧性的帝妃之爱虚构了一个精彩的结局——托物盟誓。

尽管《歌》与《传》亲如姐妹并有诸多相同之处，但它们在不少方面却又迥然有别，呈现出明显的差异性。

一　创作意图相左

从创作意图来看，白居易的《歌》借助于历史的一点影子，讲述的是发生在唐玄宗与杨贵妃之间真挚感人的爱情故事。诗人的关注点唯在一个"情"字，着重展示的是情之生、情之亡、情之"升"以及与此相对应的情之浓、情之惨、情之长。陈鸿的《传》则重复着"女人祸水"的古老观念，重点落在故事本身上，意在通过历史上实有之事

① 陈寅恪：《元白诗笺证稿》，三联书店 2001 年版，第 63 页。

揭示"惑"之深与"祸"之大之间的关系。对此，我们可以从以下几个方面加以考察。

（一）关于杨妃入宫之情节

在《歌》中白居易运用简笔对杨妃入宫作了"杨家有女初长成，养在深闺人未识"的善意处理。对这一与历史事实不尽吻合的美化变形，许多评论家从传统的君臣之礼上作了解读。如明代的唐汝询《唐诗解》云："杨妃本出寿邸，而曰'养在深闺人不识'，为君讳也。"① 清赵翼《瓯北诗话》则谓："《长恨歌》自是千古绝作，其叙杨妃入宫，与陈鸿传选自寿邸者不同。非惟惧文字之祸，其讳恶之义，本当如是也。"② 但谁都清楚白居易生活在相对来说"无忌讳"的唐代，而且他在《新乐府》五十首及《秦中吟》十首中，曾多次直刺封建皇帝的痛处而并未稍加讳忌。如此看来，他在《歌》中作如此处理决不是"为尊者讳"。事实上，白居易大胆地无视历史而作此美化的目的只有一个，那就是力图塑造出一对为情而生、为爱而活的痴情帝妃，创作出一个凄美绝伦的经典爱情故事。"汉皇重色思倾国，御宇多年求不得。杨家有女初长成，养在深闺人未识。天生丽质难自弃，一朝选在君王侧。"开篇用寥寥数笔略作交代，言虽简，可一位丽质天成、纯情可人的明慧佳丽便跃然纸上。《传》则不然。一开篇，陈鸿便以史学家冷峻严谨之笔详论细说玄宗选妃的原因："开元中，泰阶平，四海无事。玄宗在位岁久，倦于旰食宵衣，政无小大，始委于右丞相。深居游宴，以声色自娱。……左右前后，粉色如土。"③ 此外，《传》还指名道姓地提及玄宗已亡故的两位宠幸之人——元献皇后和武淑妃。由此，我们清楚地获知玄宗是在厌于理政、追求声色、原有二宠相继辞世后，忽感宫中千人"无可悦目"的情形下开始他的选妃活动的。进而作者又毫不隐瞒地直接道出杨妃出于"寿邸"这一不光彩的历史事实，将玄宗的家底隐私全然抖出——可人佳丽原是当今圣上之儿媳。凡此种种直露之笔不但使读者自然地将玄宗与"好色之徒"画上等号，而且更觉得李杨

① （明）唐汝询：《唐诗解》，河北大学出版社2001年版，第432页。
② （清）赵翼：《瓯北诗话》，霍松林、胡主佑校点，人民文学出版社1963年版，第42页。
③ 朱金城：《白居易集笺校》，上海古籍出版社1988年版，第656页。

之爱简直是在上演一出空前的丑剧。毫无疑义，这一叙事的功能不只在忠于史实，更在为陈鸿下文展开讽谏做好了"预埋"。

（二）关于对杨妃亲戚之态度

《歌》中涉及此一问题的诗句是"姊妹弟兄皆列土，可怜光彩生门户"。毫无疑义，作者在此所流露的乃是钦羡之意。若联系后面"遂令天下父母心，不重生男重生女"两句诗加以综合考察，我们将不难体会，作者乃是以改变传统的"重男轻女"之世风习俗，在为杨贵妃之得宠以及恩及池鱼的隆盛程度张本感叹，而绝非对此表达冷嘲热讽之意。《传》则具体评说杨妃亲戚的显贵与荣耀——"叔父昆弟皆列在清贵，爵为通侯。姊妹封国夫人，富埒王宫，车服邸第与大长公主侔，而恩泽势力则又过之。"① 很明显，这里所暗刺的正是"一人成仙，鸡犬升天"的封建特权。《歌》行文有显极而赞之情，《传》使笔则满含奢极而讽之意。《歌》之主导思想欲使读者由此明了这是爱屋及乌、爱心大奉送的尊崇荣耀。可《传》之详加介绍其意则在于突出杨家这一窝子暴发户的裙带性，使读者对他们的飞扬跋扈、骄奢淫侈、恃宠皆贵产生强烈的愤慨不平之感。

（三）关于马嵬兵变

在马嵬兵变这一环节上，《歌》与《传》都作重场戏处理，但作者对此一事件的态度却判然有别。《歌》中将马嵬兵变浓缩、隐括为一句"六军不发无奈何"，对结局则用饱蘸凄情的诗笔详作描绘："宛转娥眉马前死。花钿委地无人收，翠翘金雀玉搔头。君王掩面救不得，回看血泪相和流。"如此，使读者充分体味到玄宗当时的心理矛盾：一边是如胶似漆、日被呵护的真爱，一边是江山社稷、祖辈延传的不朽基业。在此两难抉择中，作为掌控江山、主宰沉浮的封建帝王，他无可奈何地作出了"舍鱼而取熊掌者也"的选择——忍痛割爱，放弃了自己依恋深爱之人，从而离开了"芙蓉帐暖度春宵""春从春游夜专夜"的柔情缱绻，走向了"西宫南内多秋草，宫叶满阶红不扫"的孤家岁月。与此相对，《传》则客观而清楚地道出了兵变的原因——"天宝末，兄国忠盗丞相位，愚弄国柄。及安禄山引兵向阙，以讨杨氏为辞。"同时也写

---

① 朱金城：《白居易集笺校》，上海古籍出版社1988年版，第657页。

出了兵变场面——"六军徘徊，持戟不进，从官郎吏伏上马前，请诛错以谢天下。国忠奉氂缨盘水，死于道周。左右之意未快。上问之，当时敢言者请以贵妃塞天下怨。上知不免，而不忍见其死，反袂掩面，使牵之而去。苍黄展转，竟就绝于尺组之下。"① 这段对前因后果的交代，使我们不仅从中体会到当时众将士对杨妃的极度不满，而且也由此得出杨妃是导致国家动荡、江山不稳的罪魁祸首的结论。最后，陈鸿还交代了兵变所带来的政治格局的变化——"既而玄宗狩成都，肃宗受禅灵武。明年，大凶归元，大驾还都，尊玄宗为太上皇，就养南宫，迁于西内。"② 辉煌四纪的大唐天子不仅因溺于爱而失去了自己宠爱的妃子，而且还因溺于爱而丢掉了自己手中的皇权。《传》之叙述很自然地使读者形成这样一个概念：玄宗的一切祸事均由杨妃而起，红颜祸水的古训一刻也不能忘记。

从上述两位作者对三个环节的处理态度中，我们不难看出：《歌》之叙述紧紧围绕玄宗与杨妃之间凄美绝伦的爱情故事而展开，体现出白居易认同、推崇坚贞爱情的创作倾向，其主旨在于歌颂玄宗与杨妃之间矢志不渝的爱情。而《传》的叙述基本遵照史实，按时间顺序将李杨之事全盘端出，表达了陈鸿对玄宗因过分溺爱杨妃而致使"四海无事"突变为"旌旗无光日色薄"的强烈慨叹。《传》的主题重在"历史教训"——以李杨之事告诫后人牢记历史、引以为鉴，就如陈鸿在《传》之结尾处所揭示的那样："意者不但感其事，亦欲惩尤物，窒乱阶，垂于将来也。"③

二 人物形象各异

《歌》与《传》中的核心人物均是杨贵妃、唐玄宗，从对这两个人物形象的塑造方面来看，《歌》与《传》呈现出鲜明的差异性。

（一）关于杨贵妃形象

白居易在塑造杨妃人物形象时，自始至终对她抱有同情的态度，不

---

① 朱金城：《白居易集笺校》，上海古籍出版社 1988 年版，第 657 页。
② 同上。
③ 同上书，第 659 页。

仅美化了她的外形，而且净化了她的心灵，把一位"回眸一笑百媚生，六宫粉黛无颜色"的倾国倾城的佳人锻造成了一位"在天愿作比翼鸟，在地愿为连理枝"的至纯至美的圣女，并高度赞扬她对爱情所持有的无怨无悔的态度。陈鸿则对杨妃抱着一种贬斥的态度，始终意欲突出她的恃色邀宠及妖媚惑主的妖艳性和孽根性。

《歌》中对杨妃作如是描绘："杨家有女初长成，养在深闺人未识。天生丽质难自弃，一朝选在君王侧。"诗人突出她清纯的女儿身及天生丽质的芳容，使读者不由生出几分爱怜、几分艳羡。"回眸一笑百媚生，六宫粉黛无颜色。春寒赐浴华清池，温泉水滑洗凝脂。侍儿扶起娇无力，始是新承恩泽时。"这一段描写紧承上段，塑造出一个美目流盼、身段窈窕、体态慵倦的清纯女子形象。她明眸一转，启齿一笑，便生出千种风情；她肤色如玉，光滑细腻；她娇软无力，妩媚慵倦。这类古典审美镜框中缺席已久的美丽形象颇具一种魅力、磁力，颇具一种亲和力、吸引力。自"云鬓花颜金步摇"至"玉楼宴罢醉和春"一段，作者集中描写了玄宗对杨妃的宠爱之深。白居易运用夸张、映衬等一系列艺术手法，多侧面、多角度地展示了杨贵妃美的力量——"后宫佳丽三千人，三千宠爱在一身"以及李杨相爱的浓烈程度——"承欢侍宴无闲暇，春从春游夜专夜"。

就在两人缠绵悱恻、恩爱无比之时，毁灭却悄无声息地向他们袭来——"渔阳鼙鼓动地来，惊破霓裳羽衣曲。"这里以渔阳战鼓的惊天动地交代了安史之乱的爆发，并预示着灾难的逼近。爱意随着这一变乱的突然降临经受了前所未有的考验，至"六军不发无奈何，宛转娥眉马前死"，一对爱侣就这样被逼无奈地走到了爱的终点。

然而惨剧并未随杨妃的香消玉殒而终结，美质被毁灭，真情被断送成为又一次新生的转机。深爱诗歌、深能诗歌、深懂诗歌的白居易，以浪漫的诗笔再造了身居仙界的太真仙子。作者以临邛道士为中介把死者和生者、仙山和尘世链接起来，从而加强了悲剧的感染力，完成了杨妃形象的塑造。如果说马嵬兵变前的李杨之情重在自然属性，所及之情尚处于平面状态的话，那么马嵬事件后对李杨的刻画则重在精神境界，触及了人物的灵魂深处，因而所写之情也就立体化了。

杨妃成为太真仙子后，住在海天尽头的仙山楼阁中，过着平静而寂寞的生活。当她闻报"汉家天子使"到来的消息时,便立刻从"九华帐里"魂惊梦醒。于是,有了"揽衣推枕起徘徊"的犹豫不定,有了"花冠不整下堂来"的急切相迎。这时的她,一改皇宫中艳美的模样,焕然而为凄美的形象:"风吹仙袂飘飘举,犹似霓裳羽衣舞。玉容寂寞泪阑干,梨花一枝春带雨。"酸楚的泪水,是她对唐玄宗未曾忘怀的真切表白。最后,诗人以托物盟誓的场面将杨贵妃的精神境界推到了一个无以复加的高度:"唯将旧物表深情,钿盒金钗寄将去。钗留一股盒一扇,钗擘黄金盒分钿。但令心似金钿坚,天上人间会相见。临别殷勤重寄词,词中有誓两心知。七月七日长生殿,夜半无人私语时。在天愿作比翼鸟,在地愿为连理枝。"可以说,住在蓬莱仙境中的杨贵妃,早已没有了住皇宫、享奢华、侍君王的可能,但她依然如故甚至是倍加思念、爱恋着唐玄宗。这种消除了肉欲,涤尽了俗念,纯然以心灵相通、精神交感为唯一方式的眷恋,不正体现出杨贵妃纯洁、高尚的人格魅力吗?

《传》中的杨妃以"鬓发腻理,纤秾中度,举止闲冶,如汉武帝李夫人。别疏汤泉,诏赐澡莹。既出水,体弱力微,若不胜罗绮,光彩焕发,转动照人"① 出场。同样,她亦是一位倾国倾城、光彩照人的美女。可她那出于"寿邸"的婚史,却使笼罩在她头上的光环黯然无色,甚至令人作呕、唾弃。她在争宠夺爱的路上走得很快,"进见""定情"后的第二年,便"册为贵妃,半后服用"。为了邀情固宠,她更"冶其容,敏其词,婉娈万态,以中上意"。凭借淫冶妖艳的脸蛋和机灵乖巧的心计,她终于博得了玄宗"行同辇,居同室,宴专席,寝专房"的宠爱。于是,"使天子无顾盼意。自是六宫无复进幸者"② 走红的她,光耀门媚,恩施亲族。杨氏诸人,威加海内,权倾朝野。正当她陶醉使性、忘乎所以之时,"安史之乱"和马嵬兵变相继祸乱临头。这位红极一时、宠多势大的美人,在兵荒马乱之中成了一只可怜的替罪羊,带着她的酸楚、遗憾、不忍忧怨地死去了。蓬莱仙山上的杨太真,虽然仍在娓娓叙说着当年玄宗与其定情之时的山盟海誓,但从她那"太上皇亦

---

① 朱金城:《白居易集笺校》,上海古籍出版社 1988 年版,第 656 页。
② 同上书。

不久人间，幸惟自安，无自苦尔"的预告和哀叹声中，流露出的是掩饰不住的消沉和颓丧。

（二）关于唐玄宗形象

《歌》中将唐玄宗塑造成一个情种，他的闪光之处就在于他的痴情加专情。《传》中则将唐玄宗塑造成一个因贪恋女色而误国的落魄昏君，其可悲之处就在于他陷于狐媚的泥沼而不知自拔。

在《歌》中，白居易以情为切入点去透视人物的灵魂，去塑造人物的个性。作者完全剥离了笼罩在唐玄宗头上的政治阴影，纯然以情的光环映照其赏美、思美、寻美的征程。开篇以"汉皇重色思倾国"一句对唐玄宗择妃的高档次审美标准作了介绍，也为君王中亦有痴情、专情之人作了张本聚势。玄宗从"御宇多年求不得"到选中"养在深闺人未识"的杨家女后，既赐浴温汤、设宴尽欢，又金屋藏娇、独钟专宠，将恩泽全倾注在了杨妃一人身上。于是他们"春宵苦短日高起""承欢侍宴无闲暇"，度过了一段形影不离的快乐时光。

然而好景不长，"安史之乱"中断了"开元盛世"的大好势头，"马嵬兵变"击碎了玄宗"愿世世为夫妇"的誓言，玄宗遭遇了前所未有的尴尬局面，陡然生出未曾料想的内心矛盾。一代红颜"宛转"惨死于君王马前，贵为天子却无能救一己之爱，这是怎样一种撕心裂肺之痛？"君王掩面救不得"和"回看血泪相和流"两个特写镜头，把玄宗内心深处的痛苦和无奈之情具象化了。就玄宗本人来说，这似是一场不可知的命运骤变，他几乎放弃了一切而专宠杨妃，而现在，他亲口应允、下令缢死的却是昔日自己最疼爱的人。因此，此一时他内心的无奈、痛苦、不甘，以"血泪"二字约而尽之是再凝练、再形象不过的了。玄宗的形象，亦因这种内心感情冲突之展开而立体化了。

驾次蜀道、返驾回京以及枯守南内时所发生的种种情事，进一步展示了玄宗日思夜想、痛苦不堪的内心情怀。落荒逃难时："蜀江水碧蜀山清，圣主朝朝暮暮情。行宫见月伤心色，夜雨闻铃肠断声"；复京回宫时："到此踌躇不能去""君臣相顾尽沾衣"。独处空宫，无论是"春风桃李花开日"，还是"秋雨梧桐叶落时"，玄宗无不睹物神伤。他承受着"西宫南内多秋草，宫叶满阶红不扫"的荒凉与冷落，咀嚼着"鸳鸯瓦冷霜华重，翡翠衾寒谁与共"的孤苦与寂寞。类似的细节描写，把玄宗悲痛、孤寂、失落、斩不断理还乱的思念之情写得活灵活现，使我们如见其形、如闻其声。最后玄宗命方士上天入地寻觅杨妃魂魄而得以互通讯息的一段，使玄宗和杨妃将曾经经历过的荡魂撼魄的幸福时刻锁在了记忆的深处，使两情撞击的巨大声响永久地在寰宇回荡着。关于唐玄宗在痛失爱妃后种种神态、情态的审美价值，傅道彬、陈永宏先生有如下一段精彩的论析："透过李杨的悲剧，我们还能分明感受到唐明皇的那种思念里的伤感充满了才子式的儒雅风流，那见月伤心闻铃肠断的多情善感，那耿耿星河悠悠生死的魂牵梦绕，都是文人的本色，这既是唐明皇才子本色的体现，也是作者白居易文人特质的赋予结果。所以唐明皇的伤感并不单纯，多了一种文人式的风流。特别是他那种既痴心又痴情地等待杨玉环的魂魄能够入梦的痴迷情态，格外令人感动，也更鲜明地印证着他那感伤中的美丽和美丽中的感伤，这使唐明皇这一形象极富于多层次的美感。"[①]

《传》则在开篇便毫不客气地直言"玄宗在位岁久，倦于旰食宵衣，政无大小，始委于右丞相。深居游宴，以声色自娱"[②]，首先给玄宗这个人物定下了"沉湎声色"的性格基调。继而，《传》又以诸多嫔妃皆"粉色如土""无可悦目"而"上心忽忽不乐"来写玄宗对声色的牵盼、割舍不下。当奉命潜搜外宫的高力士从"寿邸"搜得"杨玄琰女"后，"上甚悦"，第二年便将其"册为贵妃"。玄宗的心已被这位女子的美色紧紧摄住，全然不顾杨妃曾是自己的儿媳这一人伦大忌，公然且堂而皇之地与之"行同辇，居同室，宴专席，寝专房"。从此，皇恩尽于一身而"六宫无复进幸"矣。为了进一步讨好杨妃，充分体现皇恩的隆盛、浩荡，玄宗广赐厚赏，使其亲戚"列在清贯""富埒王室"。可以说，这时的玄宗已不再是早年那个励精图治的圣君，而变成了一个不折不扣的色鬼了。乐极生悲，否极泰来。而后玄宗终因过度宠幸杨妃而使他的江山蒙尘遭难，以致发生了马嵬兵变。在兵变中，他失去了皇权同时也失去了美人，甚至还差点危及自己的身家性命。勉强度

---

① 傅道彬、陈永宏：《歌者的悲欢——唐代诗人的心路历程》，河北大学出版社 2001 年版，第 180—181 页。

② 朱金城：《白居易集笺校》，上海古籍出版社 1988 年版，第 656 页。

过危机的他，伤疤未好却已忘了痛，不仅不知总结教训、反思往事、痛改前非，反而在痴迷的路上越走越远、越陷越深，以致发生了令方士上天入地寻觅杨妃魂魄的荒唐举动。结果呢，玄宗虽与其爱妃在虚无缥缈的仙境海誓山盟，可最终不免带着他太多的遗恨凄惨地告别了人世，了结了他可悲可叹的一生。

三 艺术成就有别

《歌》《传》不仅在创作意图、人物塑造方面有所不同，而且在艺术成就方面也存在着大小之别。

《歌》是一首叙事诗，它采用的是婉转流丽的歌行体。白居易在《歌》中把握住了体裁上的这一特点，不仅在形式上扣住了歌行体长于叙事的特点，而且很好地利用和发挥了诗歌长于抒情的长处，通过寄情于景、借景言情、情感投射于物等手法，多角度地揭示了人物的心理活动。如"黄埃散漫风萧索"至"夜雨闻铃肠断声"这六句，本来讲述的是玄宗落荒逃蜀的过程，可作者并未简单地让其落入只交代事件过程的毫无生气的窠臼，而是在抒情言性方面大做文章，紧紧扣住"朝朝暮暮情"这一打动人心的关捩。这样，黄埃弥漫、云栈萦行、剑阁险关、峨嵋秀色、行宫清月、夜雨断铃，就全都染上了玄宗的感情色彩，景即是情，情附着于景。再如"归来池苑皆依旧"至"翡翠衾寒谁与共"一段，其手法与上段相类。白昼黑夜、春夏秋冬、花前池畔、殿中苑内，可谓无处不思，无时不念。"太液芙蓉未央柳"本是春夏花木欣欣向荣之景，但"芙蓉如面柳如眉"却立即转乐景为悲景；"鸳鸯瓦""翡翠衾"，本是富丽、祥瑞之物，而一"冷"一"寒"对错互渗，便反衬出玄宗形单影孤的凄凉处境和心境。

《传》则采用严肃、纪实的传记体，讲求铺排与直陈，与《歌》相比少了几分婉转与柔情，多了几分冷峻与讥讽。关于杨妃入宫前玄宗的生活、婚姻、精神状况，《传》中用大量笔墨进行了铺叙，完全依照历史作了如实交代。在刻画人物时也绝少《歌》中揭示人物心理活动的运笔使墨，往往是直白地记录人物的行动、语言、状态。如写到与杨贵妃死别之时，触及玄宗神情的仅只"不忍见其死，反袂掩面"两句平实之语；如写到太真见到替玄宗寻觅魂魄的方士时，《传》只有"皇帝安否""为谢太上皇,谨献是物,寻旧好也"① 等的轻描淡写。由于作者通篇重在叙写李杨"长恨"的前因后果,所以,读者很难看到《歌》中所出现的诸多有关人物内心活动的鲜活描写。这样造成的结果是,读者在审视文本时总处于清醒的理性的边缘,而决难融入人物悲剧命运的漩涡中去同悲剧人物同呼吸、共患难,进而产生强烈的共鸣。

此外,从艺术感染力的角度来讲,《歌》《传》亦有大小之别。《歌》以宜于且易于抒情的诗歌来咏唱爱情,将读者带入"在天愿作比翼鸟,在地愿为连理枝"的痴迷缠绵中,因而在每个人的内心深处最柔软的地方,刻下了一道深深的印记;而《传》则用正经写实的传记手法来告诫人们,重复着美人祸水的古老故事,重申着"生亦惑,死亦惑,尤物惑人忘不得"的传统戒条。但"祸水"非人人有资格、有机会溺身其中,尤其对大多数百姓来讲女色是无从祸起的,因而"女人祸水论"并不能在社会上形成广大的市场。所以《歌》之重"情"的特点,满足了民众愿有情人皆成眷属的美好心愿和审美期待,因而其易接受、易传诵、易感人也就自在情理之中了。而《传》重史实,重"教训",在影射面上缺少群体基础,因而其受益面、感染度、影响力自不如《歌》。而且如前所述,《传》直白凿凿,重在写实,缺少情景交融的意境,因而显得艺术色彩不够饱满、绚烂。中国是一个诗的国度,唐代又是诗歌的鼎盛时期,因而《歌》之广泛流传并影响久远也就不足为怪了。

第二节 《长恨歌》与《连昌宫词》之比较

开创了"开元盛世"的唐玄宗在"御宇多年求不得"的情况下,最终遇到了"天生丽质难自弃"的杨玉环,进而上演了一幕"爱江山更爱美人"的爱情悲剧。从此这个悲剧故事就成了历代无数文人骚客笔下的创作题材。白居易于元和元年(806)创作的《长恨歌》以其独特的爱情视角在浩如烟海的这类文学创作中独领风骚。与白居易同时代亦是其好友的诗人元稹也将目光聚焦、投注在了李杨故事上,并于元和

---

① 朱金城:《白居易集笺校》,上海古籍出版社 1988 年版,第 658 页。

十二年（818）创作出了《连昌宫词》。以"元白"并称、诗风相近、创作主张趋同的两位大诗人，针对同一题材各取所需创作出了体裁相同但风格迥异的两首诗——有"风情"的《长恨歌》和有"风骨"的《连昌宫词》。有"风情"是因为前者吟咏了李杨爱情，有"风骨"是因为后者通过李杨故事意欲实现劝谏的目的。不同的创作主旨导致了两首诗在对李杨故事的态度、景物描写的作用、取舍史实的目的、虚构的内容情节、对李杨生活场景的描述方式、受众的接受程度等方面形成了较大的差异性。

一　对李杨故事态度不同

两诗都以李杨故事为题材背景进行创作，但两位诗人对李杨故事的态度却表现出了明显的不同。

《长恨歌》开篇写道："汉皇重色思倾国，御宇多年求不得。"汉武帝上承"文景之治"，开疆拓土，威加四海，使国力呈现出前所未有的强盛局面。然而这样一位功勋卓著的帝王"并没有'思倾国'的事实"[①]：他先有"金屋藏娇"的陈皇后，接着有"独不见霸天下"的卫子夫，而后有"倾城倾国"的李夫人，最后还出现了一位河间地方推荐的拳夫人。由此可见，汉武帝身边并不乏倾国之色的陪伴，对于他来说也就自然不会有多年求不得的遗憾了。因此首句诗中的"汉皇"不是指汉武帝，而是另有所指。"汉时国势极强，威震遐迩，所以外人多称中国为汉，久之，汉人也以此自称。唐开元之强盛，类于汉时，所以唐人也多以汉自称。"[②]"开元盛世"的缔造者唐玄宗被人们尊称为"汉皇""武帝"等，是故这里的"汉皇"实指唐玄宗。汉武帝以"武功"留名后世，唐玄宗以"文治"开创盛世，诗人在这里用"汉皇"来称呼玄宗有几分对他的盛赞之意。这样一个称谓也将玄宗英武神勇、睿智圣明的形象展现给了世人。"倾国"一词在这里代指美丽的女子。这一用法源于李延年的"北方有佳人"歌词。李延年在这支曲子中用倾城倾国来夸饰自己妹妹的容貌之美，正是因为"倾城倾国"这个词

①　靳极苍：《长恨歌及同题材诗详解》，山西古籍出版社 2002 年版，第 9 页。
②　同上书，第 10 页。

才吸引了汉武帝,李延年之妹才得以成为李夫人。纵观汉朝历史,李夫人根本没有作出任何足以让西汉王朝倾城倾国的事。所以"倾国"一词不含讽刺之意,它只是美丽女子的代名词。这里的"重色"不等于一般意义上的"好色",它有重视、看重之意。爱美之心人皆有之,何况是励精图治、英武多情的盛唐天子。综合起来理解这句诗,它并不存在借汉武帝、李夫人的故事来对李杨进行讽刺之意,反而有赞美、认同之心。

《连昌宫词》中,诗人写道:"上皇正在望仙楼,太真同凭栏杆立。"① 这里是用"上皇""太真"来称呼唐玄宗与杨贵妃。众所周知,玄宗成为"上皇"皆因"安史之乱",而"安史之乱"是玄宗后期怠政所致的恶果。这个称号对玄宗来说是失道的标签,也是耻辱的象征。诗人在这里用"上皇"来称呼玄宗,其目的就是要揭唐玄宗的"伤疤",并告诫后来人。对于"太真"这一称呼,凡是了解李杨故事的人对它应不陌生。《新唐书·后妃传》云:"玄宗贵妃杨氏,隋梁郡通守汪四世孙。徙籍蒲州,遂为永乐人。幼孤,养叔父家。始为寿王妃。开元二十四年,武惠妃薨,后廷无当帝意者。或言妃资质天挺,宜充掖廷,遂招内禁中,异之,即为自出妃意者,丐籍女官,号'太真'。"②《旧唐书·玄宗诸子传》载:"寿王瑁,玄宗第十八子也。"③ 透过两部史书的记载可知,杨贵妃最初是唐玄宗第十八子寿王瑁的妃子,后唐明皇经不光彩的手段辗转收为自己的妃子。"太真"这个称呼对杨贵妃来说就是变节不贞的证据,也是对唐玄宗夺儿妃为己妃丑行的揭露。元稹从对李杨的称呼上就给他们的故事定了性——这是践踏人伦、伤风败俗的可耻之事,是羞辱礼仪、不可接受的万劫之灾。通观全诗,这样的称呼出现了不止一次,足见诗人对李杨之事的态度。《长恨歌》中也出现了"太真"这样的称呼,但这是在杨贵妃死后"天子使"在蓬莱仙山找到的杨贵妃,此时的杨贵妃已位列仙班,是蓬莱仙山众多仙子中的一员,与彼时皇宫中的杨贵妃是不同的。诗人在此前通过大量的描写已将

---

① 以下所引《连昌宫词》诗句见《元稹集》,冀勤点校,中华书局1982年版,第270—272页。

② (宋)欧阳修、宋祁:《新唐书》,中华书局1975年版,第3493页。

③ (后晋)刘昫:《旧唐书》,中华书局1975年版,第3266页。

读者带入了李杨凄美爱情故事的情节中，读者深深地被玄宗的深情、专一所打动，有谁还会计较杨贵妃现在叫什么，又有谁还会去深究他们的那段历史？人们所希企的是此时的"太真"就是彼时的杨贵妃。而元稹在开篇就突兀地将杨贵妃称为太真，难免生硬刺眼。他所讲述的是杨贵妃在世时的事，自然会引起读者的反感，从而强化对杨贵妃的鄙夷、轻蔑、怨刺。

两诗中都提到了因杨贵妃一人"得道"而整个杨氏一门粘恩带泽、尽享荣华的史实。白居易在《长恨歌》中将其概括为"姊妹弟兄皆列土"，而《连昌宫词》则把他们得势的情况细化为一个情节——"杨氏诸姨车斗风"。《长恨歌》中将杨氏家族的人概括为"姊妹弟兄"，有脉脉温情泛溢其间。况且杨贵妃的"姊妹弟兄"众多，不是个个劣迹斑斑，这个词不致让人产生反感厌恶之情。而"杨氏诸姨车斗风"中的一个"斗"字，把她们嚣张跋扈之态展露无遗。同时，诗人在这里把因杨贵妃而得势的杨家人的范围缩小到她的三个姐姐——韩国夫人、虢国夫人、秦国夫人身上。"这三夫人皆有才色，唐玄宗竟呼之为'姨'；她们出入宫掖，并承恩泽，势倾天下。连玄宗的妹妹玉真公主等，对她们也是谦让三分，起立相迎，不敢就座。其中，尤以虢国夫人宠遇最深，权势最大，行贿请托，嬉游无度。"[1] 诗人在诗中也反映了这一现象，即"虢国门前闹如市"。虢国夫人宠遇最深，但也最能仗势欺人。将两句话贯通起来理解就成了对杨家人越礼乱制、势倾朝野的揭露。虢国夫人乃杨氏一门的代言人，她的言行举止即代表了杨家一群人。而她能如此甚嚣尘上，完全是仗恃唐玄宗与杨贵妃之恩势，所以诗人在这里无形中就对李杨二人进行了暗讽、指责。

两位诗人在诗中通过不同的称呼，表达了各自对李杨故事不同的态度。态度不同，创作倾向就会不同，最终导致的结果是诗歌的主题宗旨有别。

二 景物描写作用不同

两诗均为讲述李杨故事的叙事诗，在叙事中都穿插了大量的景物描

---

[1] 许道勋、赵克尧：《唐玄宗传》，人民出版社 1993 年版，第 354 页。

写，然两诗中的景物描写所扮演的角色却是不同的。

《长恨歌》中的景物描写集中在"马嵬兵变"以后。杨贵妃的惨死给唐玄宗的生活蒙上了一层阴影，往昔的欢乐不复存在，生命陡然逆转倾斜。"黄埃散漫风萧索，云栈萦纡登剑阁"：黄埃迷蒙天空，阵风瑟瑟掠面，本就难于上青天的蜀道显得更加曲折难攀。"峨嵋山下少人行，旌旗无光日色薄"：没有了杨贵妃，唐玄宗的生命暗淡无光，连日月也昏灰无神。"蜀江水碧蜀山青，圣主朝朝暮暮情"：碧水青山本是美景，但杨贵妃的离去带走了唐玄宗的心，水愈碧山愈青，唐玄宗的思念就愈深。深碧的江水、青峻的高山，就如同唐玄宗潮湿的心情。"行宫见月伤心色，夜雨闻铃断肠声"：在蜀地的行宫中无意间看到空中的月亮，月缺总有圆时，但人去却无有复返，怎能叫人不肝肠寸断？为思念所苦，辗转反侧之人难以入眠，聆听着窗外檐间雨打铜铃之断续声音，心绪更加紊乱不宁。西京长安终于收复，形势好转喜人，本应打马扬鞭、相将归里才是，但却出现"到此踌躇不能去"的滞留与徘徊。面对昔日杨贵妃赴死的刑场，汩汩的泪水如何能止住，低沉的心如何能勃发——"君臣相顾尽沾衣，东望都门信马归。""归来池苑皆依旧，太液芙蓉未央柳。芙蓉如面柳如眉，对此如何不泪垂。"回到皇宫圣殿，一切似仍旧依然，可人去楼空，物是人非，叫人怎不神情愁损？"春风桃李花开夜，秋雨梧桐叶落时"：随着伊人的远逝，一切皆空，万木成愁，无论是桃红李白的旖旎春光，还是雨打梧桐的萧瑟秋气，一切的一切无不生愁、动愁、助愁。"西宫南苑多秋草，宫叶满阶红不扫"：昔日繁华热闹的宫苑，而今苔侵草长，萧索荒凉，无人洒扫，乏人造访。"夕殿萤飞思悄然，孤灯挑尽未成眠。迟迟钟鼓初长夜，耿耿星河欲曙天。鸳鸯瓦冷霜华重，翡翠衾寒谁与共"：偌大的皇宫，形单影只，陪侍左右的唯闪跳的萤火、如豆的昏灯、背壁的身影；耳之所闻乃时断时续的打更之声，目之所见乃斗转月斜、天色渐明。诗人通过这些景物描写烘托了唐玄宗痛失所爱后悲痛哀伤的心情，以景衬情，感人至深，唐玄宗深情孤寂的形象跃然纸上。至情至性、用情专一的帝王形象就在这些景物描写中逐渐清晰明了，李杨的专一爱情也在这些描写中得到充分体现。

《连昌宫词》开篇写道："连昌宫中满宫竹，岁久无人森似束。又有墙头千叶桃,风动落花红蕺蕺。"通过对连昌宫宫竹、千叶桃花飘落的描写,表现了连昌宫的荒凉景象。这样的景象引发了"宫边老人"念往思昔的回忆和感慨:"楼上楼前尽珠翠,炫转荧煌照天地。"昔日的连昌宫金翠耀目,罗绮飘香,灯火辉煌,戏鼓喧天,一派繁华鼎盛的气派。安史之乱天旋地转,摧毁了盛世丽梦,富丽华贵、龙飞凤翔的宫苑发生了天翻地覆的迁变:"荆榛栉比塞池塘,狐兔骄痴缘树木。舞榭欹倾基尚在,文窗窈窕纱犹绿。尘埋粉壁旧花钿,乌啄风筝碎珠玉。上皇偏爱临砌花,依然御榻临阶斜。蛇出燕巢盘斗拱,菌生香案正当衙。"好端端的行宫,现在却狐兔横行、乌鸦乱飞、蛇出燕巢、荆棘丛生、断壁残垣、霉生菌侵,其破败荒芜可见一斑。此时的连昌宫哪还有皇帝行宫的气派,分明就是一座荒废的院落。今昔对比,发人深省,催人沉思。安史之乱的爆发致使小小连昌宫遭受如此重创,整个大唐江山损毁程度就可想而知了。诗人以连昌宫的兴衰变迁表现了唐王朝的变化,而这则是通过对连昌宫景物的描写体现出来的。显然元稹在《连昌宫词》中的景物描写是为凸显唐王朝盛极而衰的历史服务的,其与白居易在《长恨歌》中借景抒情、以景衬情以塑造人物的用意迥然不同。

三 取舍史实目的不同

在《长恨歌》与《连昌宫词》都以历史上的李杨故事为题材,故必然会在诗中涉及相关的历史事件。但作为诗歌,其职能不在记录历史,所以没有必要步趋历史。诗人可以根据审美需要删减修改历史来完成作品。白居易和元稹都这么做了,可他们却对相同的题材作了不同的汰选取舍。

在《长恨歌》中,诗人说杨贵妃是"杨家有女初长成,养在深闺人未识"。但根据两唐书的记载,杨贵妃曾经是唐玄宗的儿媳妇。白居易在此隐没了这段不光彩的历史,把杨贵妃塑造成一个大门不出、二门不迈的清纯少女。很多人认为白居易这么做是"为尊者讳"。但问题是,何以元稹在《连昌宫词》中一开始就把杨贵妃称呼为"太真",而能够毫不留情地揭露这段不光彩的历史呢?《长恨歌》创作于元和元年(806),而《连昌宫词》作于元和十二年(818),两诗前后相距仅十余年时间。白居易必须"为尊者讳"而元稹却无此讳忌,这种判断显然难以站住脚。稍后于《长恨歌》而创作的《长恨歌传》有云:"诏高力士潜搜外宫,得弘农杨玄琰女于寿邸。"① 陈鸿行文亦未见惧怕顾忌之迹象。洪迈在《容斋续笔二·唐诗无讳避》中曰:"唐人歌诗,其于先世及当时事,直辞咏寄,略无避讳。至宫禁嬖昵,非外间所应知者,皆反复极言,而上之人亦不以为罪。"② 可见,唐代的政治环境相对还是比较宽松的。因此,白居易就没有"为尊者讳"的必要,何况该诗的创作距李杨时代已有半个世纪之久了。结合《长恨歌》的主题倾向,笔者以为白居易这样写的目的是要把杨贵妃塑造成一个家世清白、背景单纯的女子。这样的女子凭借天生丽质"一朝选在君王侧",足以令人引发一连串美满、绝配、天造地设的联想。可以说,将杨贵妃的形象清纯化,是诗人有意为李杨爱情而创造的一个纯而又纯的发生背景。因为这种背景下的爱情更易得到人们的赞同与尊重。"悲剧人物的灾祸如果要引起同情,他就必须本身具有丰富内容意蕴和美好品质。"③ 杨贵妃单纯的出身加上她美丽的容貌和美好的品质,怎能不令一国之君的唐玄宗为她情痴意迷、独守专一呢?这样的爱情在突如其来的灾祸变故面前,又怎能不让人同情、唏嘘、为之扼腕呢?在马嵬兵变中,杨贵妃在众目睽睽之下"宛转娥眉马前死",凄惨地结束了自己的生命。《资治通鉴》载:"上乃命力士引贵妃于佛堂,缢杀之。"④ 《旧唐书·后妃传》有大致相似的载记:"力士复奏,帝不获已,与妃诀,遂缢死于佛室。"⑤《长恨歌》中关于杨贵妃的死亡显然与史实不符。杨贵妃是宠惯后宫、美丽高贵的,却不得不在六军的威逼注视下了却生命,这两者之间形成了巨大的感情张力——美人血溅马蹄,场面惨绝人寰。悲剧将人生有价值的东西毁灭给人看。在这里,白居易把美丽高贵的杨贵妃毁灭给六军看,也毁灭给世人看。杨贵妃的死是赤裸的,悲剧的气氛是浓烈的。

---

① 朱金城:《白居易集笺校》,上海古籍出版社1988年版,第656页。
② (宋)洪迈:《容斋随笔》,上海古籍出版社1996年版,第236页。
③ [德]黑格尔:《美学》,朱光潜译,商务印书馆1981年版,第288页。
④ (宋)司马光:《资治通鉴》,中华书局1956年版,第6974页。
⑤ (后晋)刘昫:《旧唐书》,中华书局1975年版,第2180页。

　　《长恨歌》中另外一处引人争议的地方是"七月七日长生殿，夜半无人私语时"。张中宇先生对此提出疑义："问题集中在两点：一是时间，二是空间。关于时间，是唐玄宗与杨贵妃七月七日在长生殿，或者说在骊山是否可能。……关于空间，即密誓是否可能在长生殿进行。"①关于前者，陈寅恪先生辨析道："夫温泉祛寒去风之旨既明，则玄宗临幸温汤必在冬季春初寒冷之时节。今详检两唐书玄宗纪无一次于夏日炎暑时幸骊山，而其驻跸温泉，常在冬季春初，可以证明者也。"② 至于后者，有关长生殿之说法历来不一，史学家陈寅恪先生考证得出的结论是"华清宫之长生殿为祀神之斋宫"③。故此，倘若较起真来，亦即对应于实有之时之地，那么李杨二人于七月七日在长生殿盟誓之事是绝无可能的。问题是，诗人如此处理的缘由何在呢？我们知道，七月七日乃我国传统节日中的"七夕"，而"七夕"源于牛郎织女的故事。随着时间的推移，"七夕"凝固成了爱情意象，蕴含着传情示爱的特殊意义。诗人让李杨在富有特殊意味的七夕相拥盟誓，即是借用这种意象、深意来肯定李杨的爱情。"'长生'为佛、道常用语。……佛之'长生'强调精神的修养与快乐，道之'长生'偏重身体不灭与补益。但无论佛、道，其追求固然有现实生命的延续，更有人神延通、快乐永生的向往。"④白居易受佛道两家思想的影响，"以'长生'暗示两情长久的强烈愿望，加强誓语力度，亦以'长生'愿望终遭无情毁坏，构成强烈的悲剧效果"⑤。毫无疑义，这样错舛误用、移花接木的意义体现了作者对李杨爱情悲剧的同情，表达了作者对有情人不能长相厮守的憾恨，并最终凝结为"此恨绵绵无绝期"的浩叹。

　　在《连昌宫词》中也有诸多与史实不尽吻合的内容。连昌宫，在河南郡寿安县。"自杨妃于开元二十九年正月二日入道，即入宫之后，明皇既未有巡幸洛阳之事，则太真更无以皇帝妃嫔之资格从游连昌之

---

① 张中宇：《白居易〈长恨歌〉研究》，中华书局 2005 年版，第 247 页。
② 陈寅恪：《元白诗笺证稿》，三联书店 2001 年版，第 41 页。
③ 同上书，第 43 页。
④ 张中宇：《白居易〈长恨歌〉研究》，中华书局 2005 年版，第 260—261 页。
⑤ 同上书，第 263 页。

理,是太真始终未尝伴侍玄宗一至连昌宫也。"① 元稹在诗中将唐玄宗与杨贵妃的很多活动都安排在连昌宫,如"上皇正在望仙楼,太真同凭阑干立""寝殿相连端正楼,太真梳洗楼上头"。把这些不可能发生在连昌宫的事安排在这里,其目的是附和题目。诗题即为《连昌宫词》,题旨又为讽谏荒淫败政误国,所以李杨故事就只能紧紧围绕连昌宫而展开。笔者相信,倘使诗题不是"连昌宫词"而是别的什么宫词的话,李杨之事照样会被搬到别宫他院继续上演。除此而外,还有"百官队仗避岐薛,杨氏诸姨车斗风"。"岐薛"是指唐玄宗的弟弟岐王范、薛王业。唐玄宗在复杂的宫廷斗争中以非嫡长子的身份继统正位,这与兄弟间的谦让、理解、友爱、支持分不开。因此唐玄宗即位后,就"鼓吹友悌",标榜兄弟友爱,玄宗诸兄弟的地位遂得尊贵,并理所当然地受到特别礼遇。然则,史实却是,岐王、薛王在唐玄宗诏纳杨贵妃前的开元年间均已病逝。《旧唐书·睿宗诸子传》载:"惠文太子范,睿宗第四子也。……十四年,病薨。"② 同传又载:"惠宣太子业,睿宗第五子也。……二十二年正月,薨。"③ 由此可见,《连昌宫词》把早于开元十四年(726)和开元二十二年(734)先后谢世的岐王、薛王与开元末尤其是天宝年间得势的杨氏诸姨捃扯并举显然是不合历史事实的。"岐薛"享受"百官队仗避岐薛"的"礼遇",不仅因为他们出身皇室,更是因为得到了玄宗的格外庇护。而杨氏诸姨胆敢"车斗风",威风八面,肆意横行,明显是倚仗仰恃杨贵妃的恩宠。由此可见,两者对举并用,乃是对唐玄宗、杨贵妃的讽刺与谴责。因为如果没有他俩的纵容,内亲外戚怎会出现如此嚣张跋扈的气焰呢?《长恨歌》中诗人用艺术语言含蓄地交代了安史之乱的爆发,而《连昌宫词》中诗人则用一句"明年十月东都破,御路犹存禄山过",把内容切换到了安史之乱。在安史之乱中,安禄山从未踏进连昌宫,因而御路上根本不可能留下其足迹。诗人如此处理的目的乃在于强化讽刺的力度:皇帝走过的路,乱臣贼子竟然亦趋其辙。天底下哪有这等道理。是可忍,孰不可

① 陈寅恪:《元白诗笺证稿》,三联书店 2001 年版,第 81—82 页。
② (后晋)刘昫:《旧唐书》,中华书局 1975 年版,第 3016—3017 页。
③ 同上书,第 3018—3019 页。

忍？当然，这样"捏造"乱象的结果无疑戳到了唐王朝的痛处，目的在于警告统治者莫忘国耻，要"努力庙谟"。

《长恨歌》中不合史实之处是为了塑造人物形象，歌颂专一爱情，表现爱情悲剧；《连昌宫词》乃是出于附和题目、凸显主题而为之。

四　虚构内容及其意图不同

《长恨歌》与《连昌宫词》都存在虚构内容的问题，但两诗虚构的内容不仅有所不同，且发挥的作用更是不同。

从《连昌宫词》叙事结构看，诗人经过连昌宫时，"宫边老人"向其讲述连昌宫的变迁，诗人听其言而记之。很显然，诗人是忠实的听众和记录者，他在整个叙事过程中始终处于被动接受的位置。但据陈寅恪先生考证："连昌宫词非作者经过其地之作，而为依题悬拟之作。"[①] 既然诗人没有经过连昌宫，也就不可能遇到"宫边老人"。所以，"宫边老人"完全是诗人虚拟出来的人物，诗中老人所描述的景象也是诗人根据既有经验加上虚构想象出来的。"宫边老人"的凿凿之言其实都是诗人夫子自道，"宫边老人"的态度看法其实就是诗人自己的观点主张。或可说，《连昌宫词》是在为"宫边老人"代言，而"宫边老人"却又是诗人的"代言人"。诗人之所以为自己找这样一个"代言人"，是因为他要假托来自下层的"宫边老人"替他传递荒淫败政的挞伐心声。市民百姓是社会力量的主体，人心的向背决定着社会及政权的走向和未来。假使诗人直截了当在诗中以第一人称的方式叙事的话，诗中挞伐之声的代表性和说服力将会是一家之言。因为诗人只代表部分文人士大夫阶层，与绝大多数市井百姓阶层相比毕竟属于少数群体，其发表的感言与"宫边老人"相较，无论其社会性、客观性或其说服力、感染力都是不可同日而语的。

《长恨歌》中的虚构内容集中在"蓬莱寻仙"一节。诗人在这一部分，依据民间传说并结合自己的想象，用浪漫主义的笔法虚拟了仙山寻仙及托物寄情的情节，并通过这一情节将李杨爱情升华到了一个新的高度。皇宫中的李杨爱情，一开始是以杨贵妃外在美为基础的肉欲之爱，

---

① 陈寅恪：《元白诗笺证稿》，三联书店2001年版，第74页。

即性爱。随着相爱时间的递长，李杨在共同的兴趣爱好中，培养出知音互赏的爱情。于是，由玄宗初始的看重美色进而转入内在的情爱阶段。李杨二人在经历了安史之乱、马嵬兵变后，生离死别，天人阻隔。一边是玄宗在西宫南内无时无处不有的睹物思人，一边是贵妃在蓬莱仙山的痴情等待和寂寞独守。痛失所爱的当事人，在经过世事变迁、生命沦丧的考验后，心灵得到净化，境界得到提升，他们不再受困于物欲世俗，纯然以精神交通构筑着相爱的堤坝。他们虽忍受着天人永隔的消磨，却由此懂得爱的真谛，更加坚定了爱的信念。此时，他们的爱情发展到了最高境界——以信念相守的挚爱。这正如傅道彬、陈永宏先生所言："李杨的爱情悲剧衍化到此时，已有了一个质的升华和飞跃，他们之间的恋情已由开篇处的姿色相悦歌舞相娱，飞升到一个真情相砺痴情相得的理想的爱情境界，获得了一个人类普遍意义上的美好纯净的情感世界，具有了一种永恒的人类情感价值。"① 白居易通过虚拟的"蓬莱寻仙"情节完成了李杨爱情的三部曲，使他们的悲剧演变为伟大、高尚、纯粹的爱情绝唱。

《连昌宫词》虚构了人物，《长恨歌》虚构了情节。虚构人物是为了增强说服力，而虚构情节是为了故事的完整性和感染力。

五 描述李杨生活场景方式不同

《长恨歌》与《连昌宫词》均为七言歌行体，都具备歌行体流丽婉转、抑扬回环、极尽变化、音调流利的特征，但《长恨歌》相比《连昌宫词》其感染力更强、影响力更广，究其原因当与诗人描述李杨生活场景方式不同、效果不同有很大关系。

《长恨歌》中诗人极尽渲染之能事地描述了李杨的生活场景，诗人从细处着手，描写了杨贵妃的体态服饰、居室环境、奢华生活、音乐舞蹈、香消玉殒以及唐玄宗蒙尘避难途中、驾回京城道上、独对宫花池柳、枯守春宫秋苑等的感受，笔调细腻，场面灵动，神色宛然。这些细腻而多变的笔调组合在一起构成了一幅幅华美、凝重的工笔画，画面中

---

① 傅道彬、陈永宏：《歌者的悲欢——唐代诗人的心路历程》，河北大学出版社2001年版，第181页。

洋溢着浓烈的欢畅气氛和揪心的悲剧氛围。如"回眸一笑百媚生,六宫粉黛无颜色""温泉水滑洗凝脂""侍儿扶起娇无力""云鬓花颜金步摇,芙蓉帐暖度春宵""金屋妆成娇侍夜,玉楼宴罢醉和春""骊宫高处入青云,仙乐风飘处处闻。缓歌慢舞凝丝竹,尽日君王看不足"以及"宛转娥眉马前死""花钿委地无人收,翠翘金雀玉搔头。君王掩面救不得,回看血泪相和流"等;又如"蜀江水碧蜀山青,圣主朝朝暮暮情。行宫见月伤心色,夜雨闻铃肠断声""天旋日转回龙驭,到此踌躇不能去。马嵬坡下泥土中,不见玉颜空死处。君臣相顾尽沾衣,东望都门信马归""芙蓉如面柳如眉,对此如何不泪垂?春风桃李花开夜,秋雨梧桐叶落时。西宫南苑多秋草,宫叶满阶红不扫""夕殿萤飞思悄然,孤灯挑尽未成眠。迟迟钟鼓初长夜,耿耿星河欲曙天。鸳鸯瓦冷霜华重,翡翠衾寒谁与共"等。而《连昌宫词》中,诗人则从大处落墨着笔,粗线条地勾勒出李杨二人的生活场景。所描写的场面喧嚣不宁,诗人似乎置身于喧闹场外,冷眼旁观,冷峻沉思。如"楼上楼前尽珠翠,炫转荧煌照天地""夜半月高弦索鸣,贺老琵琶定场屋。力士传呼觅念奴,念奴潜伴诸郎宿。须臾觅得又连催,特敕街中许燃烛。春娇满眼睡红绡,掠削云鬟旋装束。飞上九天歌一声,二十五郎吹管逐。逡巡大遍《凉州》彻,色色《龟兹》轰录续。李谟擪笛傍宫墙,偷得新翻数般曲""平明大驾发行宫,万人鼓舞途路中。百官队仗避岐薛,杨氏诸姨车斗风"等。诗中场景热闹有余,但诗人的热情明显缺失,故而其感染力自然不足。而这与《长恨歌》中诗人用全部的热情去描绘浓烈的爱情氛围、悲剧氛围显然有别。

六 受众接受程度不同

《长恨歌》与《连昌宫词》采撷同样的李杨故事,使用了同样的七言歌行体体裁,但两者在传播接受中所产生的影响却广狭不同。

唐宣宗李忱在《吊白居易》诗中写道:"童子解吟长恨曲,胡儿能唱琵琶篇。"[①]白居易在《与元九书》中亦自云道:"及再来长安,又闻有军使高霞寓者,欲聘倡妓。妓大夸曰:我诵得白学士《长恨歌》,

---

① (清)彭定求:《全唐诗》,中华书局1960年版,第49页。

岂同他妓哉？由是增价。……又昨过汉南日，适遇主人集众乐娱他宾，诸妓见仆来，指而相顾曰：此是《秦中吟》、《长恨歌》主耳。自长安抵江西，三四千里，凡乡校、佛寺、逆旅、行舟之中，往往有题仆诗者。士庶、僧徒、孀妇、处女之口，每每有咏仆诗者。"① 连小孩子都会解读《长恨歌》，歌妓因会吟诵《长恨歌》而自高身价，众歌妓以见到《长恨歌》作者而倍感荣耀。由此可见，《长恨歌》受众之多，传播范围之广，影响程度之大。

　　《连昌宫词》则没有如此辉煌光灿。受其创作动机、主题倾向及叙述方式的主导，《连昌宫词》受众范围基本局囿于具有传统理念、家国责任、历史使命的上层文人士大夫圈子中。究其原因，主要是因为作者意欲通过《连昌宫词》实现讽谏君王、总结教训、告诫后人的政治意图。这一创作意图不仅符合儒家诗教观，且吻合文人士大夫日琢月练的文学观。文人士大夫普遍具有"兼济"之志，他们以天下为己任，国家的治乱兴衰成为其关注的重要课题。而处于社会底层的市井百姓则异于是，文人士大夫普遍关心的江山社稷、明君贤臣、运筹帷幄、文治武功、功名利禄、留名青史等，似乎与他们的生活理想相去甚远，故而难以进入其欲念的核心地带。只要天下太平无事，生活节律正常，他们一般是不愿过问政治的。因此，《连昌宫词》天生就难以引发占社会绝大多数的市井百姓的关注与推崇。《长恨歌》则不同，它讲的是缠绵悱恻、生死离别、忠贞坚守的爱情故事。爱情离普通百姓生活切近，是他们所熟悉的、懂得的和喜闻乐见的。更重要的是，《长恨歌》讲的是一帝一妃的爱情故事。帝妃在百姓心目中是至高无上的，帝妃的生活在百姓眼中始终像是蒙上了一层神秘的面纱，人们怀揣着强烈的好奇心力图揭开这层神秘的面纱去一探里面的究竟。毫无疑义，《长恨歌》织就了华贵神奇、凄艳绝伦的面纱并为人们掀开了这层薄纱，它以解构帝妃头上的神圣光环、神秘面纱的方式给我们提供了一次深入帝妃生活、心灵的难得机会。于是，人们持久的好奇心得到了充分的、诗意的满足。《长恨歌》又把帝妃人的世俗一面展露给世人，即与芸芸众生一样，帝妃也有七情六欲，也有爱恨情仇，也有生离死别，也有无可奈何，也有

---

① 　朱金城：《白居易集笺校》，上海古籍出版社1988年版，第2793页。

伤心欲绝，也有真心到底。如此，帝妃与市井百姓的感情距离得到了有效缩进，也因此《长恨歌》才引起了市民阶层强烈深入和持久的情感共鸣。此外，《长恨歌》所表现的帝妃间至死不渝的爱情，颠覆了人们长久以来帝妃间无真爱的思维惯性，满足了人们的审美夙愿和审美期待。帝王妃子能对爱情付出如此、坚守如此，于是他们成了世人标榜的偶像，成了人们对专一爱情的寄望。因此《长恨歌》一经问世便不胫而走，受到世人的青睐和推崇。其魅力衍射的范围不仅在中国而且在日本文学作品中《长恨歌》故事亦不断出现，"其出现频率之高，为中国古代文学作品之最"①。由此可见，《长恨歌》影响之大远非《连昌宫词》所能企及。

---

① 　周相录：《〈长恨歌〉研究》，巴蜀书社 2003 年版，第 182 页。

第七章

李杨题材唐诗特殊意象考论

诗歌的主要内容是由意象组成的，对诗歌内容的分析很重要的一步是对诗歌意象的分析。意象不是凭空而来的，是在历史画卷和文化背景中积淀出来的，每一个意象的背后都有来源和内涵。研究分析意象的使用、组合及其背后的故事，可以看到诗歌的情感取向和艺术空间，进而通过诗歌来窥探时代的变迁。

从先秦的"得意忘言"到魏晋的"得意忘象"，无不体现出古代文人对意与象关系的重视和发展。刘勰在《文心雕龙·神思》中首次将"意象"作为一个单独的美学概念提炼出来，曰："独照之匠，窥意象而运斤：此盖驭文之首术，谋篇之大端。"① 意象是诗歌最重要的组成部分，不仅构成了诗歌独特的主体形式，更扩展了诗歌的外延，表现了诗歌极大的艺术魅力和丰富的想象空间。可见，研究诗歌必须分析意象及其组合，从意象中领会诗人的思想，感知作品的力量，体验时代的变化。

唐诗对李杨故事书写中所用的特殊意象是围绕喜好和地点展开的，有荔枝、温泉、霓裳羽衣曲、长生殿、华清宫、马嵬坡等，这些意象通过不同的组合方式和表现形式，使故事情节完整充实，李杨形象生动丰满。因此，对意象的来源和使用进行深入分析，可以掌握李杨故事的概况，了解诗人关注的重点所在，探究书写的艺术魅力以及表达出来的情感。

第一节　从"荔枝"看杨贵妃的唐诗形象

据史料记载，荔枝在秦汉时期已有种植，到唐宋时期逐渐盛行。唐

---

① 周振甫：《文心雕龙注译》，人民文学出版社1981年版，第295页。

代的荔枝多产于中国南部，如闽中、岭南、巴蜀等地。荔枝树属于亚热带果树，高约数米，其叶呈羽状，花小无瓣，夏季结果。荔枝果皮斑状突起，鲜艳紫红，其果肉半透明凝脂状，味美香浓。白居易《荔枝图序》中道："荔枝生巴峡间。树形团团如帷盖。叶如桂，冬青。华如橘，春荣。实如丹，夏熟。朵如葡萄，核如枇杷，壳如红缯，膜如紫绡，瓤肉莹白如冰雪，浆液甘酸如醴酪。大略如彼，其实过之。若离本枝，一日而色变，二日而香变，三日而味变，四五日外色香味尽去矣。"① 荔枝色泽鲜艳，香甜可口，但美中不足的是不易保存。虽然唐代交通较为发达，但运输新鲜荔枝到京城并非易事，需要大量的驿站传送和繁琐的保鲜技术。

一 荔枝与杨贵妃

说荔枝忆贵妃，谈贵妃想荔枝，杨贵妃喜欢食用新鲜的荔枝是众所周知的，因而荔枝成为杨贵妃的标志性符号。《新唐书·杨贵妃传》载："（杨）妃嗜荔支，必欲生致之，乃置骑传送，走数千里，味未变已至京师。"② 为满足杨贵妃的荔枝嗜好，使新鲜的荔枝能够及时入宫，朝廷不惜马力人力千里传送，这给唐王朝增加了不少不必要的负担。如苏轼在《荔支叹》中写道："十里一置飞尘灰，五里一堠兵火催，颠坑仆谷相枕藉，知是荔支龙眼来。飞车跨山鹘横海，风枝露叶如新采，宫中美人一破颜，惊尘贱血流千载。永元荔支来交州，天宝岁贡取之涪，至今欲食林甫肉，无人举筋酹伯游。"③ 然而身为皇帝的唐玄宗对此不以为意，在他心目中，盛唐的繁荣足以承担他和杨贵妃奢侈的生活。唐玄宗对杨贵妃的荔枝嗜好不仅极力满足，而且爱屋及乌，也喜欢上了荔枝，有一次还以荔枝命名曲调。《新唐书·礼乐志十二》载："帝幸骊山，杨贵妃生日，命小部张乐长生殿，因奏新曲，未有名，会南方进荔枝，因名曰《荔枝香》。"④ 荔枝因贵妃而名扬海内，贵妃也因荔枝而形象鲜明，只不过荔枝越来越被人追捧，贵妃却越来越被人指责。

---

① 朱金城：《白居易集笺校》，上海古籍出版社 1988 年版，第 2818 页。
② （宋）欧阳修、宋祁：《新唐书》，中华书局 1997 年版，第 3494 页。
③ 王水照：《苏轼选集》，上海古籍出版社 1984 年版，第 223 页。
④ （宋）欧阳修、宋祁：《新唐书》，中华书局 1975 年版，第 476 页。

　　杨贵妃对荔枝情有独钟是因为她出生在盛产荔枝的巴蜀之地，在那里度过了美好的童年，直到十岁左右才随叔父杨玄璬移往洛阳。唐李肇《唐国史补》载："杨贵妃生于蜀，好食荔枝。"[1] 巴蜀的山水培养了杨贵妃轻快活泼的性格，必然也培养了她对荔枝的喜好。而且，荔枝拥有丰富的维生素，可促进微细血管的血液循环，防止雀斑的发生，令皮肤洁白光滑。杨贵妃喜食荔枝想必是看中其美容养颜的功效。对于宫廷里的女人，青春靓丽是十分重要的，因为依靠美貌获取君王的喜爱是生存的第一法则。杨贵妃能够经受岁月对容颜的摧残，保持独有的风韵和魅力，与常食荔枝应有很大的关系。

　　杨贵妃所食荔枝从何地而来，史料记载各有不同，学界有很多争论，主要有三类说法：一说是从岭南而来，即现在的广东地区。《资治通鉴》载：（天宝五载）"妃欲得生荔支，岁命岭南驰驿致之。"[2] 以唐朝最快的运速，从岭南到长安需要十天左右，而荔枝三四天即变质，把新鲜的荔枝送到宫中是很难办到的，因此岭南说常受到学者们的质疑。二说是从巴蜀而来，即现在的四川地区，苏轼《荔支叹》诗自注云："唐天宝中，盖取涪州荔支，自子午谷路进入。"[3] 秦朝时就有关中与蜀州的子午道，两汉时子午道的路程大大缩短，从涪州到长安也就一两天时间。从距离上看，巴蜀说较为可信。三说是从闽中而来，即现在的福建地区。笔者认为，以上的争论大可不必，因为皇帝贵妃喜爱之物，地方官员自然尽力办置，荔枝来源不单为一处，地方各自上贡很有可能。各类说法的依据无非是路程的远近和保鲜的程度，然而唐人的运输能力和保鲜技术并不可知，两者皆为推测，况且文人墨客的相关记载很可能局限于个人的判断。

二　"荔枝"意象之唐诗书写

　　荔枝意象是杨贵妃的象征性意象，因为荔枝是杨贵妃的特殊嗜好，他物难替。荔枝的圆润光泽代表了杨贵妃的美丽动人和高贵身份，荔枝

---

①　《唐五代笔记小说大观》，上海古籍出版社 2000 年版，第 165 页。
②　（宋）司马光：《资治通鉴》，中华书局 1975 年版，第 6872 页。
③　王水照：《苏轼选集》，上海古籍出版社 1984 年版，第 224 页。。

的来之不易暗喻了杨贵妃生活奢侈和劳民伤财。其实，杨贵妃的高贵源自于唐玄宗的纵容和宠爱，杨贵妃的奢侈也是建立在唐玄宗的昏庸和享乐基础上的。然而在封建社会礼教和制度下，诗人不可能直接指责君王，只能把矛头对准了仅仅处于附庸地位的杨贵妃，作为杨贵妃嗜好的荔枝也跟着成为众矢之的。因此，荔枝意象屡屡与祸乱联系在一起，给人一种味美而有毒的感觉和错觉。如：

> 先帝贵妃今寂寞，荔枝还复入长安。炎方每续朱樱献，玉座应悲白露团。①
>
> ——杜甫《解闷十二首》
>
> 兔迹贪前逐，枭心不早防。几添鹦鹉劝，频赐荔支尝。②
>
> ——张祜《华清宫和杜舍人》
>
> 长安回望绣成堆，山顶千门次第开。一骑红尘妃子笑，无人知是荔枝来。③
>
> ——杜牧《过华清宫绝句三首》
>
> 忽忆明皇西幸时，暗伤潜恨竟谁知。佩兰应语宫臣道，莫向金盘进荔枝。④
>
> ——钱珝《蜀国偶题》
>
> 平昔谁相爱，骊山遇贵妃。枉教生处远，愁见摘来稀。晚夺红霞色，晴欺瘴日威。南荒何所恋，为尔即忘归。⑤
>
> ——郑谷《荔枝》

荔枝意象的使用和组合显示了诗人对于李杨故事中细小事物的捕捉和联想，从诗歌中可以明显看出诗人对荔枝的排斥和荔枝对朝廷的负面作用。诗歌通过荔枝的"来"和贵妃的"笑"之间的强烈对比，凸显了唐玄宗不顾百姓疾苦，消耗大量的人力物力去满足一介妃子喜好的昏

---

① （清）彭定求：《全唐诗》，中华书局1960年版，第2517页。
② 同上书，第5832页。
③ 同上书，第5954页。
④ 同上书，第8197页。
⑤ 同上书，第7722页。

庸举动。诗歌把家国的动乱与荔枝的进贡联系起来，从一个微小的食物反映出杨贵妃给整个大唐王朝带来的祸害，用以小见大的方式阐明王朝衰落的原因。荔枝外形的秀色可餐与杨贵妃外表的雍容华贵相一致，诗人使用荔枝意象在批评荔枝的同时暗示了女色惑君的危害，不可进贡荔枝的建议是在进一步劝诫君王务必以社稷为重，不可贪图享乐。诗人从生活细事入手，联系历史片段和凄凉景象，运用反衬和讽喻手法，把对李杨故事的反思变得更为实在和具体。

第二节　长生殿与李杨"私语"

长生殿是唐王朝皇家园林建筑的重要组成部分，标志着唐代光辉灿烂的盛世文明。相传唐玄宗和杨贵妃在长生殿有过一段海誓山盟的甜蜜时光，诸多文学作品对此大量描写渲染，使长生殿成为李杨故事中不可缺少的爱情注脚，更成为流传千古的中国古典浪漫爱情圣地。

一　长生殿"私语"考辨

白居易一句"七月七日长生殿，夜半无人私语时"描绘了君王柔情蜜意的私人生活，道出了唐玄宗寻求真爱的情感表达。陈鸿《长恨歌传》在叙及这一情节时写道："昔天宝十载，侍辇避暑骊山宫，秋七月，牵牛织女相见之夕，秦人风俗，是夜张锦绣，陈饮食，树瓜华，焚香于庭，号为乞巧。宫掖间尤尚之。夜始半，休侍卫于东西厢，独侍上。上凭肩而立，因仰天感牛女事，密相誓心，愿世世为夫妇。言毕，执手各呜咽。此独君王知之耳！"① 虽然合乎人情的细节描写，使诗歌充满了感性力量，打动了世人，留给人们对李杨爱情的无限遐想，为最后的悲剧性增添了砝码，但这种浪漫的情节却是不可信的。

首先，两唐书上没有唐玄宗在七夕秋初行幸骊山的记载，对此张中宇先生解释道："推无一次夏、秋幸华清宫记载，可能时间较短，且主要为休息游玩而不兼处理政事，两唐书若记载则不堪累负，因而略去不

---

① 朱金城：《白居易集笺校》，上海古籍出版社 1988 年版，第 658 页。

记。"① 此种推论有待商榷。唐玄宗冬季在骊山避寒休息七八日的短暂停留也有记载，秋季七夕盛节为何不记？况且所谓"君举必书"，皇帝事宜无论大小皆为史书之重，史官不可不记，怎能称为"累负"？其次，"长生殿"不是唐玄宗和杨贵妃的寝宫。有学者认为长生殿和集灵台是同一建筑，"集灵台的'台'与楼、阁意同，故处上层；长生殿作为寝殿，当处下层。"② 还有学者认为长生殿"可能是指华清宫内贵妃的寝殿，不一定是祀神的集灵台"③。如果长生殿能够作为寝宫，那么唐玄宗和杨贵妃在长生殿里甜言蜜语是完全有可能的。但据《旧唐书·玄宗本纪》载："辛丑，改骊山为会昌山，仍于秦坑儒之所立祠宇，以祀遭难诸儒。新成长生殿名曰集灵台，以祀天神。"④ 长生殿建成后被命名为集灵台，长生殿和集灵台不是同时建造，集灵台也不属于长生殿原先的内部设计。所以，长生殿和集灵台是同一建筑，没有上下之别，都用于供奉神灵。陈寅恪先生指出："唐代宫中长生殿难为寝殿，独华清宫之长生殿为祀神之斋宫。神道清严，不可阑入儿女猥琐。"⑤ 长生殿是祭祀之地，身为一国之君的唐玄宗再怎么昏庸，再怎么宠爱杨贵妃，也不至于在如此庄严神圣的地方，大搞儿女私情，破坏朝纲。再次，按照元代李好文的《长安志图》，长生殿位于华清宫之外，丛山之中，这不是寝宫应有的地理位置。郑嵎的《津阳门诗》注云："飞霜殿即寝殿，而白傅《长恨歌》以长生殿为寝殿，殊误矣。"⑥ 这说明唐玄宗在骊山的寝宫是飞霜殿，并非长生殿。

既然长生殿里不可能有男女情长，白居易偏偏将"七月七日"和"长生殿"结合在一起，作为唐代一流文人的白居易，应该不会在自己得意的文学作品中留下如此巨大的纰漏。合理的解释是，白居易所说的长生殿不是指骊山的长生殿，而是唐代一般意义上的寝宫。《资治通鉴》引胡三省注云："盖唐寝殿皆谓之长生殿。"⑦ 据此推知，诗句中的"长生殿"

---

① 张中宇：《白居易〈长恨歌〉研究》，中华书局 2005 年版，第 250 页。
② 许道勋、赵克尧：《唐玄宗传》，人民出版社 1993 年版，第 428 页。
③ 朱东润：《中国历代文学作品》中编第一册，上海古籍出版社 1980 年版，第 208 页。
④ （后晋）刘昫：《旧唐书》，中华书局 1975 年版，第 216 页。
⑤ 陈寅恪：《元白诗笺证稿》，三联书店 2001 年版，第 43 页。
⑥ （宋）计有功：《唐诗纪事》，上海古籍出版社 1987 年版，第 936 页。
⑦ （宋）司马光：《资治通鉴》，中华书局 1956 年版，第 6575 页。

应该是泛指唐代的寝殿。张中宇先生在《"长生殿"考辨》一文中对此进行了详细的论证，并指出："《长恨歌》中所写的'长生殿'，当是借用了唐时尊逝者'寝殿'可称为长生殿的流俗，以骊山必有皇帝寝宫之实，且作《长恨歌》时唐玄宗、杨贵妃已逝，述为'长生殿'，指代皇帝寝所，并以'长生'暗示两情长久的强烈愿望，加强誓语力度，亦以'长生'愿望终遭无情毁坏，构成强烈的悲剧效果。"① "七月七日"是情侣互吐爱意的特定节日，白居易对唐玄宗和杨贵妃此时情意绵绵的想象是合情合理的。白居易用长生殿意象表现唐玄宗和杨贵妃正常的夫妻感情生活，其中包含着对他们的祝愿，可见诗人对李杨爱情之肯定。

二 "长生殿"意象之唐诗书写

长生殿是唐玄宗在骊山所建的主要宫殿之一，自白居易作《长恨歌》后，又成为李杨爱情结盟的地方，因而长生殿意象经常出现在唐诗对李杨故事的书写中。长生殿意象的使用凸显了王宫盛衰变换形成的巨大反差，使人感到一种风云急转无情摧毁美满幸福的凄凉感，又有一种时光飞逝、剥夺淡化盛世记忆的沧桑感。诗人从沧桑凄凉的感性认识中酝酿出痛定思痛的理性反思，唐朝由盛转衰的原因或是杨贵妃情色迷君，或是唐玄宗骄奢淫逸，抑或是安禄山狡诈蒙蔽，总之都是不可逆转的历史悲剧。宏伟繁华的长生殿变得落寞无人，直接刺激着诗人对世道无比悲痛的神经，使诗人生出今不如昔、无可奈何的感慨。如：

> 武帝祈灵太乙坛，新丰树色绕千官。那知今夜长生殿，独闭山门月影寒。②
>
> ——顾况《宿昭应》
>
> 翠辇红旌去不回，苍苍宫树锁青苔。有人说得当时事，曾见长生玉殿开。③
>
> ——窦巩《过骊山》

---

① 张中宇：《"长生殿"考辨》，《晋阳学刊》2005年第5期。
② （清）彭定求：《全唐诗》，中华书局1960年版，第2969页。
③ 同上书，第3052页。

晚来楼阁更鲜明，日出阑干见鹿行。武帝自知身不死，看修玉殿号长生。①

——王建《晓望华清宫》

君王游乐万机轻，一曲霓裳四海兵。玉辇升天人已尽，故宫犹有树长生。②

——李约《过华清宫》

天宝欲末胡欲乱，胡人献女能胡旋。旋得明王不觉迷，妖胡奄到长生殿。③

——元稹《胡旋女》

我自秦来君莫问，骊山渭水如荒村。新丰树老笼明月，长生殿暗锁春云。④

——白居易《江南遇天宝乐叟》

长生秘殿倚青苍，拟敌金庭不死乡。无奈逝川东去急，秦陵松柏满残阳。⑤

——吴融《华清宫二首》

唐玄宗和杨贵妃在长生殿里海誓山盟的传说，世人都愿意相信和传扬，因为李杨爱情的浪漫表达出人们对最平凡最珍贵情感的向往。"长生"一方面代表着李杨爱情的久远，另一方面又反衬着李杨爱情的短暂，这表现出君王的爱情如凡人一般情深义重，又不如凡人一般随心而为。诗人对李杨的情感纠葛体察得细致入微，以隐喻和对比的手法，把李杨故事中爱与恨、喜与悲、欢与愁、合与离的复杂情绪表现得含蓄而明白。如：

七月七日长生殿，夜半无人私语时。⑥

——白居易《长恨歌》

---

① （清）彭定求：《全唐诗》，中华书局 1960 年版，第 3435 页。
② 同上书，第 3496 页。
③ 《元稹集》，中华书局 1982 年版，第 286 页。
④ 朱金城：《白居易集笺校》，上海古籍出版社 1988 年版，第 632 页。
⑤ （清）彭定求：《全唐诗》，中华书局 1960 年版，第 7857 页。
⑥ 朱金城：《白居易集笺校》，上海古籍出版社 1988 年版，第 661 页。

月照宫城红树芳，绿窗灯影在雕梁。金舆未到长生殿，妃子偷寻阿鸨汤。[1]

——张祜《阿鸨汤》

日光斜照集灵台，红树花迎晓露开。昨夜上皇新授箓，太真含笑入帘来。[2]

——张祜《集灵台二首》

青雀西飞竟未回，君王长在集灵台。侍臣最有相如渴，不赐金茎露一杯。[3]

——李商隐《汉宫词》

值得注意的是，由于集灵台和骊山的长生殿是同一建筑，所以集灵台意象可以看作长生殿意象的化用。但与长生殿意象的运用不同，集灵台意象的使用更倾向于对唐玄宗的讽刺和对杨贵妃的指责，因为集灵台不像长生殿一样可以作为寝宫的称呼，集灵台是专门为祭祀神灵而建。在封建文化中，唐玄宗和杨贵妃的爱情在至高无上的神灵面前当然是卑微的，身为一国之君的唐玄宗在集灵台和杨贵妃私会是对神灵的亵渎。诗人把集灵台意象写入李杨故事，把杨贵妃的妩媚和集灵台的庄严放在一起，明显是在告诫君王：不敬神灵而贪女色，必然会导致国运衰败。

第三节　《霓裳羽衣曲》探源及唐诗评判

《霓裳羽衣曲》是唐代著名的法曲，即宫廷正乐，内容叙述了唐玄宗在月宫见到仙女的神话，其舞蹈、音乐、服饰展现了虚无缥缈的仙境和华丽婆娑的仙女形象，给人以身临其境的艺术感受。《霓裳羽衣曲》创作于开元年间，盛行于天宝年间，安史之乱之后遂成残段。目前学界普遍认为《霓裳羽衣曲》属于燕乐商调，有三十六段，分为散序六段、中序十八段和曲破十二段。散序只奏乐器，中序开始随拍起舞，曲破之

---

① （清）彭定求：《全唐诗》，中华书局1960年版，第5843页。

② 同上书。

③ 同上书，第6163页。

后激烈短促，然后突然收住，放缓结束。"霓裳"是指青红色或青白色的下裙，"羽衣"是指用羽毛做成的上衣，"霓裳羽衣"在推崇道教的唐代，既可指舞者所穿的飘逸衣裙，又可指神秘仙境的道士。《霓裳羽衣曲》体现了唐代开放融合的文化氛围和盛世之音的艺术魅力。

一 《霓裳羽衣曲》之来历

《霓裳羽衣曲》是唐代最具代表性的乐舞作品，结合了道曲与佛曲，融合了中原文化与西域胡风，洋溢着盛唐的活力和风采，是一部综合了歌曲、舞蹈、乐器的大型乐舞。《霓裳羽衣曲》的元素多元，历史深远，文献记载多有不同，所以它的创作来历一直成谜。学界对此众说纷纭，归结起来主要有三类说法。

第一类是唐玄宗原创说。唐玄宗是古代君王中少有的音乐天子，他对唐代乐舞的发展起到了推动和扩展的作用，为古代音乐、舞蹈、戏曲的繁荣奠定了基础。乐舞是唐玄宗生活和爱好的重要组成部分，这使唐玄宗创制《霓裳羽衣曲》具有一定的合理性。刘禹锡的《三乡驿楼伏睹玄宗女几山诗小臣斐然有感》云："开元天子万事足，唯惜当时光景促。三乡陌上望仙山，归作霓裳羽衣曲。"[1] 从诗中看，唐玄宗是在游玩山水时，对世事变换感慨颇深，回去以后创作了《霓裳羽衣曲》。民间还传说，唐玄宗遵从道教，寻求秘术，偶遇仙境，听得声乐漫漫，观得仙女起舞，遂心中默记，而后作《霓裳羽衣曲》，传于乐部。

第二类是杨敬述进献说。《霓裳羽衣曲》之所以节奏鲜明，舞蹈畅快，具有胡风特质，包涵西域风情，是因为它是由《婆罗门曲》改名而来。《唐会要》载："天宝十三载七月十日，太乐署供奉曲名，及改诸乐名，……婆罗门改为霓裳羽衣。"[2] "婆罗门"源于梵语，译为"祈祷"或"增大的东西"，可知《婆罗门曲》原是佛曲，为天竺舞曲，应该是经过西域传入中原的。《乐府诗集》载："婆罗门，商调曲。开元中，西凉节度使杨敬述进。"[3] 由此推出，唐玄宗以太常刻石方式，

---

[1] （清）彭定求：《全唐诗》，中华书局 1960 年版，第 3999 页。
[2] （宋）王溥：《唐会要》，中华书局 1955 年版，第 615—617 页。
[3] （宋）郭茂倩：《乐府诗集》，中华书局 1979 年版，第 1128 页。

更改了一些西域传入乐曲的名称，其中就把杨敬述进献的《婆罗门曲》改为《霓裳羽衣曲》。

第三类是唐玄宗改编说。唐玄宗在将《婆罗门曲》改为《霓裳羽衣曲》的过程中，以他对音乐舞蹈的喜爱，必然会倾注自己的心血和感情，使一部外来舞曲能够在中原文化的土壤上生长。郑嵎的《津阳门诗》注云："叶法善引上入月宫。时秋已深，上苦凄冷，不能久留。归，于天半尚闻仙乐。及上归，且记忆其半，遂于笛中写之。会西凉都督杨敬述进婆罗门曲，与其声调相符。遂以月中所闻为之散序，用敬述所进曲作其腔，而名霓裳羽衣法曲。"① 唐玄宗视《霓裳羽衣曲》为得意之作，经常在宫廷里表演，获得君臣子民的一致好评，于开元、天宝年间盛行一时。

唐玄宗原创说颇具文学性质和传奇色彩，带有想象的空间，可信度不高。杨敬述进献说较为片面，论证较为简单机械，忽略了《霓裳羽衣曲》的变化过程。宋代王灼就《霓裳羽衣曲》创制来历说道："说者多异。予断之曰，西凉创作，明皇润色，又为易美名。其他饰以神怪者，皆不足信也。"② 综上所述，唐玄宗改编说较为可信，即杨敬述进献西凉创作的佛教乐曲《婆罗门曲》，经过唐玄宗立足于清商乐的改编，增加了散序部分，后在天宝十三年（754）更名为《霓裳羽衣曲》。

二　"霓裳"意象之唐诗书写

《霓裳羽衣曲》是唐玄宗与杨贵妃两人产生爱情、发展爱情、升华爱情的重要元素。在宦官高力士的引荐下，唐玄宗在骊山初次私会了身为寿王妃的杨玉环。为了欣赏杨玉环的姿色才艺，唐玄宗便让杨玉环随《霓裳羽衣曲》起舞。《长恨歌传》载："进见之日，奏《霓裳羽衣曲》以导之。"③ 杨玉环本就通晓音律擅长歌舞，在优美的旋律中翩翩起舞，更凸显出闭月羞花之貌、倾国倾城之姿。唐玄宗对杨玉环是一见钟情，从此开始了李杨爱情的种种故事。唐玄宗是一位喜好文艺乐于创作的君

---

① （清）彭定求：《全唐诗》，中华书局 1960 年版，第 6563 页。
② 唐圭章：《词话丛编》，中华书局 1986 年版，第 94 页。
③ 朱金城：《白居易集笺校》，上海古籍出版社 1988 年版，第 656 页。

王，杨贵妃是后宫中难得的舞蹈天才，两人情投意合，共同的兴趣成为增进感情的助推剂。宋乐史《杨太真外传》载："妃醉中舞《霓裳羽衣》一曲，天颜大悦。方知回雪流风，可以回天转地。"① 唐玄宗和杨贵妃对《霓裳羽衣曲》的贡献是巨大的，不仅为其改写曲调，编配舞蹈，大大增加了艺术魅力，而且在宫中经常表演，扩大了传播和影响范围。唐玄宗和杨贵妃共同创作《霓裳羽衣曲》成为李杨故事中的一段佳话，使得霓裳意象成为唐诗书写中重点突出的地方。

诗人看待《霓裳羽衣曲》的角度和情绪各有不同，一种是从梨园弟子、宫中侍女的视角出发，如：

先帝旧宫宫女在，乱丝犹挂凤凰钗。霓裳法曲浑抛却，独自花间扫玉阶。②

——王建《旧宫人》

新绣笼裙豆蔻花，路人笑上返金车。霓裳禁曲无人解，暗问梨园弟子家。③

——于鹄《赠碧玉》

玄宗爱乐爱新乐，梨园弟子承恩横。《霓裳》才彻胡骑来，《云门》未得蒙亲定。④

——元稹《华原磬》

冬雪飘飘锦袍煖，春风荡漾《霓裳》翻。欢娱未足燕寇至，弓劲马肥胡语喧。⑤

——白居易《江南遇天宝乐叟》

花萼笑繁华，温泉树容碧。霓裳烟云尽，梨园风雨隔。⑥

——舒元舆《八月五日中部官舍读唐历天宝已来追怆故事》

冷日微烟渭水愁，翠华宫树不胜秋。霓裳一曲千门锁，白尽梨

---

① 周相录：《〈长恨歌〉研究》，巴蜀书社 2003 年版，第 243 页。
② （清）彭定求：《全唐诗》，中华书局 1960 年版，第 3426 页。
③ 同上书，第 3505 页。
④ 《元稹集》，中华书局 1982 年版，第 279 页。
⑤ 朱金城：《白居易集笺校》，上海古籍出版社 1988 年版，第 632 页。
⑥ （清）彭定求：《全唐诗》，中华书局 1960 年版，第 5546 页。

园弟子头。①

——赵嘏《冷日过骊山》

梨园是唐玄宗一手建立起来的,是盛唐时期音乐歌舞的教演机构,在宫廷乐曲表演中扮演着极为重要的角色。梨园弟子是从已有奏乐技巧的艺伎中挑选出来的,由唐玄宗亲躬指导和执教而组成的皇家乐队。这对古代戏曲的发展具有重要而深远的影响,因而元明以后的戏班都以唐玄宗为祖师。梨园弟子演奏的《霓裳羽衣曲》,加上宫中侍女的舞蹈,代表着盛唐歌舞升平一派祥和的景象,而诗人却通过描写梨园弟子的流离失所,表现了动乱给皇宫所带来的沉重打击,给宫廷人员所带来的命运变化,从而抒发了诗人对唐王朝败落的叹息及对《霓裳羽衣曲》的留恋。

另一种是从乐曲与国运关系的角度来书写《霓裳羽衣曲》的,如:

世人莫重霓裳曲,曾致干戈是此中。②

——李益《过马嵬二首》

君王游乐万机轻,一曲霓裳四海兵。③

——李约《过华清宫》

明皇度曲多新态,宛转侵淫易沉著。赤白桃李取花名,《霓裳羽衣》号天落。④

——元稹《法曲》

缓歌慢舞凝丝竹,尽日君王看不足。渔阳鼙鼓动地来,惊破霓裳羽衣曲。⑤

——白居易《长恨歌》

细音摇翠佩,轻步宛霓裳。祸乱根潜结,升平意遽忘。⑥

---

① (清)彭定求:《全唐诗》,中华书局1960年版,第6368页。
② 同上书,第3219页。
③ 同上书,第3496页。
④ 《元稹集》,中华书局1982年版,第282页。
⑤ 朱金城:《白居易集笺校》,上海古籍出版社1988年版,第659—660页。
⑥ (清)彭定求:《全唐诗》,中华书局1960年版,第5832页。

——张祜《华清宫和杜舍人》

新丰绿树起黄埃，数骑渔阳探使回。霓裳一曲千峰上，舞破中原始下来。①

——杜牧《过华清宫绝句三首》

惆怅霓裳太平事，一函真迹锁昭台。②

——徐铉《题紫阳观》

渔阳烽火照函关，玉辇匆匆下此山。一曲羽衣听不尽，至今遗恨水潺潺。③

——吴融《华清宫》

古代文人历来重视乐曲对社稷的作用，以乐曲作为教化民众的工具，提倡"乐而不淫，哀而不伤"④ 的雅乐，把乐曲正统与否作为国家是否昌盛的判断标准。《霓裳羽衣曲》的表演轻盈缥缈，似仙女下凡，带有浓重的异域风情，必然与中规中矩的雅乐格格不入。因此，诗人一般将《霓裳羽衣曲》同唐玄宗沉溺声色招来祸乱联系在一起，认为此曲破坏了正统法曲的庄严，是王朝腐败的根源。但这是封建思想下的曲解，国运的起落并不会因为一支乐曲而改变，国家的昌盛得益于皇帝的英明决策和臣民的贯彻实施，国家的衰落根源于朝廷的腐败和世风的颓败。唐玄宗和杨贵妃的《霓裳羽衣曲》不仅不是诗人眼中的"淫曲"，而且它展示了唐朝开放的文化精神，兼容的博大气度，高超的艺术成就，是古代艺术史上一颗璀璨的明珠，是值得肯定和流传的。

第四节　用"温泉"诉说李杨的奢靡

骊山温泉驰名海内，以其常温的泉水、优美的环境和疗养的功效，成为不可多得的世外桃源。东汉科学家张衡的《温泉赋》就曾赞美道：

---

① （清）彭定求：《全唐诗》，中华书局 1960 年版，第 5954 页。
② 同上书，第 8584 页。
③ 同上书，第 7873 页。
④ 杨伯峻：《论语译注》，中华书局 1980 年版，第 30 页。

"览中域之珍怪，无斯水之神灵。控汤谷于碱洲，灌日月乎中营。"① 不仅如此，骊山温泉文化源远流长，有很多美丽的传说和故事。早在西周时期就发现骊山上有温泉，取名"星辰汤"，幽王在此建有离宫。相传在秦代，始皇与神女游戏时，不守礼节，被神女唾弃一口，正中面部，随后生疮不治。始皇诚惶诚恐地谢罪，神女便在骊山上造出温泉，让始皇洗面，疮口才得以愈合。秦始皇引温泉入离宫，起名"骊山汤"。汉武帝朝也有类似的传说。传说虽不可信，但可见骊山温泉与帝王的不解之缘。北魏时雍州刺史元苌在骊山立过一块叫《温泉颂》的碑。到了唐代，太宗李世民因风湿病经常去骊山温泉疗养，在贞观十八年（644）将其改名为"汤泉宫"，并写下了《温泉铭》。而唐玄宗携杨贵妃经常到骊山温泉游宴沐浴，更使骊山温泉声名大噪。

一　御汤与贵妃汤

在唐玄宗时期，骊山温泉得到了大规模整修，汤泉的数量和大小都成倍增长，成为唐王朝皇亲贵戚文武大臣休闲娱乐的重要场所。天宝六载（747），温泉宫改名华清宫，遍山环列着建造的宫殿楼阁，还建造了住宅供随驾的百官公卿居住，因为皇帝要在这里处理政务。汤泉的管理有专门的机构和官员，汤泉的使用有严格的等级差别。在封建社会，最高级的当然是御汤，以下依次是贵妃汤、太子汤、嫔妃汤、大臣汤等，最低级的是庶人汤。御汤和贵妃汤是唐玄宗和杨贵妃专用的，贵妃汤的级别高于太子汤，可见杨贵妃在唐玄宗心中的地位之高。

御汤和贵妃汤的构建穷极奢侈，豪华非常，极具游玩性质，为唐玄宗和杨贵妃提供了沉溺享乐的条件。《津阳门诗》注云："上时于其间泛钑镂小舟以嬉游焉。"② 汤泉的规模巨大到可在其中泛起小舟，未免有些夸张，不过也可以想见汤泉的富丽堂皇。御汤是唐玄宗的专用温泉浴池，制作相当精巧华贵。时任范阳节度使的安禄山为了讨好唐玄宗，命玉工取材白玉石雕成莲花进献。唐玄宗大喜，将石莲花放置在汤泉之中，以示众人。唐郑处诲《明皇杂录》载："安禄山于范阳，以白玉石

---

① 张震泽：《张衡诗文集校注》，上海古籍出版社1986年版，第16页。
② （清）彭定求：《全唐诗》，中华书局1960年版，第6562页。

为鱼龙凫雁，仍为石梁及石莲花以献，雕镌巧妙，殆非人工。上大悦，命陈于汤中，又以石梁横亘汤上，而莲花才出于水际。"① 因而，御汤亦称莲花汤。贵妃汤与御汤的位置最为接近，虽比御汤小而浅，但其设计不亚于御汤的华丽。据考古发现，贵妃汤在御汤的右下方，有上下两层台阶，每层台阶用十六块或八块弧形券石砌成盛开的海棠花形状。《唐语林》载："御汤西南，即妃子汤，汤稍狭，汤侧有红石盆四所，刻作菡萏于白玉之面。"② 御汤和贵妃汤距离很近，唐玄宗和杨贵妃可以共浴一汤，生活腐化程度可见一斑。

二 "温泉"意象之唐诗书写

唐代诗人咏吟骊山温泉的诗篇较多，因为温泉意象能够展现唐玄宗和杨贵妃豪奢的生活，尤其能够突出杨贵妃妩媚妖艳迷君祸国的形象。相对于唐玄宗后期政治危机的丛生，百姓负担的加剧，唐玄宗和杨贵妃的温泉洗浴显得格外刺眼和不合时宜。诗歌表面是写泡在温泉里的李杨爱情，展现温泉的豪华和李杨的姿态，内核却是在讽刺唐玄宗不思朝政贪图享乐的昏庸，斥责杨贵妃恃宠而娇悠然自得的慵懒。如：

> 公主妆楼金锁涩，贵妃汤殿玉莲开。有时云外闻天乐，知是先皇沐浴来。③

——王建《华清宫感旧》

> 月殿真妃下彩烟，渔阳追虏及汤泉。君王指点新丰树，几不亲留七宝鞭。④

——唐彦谦《骊山道中》

> 暖殿流汤数十间，玉渠香细浪回环。上皇初解云衣浴，珠棹时敲瑟瑟山。⑤

——陆龟蒙《汤泉》

---

① 《唐五代笔记小说大观》，上海古籍出版社 2000 年版，第 963 页。
② 周勋初：《唐语林校证》，中华书局 1987 版，第 488 页。
③ （清）彭定求：《全唐诗》，中华书局 1960 年版，第 3403 页。
④ 同上书，第 7687 页。
⑤ 同上书，第 7226 页。

诗人以温泉为题，借温泉之口，绘温泉之姿，表达对开元盛世的向往，对杨贵妃的不满，对唐玄宗的婉讽。温泉意象既含有一股柔情，又透出一阵寒意，柔的是君王的休闲、贵妃的美艳，寒的是宫廷的寂寞、王朝的没落。豪华奢侈的温泉离宫是唐朝腐败堕落的一个象征，它不仅使唐玄宗丧失斗志满足现状，而且使文武百官贪图享乐无所作为，以致在安禄山厉兵秣马准备进攻，百姓将面临一场浩劫之时，皇帝和百官依然乐在其中。温泉是水，水的意象在诗歌中往往具有人的感情，有一种柔和亲切的感觉，所以温泉意象呈现出拟人化的倾向，使诗人对君王的讽谏变得耐人寻味。如：

只今惟有温泉水，呜咽声中感慨多。①

——张继《华清宫》

一眼汤泉流向东，浸泥浇草煖无功。骊山温水因何事，流入金铺玉甃中？②

——白居易《题庐山山下汤泉》

草色芊绵侵御路，泉声呜咽绕宫墙。先皇一去无回驾，红粉云环空断肠。③

——杜牧《经古行宫》

至今汤殿水，呜咽县前流。④

——温庭筠《过华清宫二十二韵》

一道温泉绕御楼，先皇曾向此中游。虽然水是无情物，也到宫前咽不流。⑤

——孙叔向《题昭应温泉》

条春水漱莓苔，几绕玄宗浴殿回。此水贵妃曾照影，不堪流入

---

① （清）彭定求：《全唐诗》，中华书局1960年版，第2724页。
② 朱金城：《白居易集笺校》，上海古籍出版社1988年版，第999页。
③ （清）彭定求：《全唐诗》，中华书局1960年版，第6023页。
④ 同上书，第6736页。
⑤ 同上书，第5358页。

旧宫来。①

——罗邺《温泉》

涓涓的温泉水好似一位经历过李杨爱情的证人，时而潇洒安恬，时而独自忧伤，时而回忆往事，时而饮恨自惭。温泉水因唐玄宗和杨贵妃洗浴而显得高贵，但更因它滋生的享乐主义而为人所诟病。泉水的"呜咽"一边暗示着李杨故事的悲惨结局，一边诉说着自己的寂寞和委屈。温泉意象和荔枝意象都具有讽刺的作用，两者不同的是，荔枝意象更为直接，而温泉意象较为婉转。诗人在运用温泉意象时，把内心的感受附加给温泉，使温泉成为一股情感的细流，替世人去品味李杨故事的酸甜苦辣。

第五节　华清宫里的兴衰之叹

华清宫地处骊山脚下，山清水秀，温泉四溢，距离政治中心长安都城不过五六十里，是一块风水宝地。唐代以前，周幽王在这里建设"骊宫"，宫殿很简陋，无柱无墙。秦始皇一统天下后，建起了宫廷楼阁，名为"骊山汤"。至汉武帝时，又加以修葺补善，称为"离宫"。东汉末年、两晋、十六国时期，战乱不断，宫殿被破坏得只剩残垣断壁，直到北周武帝命令重修，骊山离宫才焕然一新。隋朝取代北周，隋文帝对骊山离宫加以绿化和整修，并举行了阅兵仪式。至唐朝，骊山离宫进入繁荣时期，唐太宗赐名"汤泉宫"，唐高宗更名为"温泉宫"。据史书记载，唐代帝王频繁驾幸骊山温泉，其中唐高祖有两次，唐太宗有七次，唐高宗有两次，唐中宗和唐睿宗各一次。

一　华清宫与唐玄宗

唐玄宗时期，骊山上新建斜阳楼、石瓮寺、殊儒庙等楼阁，温泉宫内新建仅供皇上沐浴的莲花汤、专为贵妃沐浴的海棠汤、方便梨园弟子沐浴的小汤等汤泉。此外还新建了集贤院、太元观、长生殿等宫殿，并新修宫墙，大大扩建了温泉宫的规模和范围。天宝六年（747），唐玄

---

① （清）彭定求：《全唐诗》，中华书局1960年版，第7523页。

宗取"温泉惉涌而自浪，华清荡邪而难老"① 之意，改"温泉宫"为"华清宫"。

　　经过唐代前期近百年的整修扩建，天宝后期的华清宫已经成为集政治、经济和休闲为一体的温泉离宫，其景色之优美、设施之齐全和娱乐之功能超越了唐代其他的离宫，政治地位和营建规模达到了历史上最为辉煌的时刻。华清宫中院布置有前殿、后殿、少阳汤、尚食汤、宜春汤和御书亭，东院主要布置有瑶光楼、梨园、小汤、飞霜殿、莲花汤、九龙汤、星辰汤和温泉总源，西院主要布置有七圣殿、果老药堂、顺兴影帐、功德院、瑶坛、羽帐和长汤十六所。

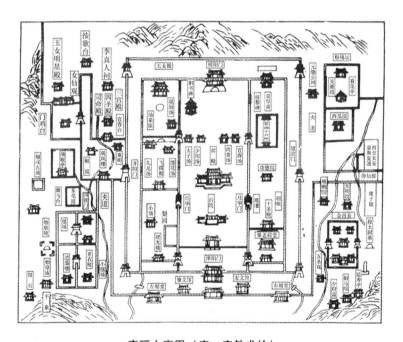

唐骊山宫图（宋·宋敏求绘）

　　唐玄宗对华清宫的重视超过了历代君王，在位 44 年游幸次数高达 49 次，时间短则七八日，长则近百日。以开元二十八年（740）为界，即遇见杨贵妃的前后，唐玄宗在华清宫的活动分为两个阶段。第一个阶

① 阴法鲁：《昭明文选译注》，吉林文史出版社 1987 年版，第 315 页。

段，唐玄宗去华清宫 22 次，一般是十月出发，停留半个月左右。唐玄宗在开元之初，为了彰显自己的权威，巩固朝廷内外政权，亲理政务，拨乱反正，任用贤臣，一心为开元盛世而努力，因而去华清宫只是以避寒休养为主。第二个阶段，唐朝政局稳定，经济繁荣，唐玄宗逐渐懈怠，遇上杨贵妃后，去华清宫的次数明显增多，共有 27 次，居留时间也大为延长，如天宝十年（751），长达 96 天。唐玄宗和杨贵妃在华清宫肆意作乐，杨氏姐妹从行，大摆歌舞宴席，排场越来越大，铺张浪费严重。史载："上晚年自恃承平，以为天下无复可忧，遂深居禁中，专以声色自娱，悉委政事于林甫。"① 唐玄宗在华清宫里获得了爱情，却在政治和经济上付出了惨重的代价。

二 "华清宫"意象之唐诗书写

华清宫在唐玄宗的营造和游幸下，成为唐王朝小小的政治中心，其繁荣景象给世人留下了深刻的印象，尤其是随唐玄宗一起游玩的文人大臣，更是赞不绝口。骊山本就山峦叠嶂，花草繁茂，树木葱茏，加上历史文化悠久，庙宇楼阁不计其数，形成天然的游乐场。华清宫被骊山环抱，外有景色诱人，内有温泉疗养，可谓得天独厚。所以，"华清宫"意象在诗歌中多是赞美之词，经常作为背景，为后续的李杨爱情或动乱变故作铺垫。诗人描写华清宫的手法多样，把它秀丽的风光，荣胜的景象，展现得一览无余。如：

> 知向华清年月满，山头山底种长生。去时留下霓裳曲，总是离宫别馆声。②
>
> ——王建《霓裳词十首》
>
> 天宝承平奈乐何，华清宫殿郁嵯峨。朝元阁峻临秦岭，羯鼓楼高俯渭河。③
>
> ——张继《华清宫》

---

① （宋）司马光：《资治通鉴》，中华书局 1975 年版，第 6914 页。
② （清）彭定求：《全唐诗》，中华书局 1960 年版，第 3425 页。
③ 同上书，第 2724 页。

骊岫接新丰，岩峣驾翠空。凿山开秘殿，隐雾闭仙宫。①

——皇甫冉《华清宫》

骊宫高处入青云，仙乐风飘处处闻。②

——白居易《长恨歌》

万国笙歌醉太平，倚天楼殿月分明。云中乱拍禄山舞，风过重峦下笑声。③

——杜牧《过华清宫绝句三首》

楼殿层层佳气多，开元时节好笙歌。也知道德胜尧舜，争奈杨妃解笑何。④

——罗隐《华清宫》

华清宫随着唐王朝的兴盛而变得异常华贵，但也随着唐王朝的动乱而变得极为破落。安史之乱的突然来袭，使歌舞升平的华清宫一下子陷入兵荒马乱之中。唐玄宗仓皇逃跑，华清宫从此无人问津。《长安志》载："禄山之乱，天子游幸益鲜，唐末遂废。晋天福中，改曰灵泉观，以赐道士。"⑤ 平乱之后，肃宗执政，唐玄宗只到过华清宫一次，心情和境况已和天宝年间迥然不同，先前是欢声笑语，如今是寂寥冷清。华清宫也从人们心目中的皇家娱乐圣地变成了祸事凶险之地。诗人以华清宫为题，一方面通过描写皇帝的幸临和楼阁的富丽彰显华清宫曾经的辉煌，另一方面又通过树木的凋零和动物的游荡反衬华清宫现在的寂寥，以宫殿为着眼点从两相对比中反映了唐王朝衰败的景象。如：

汉家天子好经过，白日青山宫殿多。见说只今生草处，禁泉荒石已相和。⑥

——卢纶《华清宫》

---

① （清）彭定求：《全唐诗》，中华书局1960年版，第2834页。
② 朱金城：《白居易集笺校》，上海古籍出版社1988年版，第659页。
③ （清）彭定求：《全唐诗》，中华书局1960年版，第5954页。
④ 同上书，第7608页。
⑤ （宋）宋敏求：《长安志》，思贤讲舍覆灵岩山馆本，光绪十七年，第15页。
⑥ （清）彭定求：《全唐诗》，中华书局1960年版，第3170页。

温泉流入汉离宫，宫树行行浴殿空。武帝时人今欲尽，青山空闲御墙中。①

——张籍《华清宫》

冷日微烟渭水愁，华清宫树不胜秋。霓裳一曲千门锁，白尽梨园弟子头。②

——孟迟《过骊山》

銮舆却入华清宫，满山红实垂相思。飞霜殿前月悄悄，迎春亭下风飔飔。③

——郑嵎《津阳门诗》

草遮回磴绝鸣銮，云树深深碧殿寒。明月自来还自去，更无人倚玉栏干。④

——崔橹《华清宫三首》

殿角钟残立宿鸦，朝元归驾望无涯。香泉空浸宫前草，未到春时争发花。⑤

——林宽《华清宫》

何事金舆不再游，翠鬟丹脸岂胜愁。重门深锁禁钟后，月满骊山宫树秋。⑥

——高蟾《华清宫》

四郊飞雪暗云端，唯此宫中落旋干。绿树碧檐相掩映，无人知道外边寒。⑦

——吴融《华清宫二首》

十二琼楼锁翠微，暮霞遗却六铢衣。桐枯丹穴凤何去，天在鼎湖龙不归。⑧

——徐夤《华清宫》

---

① （清）彭定求：《全唐诗》，中华书局1960年版，第4357页。
② 同上书，第6460页。
③ 同上书，第6565页。
④ 同上书，第6568页。
⑤ 同上书，第7001页。
⑥ 同上书，第7647页。
⑦ 同上书，第7857页。
⑧ 同上书，第8143页。

璇题生炯晃，珠缀引葱胧。凤辇何时幸，朝朝此望同。①

——柴宿《初日照华清宫》

在咏华清宫的诗歌中，朝元阁的意象较为突出，充满了战乱动荡的气息，不堪忍耐的悲痛。朝元阁在骊山丛中，地理位置比较优越，适宜观景朝圣。相传唐玄宗在朝元阁遇见了被追封为玄元皇帝的老子，因而改名降圣阁。世人普遍希望，如果唐玄宗登上朝元阁，与老子一样清心明智，必能看出安禄山的狼虎野心，阻止天下大乱，然而唐玄宗却陶醉在温柔乡里无法自拔。朝元阁代表着李家王朝推崇的道教文化，使诗人联想起唐玄宗求仙不得的昏聩，杨贵妃从道伴君的无奈，遂感慨万千。如：

朝元阁峻临秦岭，羯鼓楼高俯渭河。②

——张继《华清宫》

尘到朝元边使急，千官夜发六龙回。辇前月照罗衫泪，马上风吹蜡烛灰。③

——王建《华清宫感旧》

零叶翻红万树霜，玉莲开蕊暖泉香。行云不下朝元阁，一曲淋铃泪数行。④

——杜牧《华清宫》

朝元阁迥羽衣新，首按昭阳第一人。当日不来高处舞，可能天下有胡尘。⑤

——李商隐《华清宫》

行尽江南数十程，晓星残月入华清。朝元阁上西风急，都入长杨作雨声。⑥

——杜常《华清宫》

---

① （清）彭定求：《全唐诗》，中华书局 1960 年版，第 8811 页。
② 同上书，第 2724 页。
③ 同上书，第 3403 页。
④ 同上书，第 6004 页。
⑤ 同上书，第 6174 页。
⑥ 同上书，第 8370 页。

缭垣复道上层霄，十月离宫万国朝。胡马忽来清跸去，空馀台殿照山椒。①

——权德舆《朝元阁》

华清宫是李杨故事发生的主要场所之一，它的繁荣与落破不仅是李杨故事温馨与凄凉的反映，更是唐王朝兴盛与衰败的缩影。从以华清宫为题的诗歌可以看出诗人对李杨故事爱恨交加的情感特点，咏华清宫就是咏盛唐之盛而叹祸乱之变，讽玄宗之失而谏今日之君。华清宫见证了历史，负载了丰富却沉重的内容，它的长期存在，为诗人保留了穿越古今的时间节点，激发了对朝代更替的思古情怀。诗人借着李杨命运和美景遗迹抒发对历史的考问，对个人抱负的沉思，对未来的翘盼，对使命责任的召唤。

第六节　唐诗中的马嵬情结

马嵬驿，据传是因在此筑城的人叫马嵬而得名，本是陕西兴平的一个无名之地，却在安史之乱中扬名海内外。天宝十五年（756），安禄山叛军大败哥舒翰唐军，突破潼关天险，直逼都城长安。在这种紧急情况下，唐玄宗为求自保，采纳宰相杨国忠的建议，逃往蜀地避难。不曾想，路经马嵬驿时，担负保卫任务的禁军突然兵变，乱斩杨国忠，并围困唐玄宗逼杀杨贵妃。马嵬事变是李杨爱情的终结，李杨爱情于是以悲剧而收场。杨贵妃是这场事变的最大牺牲者，唐玄宗对她的专宠刹那间变成了遗弃、缢杀。

一　杨贵妃之死

马嵬事变表面看起来是一场自下而上的清君侧活动，矛头直指奸相杨国忠。杨国忠蒙蔽圣上，玩弄权术，致使朝廷昏暗，百姓受难，被乱兵杀死是罪有应得。但杨贵妃只是后宫一妃嫔，不参与政事，将其置于死地，实在有些委屈。然而将士们认为杨国忠靠杨贵妃而登上宰相的位

---

① （清）彭定求：《全唐诗》，中华书局 1960 年版，第 3651 页。

置，杨贵妃才是杨国忠骄纵召乱的根源，一句"贼本尚在"反映了将士们斩草除根杜绝后患的理性心态。不过，马嵬兵变的整个过程其实包含着禁军将领陈玄礼的谋算和逼宫。明代袁黄的《了凡纲鉴补》载："国忠、贵妃之死，皆陈玄礼之功也。"① 也就是说，杨贵妃是陈玄礼逼死的。

从马嵬事变的局势看，杨贵妃是非死不可的。唐玄宗面对安禄山大军的追击，如果不平息将士们的怒火，后果不堪设想，他别无选择，必须忍痛割爱。《旧唐书》载："帝不得已，与妃诀，遂缢死于佛堂。"② 唐玄宗明白杨贵妃是无罪的，内心是极不情愿的，无奈无人理解，在无计可施万般无奈下让老奴高力士用丝巾将其勒杀。不仅如此，杨贵妃的尸体还被放在驿站的庭院里，让陈玄礼等将士们验明正身。《资治通鉴》载："上乃命力士引贵妃于佛堂，缢杀之。舆尸置驿庭，召玄礼等入视之。"③ 平息众怒后，杨贵妃被草草安葬在驿亭道路旁边。《新唐书》载："裹尸以紫茵，瘗道侧。"④ 一代美人杨贵妃就此香消玉殒，死得凄凉可悲，留下无尽的缠绵幽怨。

杨贵妃凄惨的结局，使世人产生了深深的同情和怀念，于是民间便流传着她死而复生的故事，唐诗中亦偶有显露。据此，著名学者俞平伯先生于1929年在《小说月报》上发表论文《〈长恨歌〉及〈长恨歌传〉的传疑》，提出杨贵妃未死之说，引起广泛关注和讨论的热潮。甚至有人考证，杨贵妃逃到了扬州，随后东渡去了日本。然而这些仅是一厢情愿的臆撰和猜测，不是事实。从历史上看，杨贵妃虽然不是安史之乱的罪魁祸首，但她的姐妹弟兄却难逃干系，所以她的死亡既有为君牺牲的偶然性，也有罪有应得的历史必然性。

二　"马嵬"意象之唐诗书写

马嵬事变是李杨故事的高潮，它葬送了李杨爱情，葬送了杨贵妃，留下了孤独的唐玄宗，留下了无尽的长恨。因此，唐诗对马嵬事变的书

---

① 袁黄：《了凡纲鉴补》第二十二卷，万历本，第48页。
② （后晋）刘昫：《旧唐书》，中华书局1975年版，第2180页。
③ （宋）司马光：《资治通鉴》，中华书局1975年版，第6974页。
④ （宋）欧阳修、宋祁：《新唐书》，中华书局1975年版，第3496页。

写颇多，把"马嵬"意象当作李杨生死别离的符号。李杨爱情在马嵬结束，但李杨故事却在马嵬发酵。如何看待马嵬事变，如何看待唐玄宗的自私，如何看待杨贵妃的真爱，诗人们表现出不同的倾向和评判。一方面，马嵬事变诛杀杨国忠，赐死杨贵妃，稳定了军心，保住了唐王朝的命运。诗人对此表示赞同，而且"女祸倾国"的文化由来已久，于是杨贵妃成为诗人讨伐的对象，在诗歌中呈现出负面的形象。如：

> 贵妃胡旋惑君心，死弃马嵬念更深。①
>
> ——白居易《胡旋女》
>
> 旌旗不整奈君何，南去人稀北去多。尘土已残香粉艳，荔枝犹到马嵬坡。②
>
> ——张祜《马嵬坡》
>
> 喧呼马嵬血，零落羽林枪。倾国留无路，还魂怨有香。③
>
> ——杜牧《华清宫三十韵》
>
> 佛屋前头野草春，贵妃轻骨此为尘。从来绝色知难得，不破中原未是人。④
>
> ——罗隐《马嵬坡》

另一方面，杨贵妃是唐朝的一代美人，是皇帝身边的红人，诗人们都心生羡慕之情。李白的《清平调》借牡丹之美描绘出杨贵妃华贵动人的神姿，使杨贵妃在世人心目中留下了圣洁纯情的美女形象。而在马嵬事变中，杨贵妃遭遇了残忍的杀害和陈尸的羞辱，高贵的气质被埋入血污的尘土，难免让人心生怜悯。并且，杨贵妃一直深居中宫，几乎没有插手过政事，与安史之乱在根本上没有因果联系，但历史却让她来承担一切罪责，这更让人为她感到委屈。随着时间的推移，诗人对杨贵妃之死愈加同情，对马嵬事变的反思愈加深入，认识到国家的动荡不在于一介妃子的魅惑，而在于朝廷的腐败。诗歌不再把杨贵妃当作"贼本"

---

① 朱金城：《白居易集笺校》，上海古籍出版社 1988 年版，第 162 页。
② （清）彭定求：《全唐诗》，中华书局 1960 年版，第 5843 页。
③ 同上书，第 5950 页。
④ 同上书，第 7553 页。

看待，而是为她尽力开脱鸣冤叫屈。如：

汉将如云不直言，寇来翻罪绮罗恩。托君休洗莲花血，留记千年妾泪痕。①

——李益《过马嵬》

常经马嵬驿，见说坡前客。一从屠贵妃，生女愁倾国。是日芙蓉花，不如秋草色。当时嫁匹夫，不妨得头白。②

——于濆《马嵬驿》

马嵬山色翠依依，又见銮舆幸蜀归。泉下阿蛮应有语，这回休更怨杨妃。③

——罗隐《帝幸蜀》

九重天子去蒙尘，御柳无情依旧春。今日不关妃妾事，始知辜负马嵬人。④

——韦庄《立春日作》

锦江晴碧剑锋奇，合有千年降圣时。天意从来知幸蜀，不关胎祸自蛾眉。⑤

——黄滔《马嵬》

未必蛾眉能破国，千秋休恨马嵬坡。⑥

——徐夤《开元即事》

二百年来事远闻，从龙谁解尽如云。张均兄弟皆何在，却是杨妃死报君。⑦

——徐夤《马嵬》

诗歌对杨贵妃"红颜祸水论"的翻案，体现了诗人对安史之乱的理性认识，对女卑传统的强烈反抗，对杨贵妃的人性关注。杨贵妃的死

① （清）彭定求：《全唐诗》，中华书局1960年版，第3225页。
② 同上书，第6925页。
③ 同上书，第7609页。
④ 同上书，第8005页。
⑤ 同上书，第8131页。
⑥ 同上书，第8171页。
⑦ 同上书，第8188页。

使世人悲痛，但最悲痛的莫过于唐玄宗，因为一国之君迫于形势而亲手赐死心上人，这是一生也无法自我原谅的事情。唐玄宗做了很多缅怀杨贵妃的事情，以弥补自己的过失。马嵬事变之后，唐玄宗继续南下，在途中恰逢霖雨，不免怀念起杨贵妃，随作《雨霖铃》曲，以示哀悼。唐郑处诲《明皇杂录》载："明皇既幸蜀，西南行初入斜谷，属霖雨涉旬，于栈道雨中闻铃，音与山相应。上既悼念贵妃，采其声为《雨霖铃》曲，以寄恨焉。"① 平叛结束后，唐玄宗自蜀返京，再次来到马嵬坡，想起杨贵妃的冤屈，即命改葬。但由于大臣反对，此事未果。唐玄宗只得秘密派人到马嵬驿改葬杨贵妃，从墓里取回一香囊，珍藏于怀中。《旧唐书》载："上皇自蜀还，令中使祭奠，诏令改葬。初瘗时以紫褥裹之，肌肤已坏，而香囊仍在。内官以献，上皇视之凄婉。"② 重回兴庆宫后，唐玄宗一日闻到瑞龙脑香，于是想起当年也曾御赐此物给杨贵妃，不禁潸然泪下。《酉阳杂俎》载："及上皇复宫阙，追思贵妃不已，怀智乃进所贮蹼头，具奏他日事。上皇发囊，泣曰：'此瑞龙脑香也。'"③ 诗人将这些故事收拾入诗，展现了唐玄宗有情有义的形象，表达了对他的理解。如：

> 雨霖铃夜却归秦，犹是张徽一曲新。长说上皇和泪教，月明南内更无人。④
>
> ——张祜《雨霖铃》
>
> 肠断将军改葬归，锦囊香在忆当时。年来却恨相思树，春至不生连理枝。⑤
>
> ——徐夤《再幸华清宫》
>
> 宫中亲呼高骠骑，潜令改葬杨真妃。花肤雪艳不复见，空有香囊和泪滋。⑥

---

① 《唐五代笔记小说大观》，上海古籍出版社 2000 年版，第 973 页。
② （后晋）刘昫：《旧唐书》，中华书局 1975 年版，第 1470 页。
③ 《唐五代笔记小说大观》，上海古籍出版社 2000 年版，第 559 页。
④ （清）彭定求：《全唐诗》，中华书局 1960 年版，第 5844 页。
⑤ 同上书，第 8143 页。
⑥ 同上书，第 6564 页。

——郑嵎《津阳门诗》

龙脑移香凤辇留，可能千古永悠悠。夜台若使香魂在，应作烟花出陇头。①

——黄滔《马嵬二首》

两川花捧御衣香，万岁山呼辇路长。天子还从马嵬过，别无惆怅似明皇。②

——崔道融《銮驾东回》

凤髻随秋草，鸾舆入暮山。恨多留不得，悲泪满龙颜。③

——唐求《马嵬感事》

泣溺乾坤色，飘零日月旗。火从龙阙起，泪向马嵬垂。④

——贯休《读玄宗幸蜀记》

由对杨贵妃的批判到同情，由对唐玄宗的赞扬到讽刺，马嵬诗歌反映出诗人们复杂的心理特征。诗人既受到封建思想的束缚，又受到时代变迁的影响。唐玄宗是开元之治的创造者，是诗人心目中的明君，即便是安史之乱也没有改变唐人对他的好感，以致已身为太上皇的他在长庆楼上徘徊时，路过的百姓依然对其瞻望叩拜高呼万岁。相比之下，杨贵妃只是三千佳丽之一，况且其兄确为奸相，她的牺牲理所应当，不足挂齿。诗歌有失偏颇地颂玄宗贬贵妃是正常现象。而中唐以后，朝廷内部宦官专权党同伐异，外部藩镇割据分庭抗礼，中央权力受到严重削弱。唐王朝在诗人心目中已经失去了崇高的地位，在政治言论的控制上也没有了力量。因此，晚唐诗歌不断为杨贵妃平反，对唐玄宗加以挖苦，这说明诗人在反思安史之乱的过程中得出了与之前相反的结论，罪不在杨贵妃而在唐玄宗。历史是公正的，此话信矣！

---

① （清）彭定求：《全唐诗》，中华书局1960年版，第8132页。
② 同上书，第8207页。
③ 同上书，第8306页。
④ 同上书，第9349页。

第八章

中晚唐李杨题材之主题
变奏、审美沉思

唐玄宗和杨贵妃的爱情故事流传至今，一方面是由于爱情这一普遍情感得到了人们的肯定，另一方面也归功于文学作品对它的书写。唐诗对李杨故事的书写完整地再现了唐玄宗和杨贵妃从爱到恨的过程，刻画了荒政却多情的唐玄宗，个性却不幸的杨贵妃。唐诗树立了李杨故事文学书写的一个丰碑，对后世的李杨故事文学产生了巨大而深远的影响。对李杨故事唐诗的研究能够使人们更清晰地了解李杨故事的来龙去脉和主要内容，更深入理解唐代盛衰转折的人物和历史。尤其是李杨故事的主题变奏和中晚唐诗人的审美沉思，反映出李杨故事在诗人心中的流变过程，这对中晚唐诗人和诗风的研究是有益的探索。

第一节　中晚唐李杨故事之诗题变奏

诗歌的主题思想是诗人通过诗化的语言表达出来的个人感情、生活态度和政治倾向等，每一首诗歌都有其创作的目的和意义，如果缺少了主题思想，诗歌将成为无本之木，无源之水，没有了自身存在的价值。中晚唐诗歌对李杨故事的书写，主题思想大致可分为美刺主题和爱情主题两大类。美刺主题以讽刺唐玄宗斥责杨贵妃为主要内容，爱情主题以表现唐玄宗和杨贵妃爱恨别离为主要内容，其他写景抒情之作所透露出的作者对于李杨故事的看法也无外乎这两类思想。美刺主题和爱情主题并不是完全独立存在的，而是有一定的重叠和交叉，或可说有所偏重而已。主题之变奏体现出不同诗人对同一人物、事件的不同态度。

一　女色祸国　讽谏君王

中国古代文学历来重视诗歌的美刺教化功能，美即为歌颂君王的功绩成就，刺即为讽刺君王的失败错误。诗歌的美刺功能可以赞美正确，讽刺错误，是"诗以言志"的传承和发展。郑玄的《诗谱序》曰："论功颂德，所以将顺其美；刺过讥失，所以匡救其恶。"①《诗经》是美刺的源头，汉儒将其发扬光大，成为维护封建统治和礼教的工具。美刺的重点在于"刺"，它要求诗歌反映社会问题，干预政治生活。诗歌的讽刺不宜生硬和直白，而应用委婉含蓄的方式揭露问题批判现实，以使君王更易于接受并改正之。

唐诗对李杨故事的书写大部分都存在着美刺的主题思想。在表现美刺主题时，往往表面上赞美得意的唐玄宗、受宠的杨贵妃，内核却是在声讨李杨故事的罪责，这里的"美"是为"刺"做铺垫。在封建官僚体制下，文人不敢直言唐玄宗在安史之乱前后的昏庸表现，因而杨贵妃毫无悬念地成为了替罪羊。诗歌把杨贵妃看作迷惑唐玄宗的妖姬，对杨贵妃口诛笔伐，希望能够引起人们的注意，对后世君王发挥教化功能，以避免安史之乱重演。诗歌批评杨贵妃，其实是批评唐玄宗，使世人从诗歌中考察历史，从现实中反省政治。如：

> 奸臣竟菹醢，同恶随荡析。不闻夏殷衰，中自诛褒妲。周汉获再兴，宣光果明哲。桓桓陈将军，仗钺奋忠烈。②
>
> ——杜甫《北征》
>
> 军家诛戚族，天子舍妖姬。群吏伏门屏，贵人牵帝衣。③
>
> ——刘禹锡《马嵬行》
>
> 玄宗回马杨妃死，云雨虽亡日月新。终是圣明天子事，景阳宫井又何人。④
>
> ——郑畋《马嵬坡》

---

① 郭绍虞、王文生：《中国历代文论选》，上海古籍出版社 1979 年版，第 70 页。
② （清）彭定求：《全唐诗》，中华书局 1960 年版，第 2276 页。
③ 同上书，第 3963 页。
④ 同上书，第 6464 页。

诗歌的美刺主题表达了诗人对待李杨故事的态度，即李杨故事终究是女色亡国的一个案例，无论杨贵妃是否应该为安史之乱承担责任，她都会被定性为祸国之女；无论杨贵妃和唐玄宗是否真心相爱，她都会因唐朝的动荡而被斥责。这种将政治观点揉进诗歌，使诗歌为政治服务的做法，遮蔽了诗歌对于个人的情感、价值和尊严的表现功用，导致诗歌表现空间变得狭隘和呆板，只有一味的说教，没有动人之处和情感的共鸣。然而在唐诗的书写中，或多或少存在着美刺的主题，这其中有多方面的原因。

一是"女祸"思想的影响。"女祸"二字，原见于《新唐书·玄宗本纪》之论赞，但这并不代表女祸思想从唐朝开始。女性参政祸国殃民的观念在先秦就已经萌芽，以儒、道、法为主的先秦诸子百家都表现出强烈的重男轻女思想，尤其倡言把女性排斥在政治之外。在他们看来，君王沉溺女色，或委权后妃，必然导致亡国。从古代文献资料来看，古代社会的主流意识形态反对女性在政治上的介入和在社会公共生活中的参与，并且反复强调女性的政治介入所导致的严重后果，逐渐形成了"女祸论"。"女祸论"成为古代主流文化意识中的基本观念，文人的责任是劝诫君王勿贪女色，以防止女祸乱国的情况发生。因而，与政治有染的后妃往往会被妖魔化和典型化，成为文学和史书极力批判的对象。杨贵妃也不例外。

二是杨贵妃和杨国忠的亲戚关系。杨国忠，原名杨钊，他的祖父和杨贵妃的祖父是兄弟，也就是说，杨国忠和杨贵妃是从祖兄妹，关系疏远，因而在册封杨贵妃时推恩也未及杨国忠。但是，杨国忠靠着这一点点宗族关系被推荐派往长安，见到了杨贵妃，并得到了唐玄宗的赏识，从此凭借自己的聪明才智，一路高升，位列宰相。唐郑处诲《明皇杂录》载杨国忠之自述道："某家起于细微，因缘椒房之亲，以至于是。"[1] 杨国忠掌权之后，独断专行，排除异己，厚财敛物，天下遂乱。诚然，如果没有杨贵妃的关系和支持，杨国忠也不会在政治道路上顺风顺水，安史之乱或许也不会爆发。所以，杨贵妃的祸女形象有一定的缘由和道理，诗歌的美刺正是抓住了杨贵妃和杨国忠的关系而将她作为批

---

① 《唐五代笔记小说大观》，上海古籍出版社 2000 年版，第 964 页。

判对象的。

三是中晚唐政治的昏暗。经过了安史之乱，唐王朝上下内外出现了
宦官专权、藩镇割据、经济衰退、社会动荡、人民困苦等一系列问题。
面对这些问题，诗人既愤慨又痛心，他们试图力挽狂澜，中兴唐朝。于
是，在诗歌创作上自然而然地选择了美刺的主题。元和年间，以元稹、
白居易为代表的一大批诗人开展了"文以载道"的新乐府运动，创作
了大量的"讽谕诗"，这也是对美刺传统的继承和发扬。李杨故事的书
写无论是题材，还是艺术表现，都受到了这场运动的影响。诗人希望通
过李杨故事来揭露时弊，陈述政见，实现与君王的沟通。

二　帝妃爱情　难逃悲剧

爱情是人最基本的权利，是世间最美好的情感，是文学永恒的主
题。爱情既发自人的内心深处，又源自动物的本性，乃"在传宗接代
的本能基础上产生于男女之间、使人能获得特别强烈的肉体和精神享受
的这种综合的（既是生物的，又是社会的）互相倾慕和交流之情的本
质"①。帝王和贵妃处于封建家庭的最高层级，他们的一举一动都会成
为社会性事件，影响外部政治环境的改变。是故，帝妃爱情更为复杂，
与政治息息相关。由于帝王拥有至高无上的权利，帝王对贵妃的爱很可
能失去节制，超出普通人爱情生活中寻欢作乐的程度，产生更广大范围
的消极影响。

李杨爱情是帝妃爱情中的典型个案，包含了色情宠爱、宫廷斗争、
生死离别等帝妃爱情必备的元素。唐玄宗自武惠妃死后，感情一直处于
空白，在老奴高力士的牵合下，于骊山与身为寿王妃的杨玉环相见，谁
知两人一见钟情。为了能让杨玉环顺利地从儿媳变为自己的妃子，在名
义上、道义上站得住脚，唐玄宗安排杨玉环出家从道，法号"太真"。
在给寿王瑁另娶王妃后，唐玄宗名正言顺地册封杨太真为贵妃，待遇如
同皇后。李杨爱情之所以能够产生和发展，一是因为杨贵妃的丰姿美
貌。唐玄宗是一位风流天子，多情多欲，见到美人自然喜不自胜。二是
因为杨贵妃的爱好兴趣与唐玄宗趋同。杨贵妃既是歌舞乐曲的行家，又

---

① ［保加利亚］瓦西列夫：《情爱论》，三联书店1984年版，第5—6页。

是老子道教的信徒。三是因为杨贵妃独特的个性魅力与一般妃子努力讨好君王不同。杨贵妃对于唐玄宗的恩惠不会受宠若惊，对于唐玄宗的威严也不会惧怕惶恐。杨贵妃曾两次违背圣意，被遣出宫，但每次都是唐玄宗愧疚不已，做出让步，派人接回杨贵妃。杨贵妃非但在感情波折中没有失宠，反而更加得到唐玄宗的宠幸，在如此之情爱纠葛的帝妃爱情中也实属罕见和特异。总之，李杨爱情拥有帝妃爱情中少见的真情实意。

　　唐诗对李杨故事的书写以爱情为主题的不在少数，诗歌表现了唐玄宗和杨贵妃之间真挚的情感，尤其突出了唐玄宗对杨贵妃的宠爱。诗歌也表现了杨贵妃在马嵬事变中面对唐玄宗的冷酷无情，心中所生之恨。诗歌还表现了唐玄宗的痛苦不堪，以及他无力保护自己的爱妃而产生的深深愧疚。此外，诗歌提到了寿王，一个被埋没的人，一个被横刀夺爱的人，一个一直在李杨爱情中痛苦生活的人。诗歌在爱情的旋律里，没有了历史的沉重感和礼教的束缚感，有的是男女之间最普遍的情感，爱与被爱，恨与被恨。唐玄宗不再是高高在上的君王，而是一个痴情男子，杨贵妃不再是惑君祸国的罪人，而是一个殉情女子。情感的力量在诗歌中占据主导地位，传达了唐玄宗和杨贵妃的爱恨情仇。如：

　　　　在天愿作比翼鸟，在地愿为连理枝。天长地久有时尽，此恨绵绵无绝期！①

　　　　　　　　　　　　　　　　——白居易《长恨歌》

　　　　金甲银旌尽已回，苍茫罗袖隔风埃。浓香犹自随鸾辂，恨魄无由离马嵬。②

　　　　　　　　　　　　　　　　——李益《过马嵬二首》

　　　　零叶翻红万树霜，玉莲开蕊暖泉香。行云不下朝元阁，一曲淋铃泪数行。③

　　　　　　　　　　　　　　　　——杜牧《华清宫》

---

① 朱金城：《白居易集笺校》，上海古籍出版社1988年版，第661页。
② （清）彭定求：《全唐诗》，中华书局1979年版，第3219页。
③ 同上书，第6004页。

骊岫飞泉泛暖香，九龙呵护玉莲房。平明每幸长生殿，不从金舆惟寿王。①

——李商隐《骊山有感》

别殿和云锁翠微，太真遗像梦依依。玉皇掩泪频惆怅，应叹僧繇彩笔飞。②

——吴融《华清宫四首》

诗歌以爱情为主题反映了诗人对封建礼教的轻视，对纯真爱情的讴歌。封建礼教对人欲的压制是巨大的："男女婚嫁方面颇多禁止之情形，婚姻关系人实无充分选择及依愿好合之自由。"③在禁锢自由情感的大环境下，唐玄宗不顾世俗的眼光，把自己的儿媳杨玉环收揽入怀，为一般君王不敢为之事。他的这一反伦常之事并非昏庸之举，而是为爱情敢做敢为的体现。在李杨相处的过程中，杨贵妃的离宫风波又展现了帝王爱情中少见的打闹吵架，可见李杨爱情是完全突破封建礼教的爱情，是你情我愿的正常爱情。而这种情爱观正是诗人们所向往的，理想爱情是可望不可及的，诗人的佳人情结只能在诗歌中加以抒发。

诗歌以爱情为主题反映了世人对于帝妃爱情的猎奇心理和偷窥欲望，尤其是对杨贵妃的描写，更迎合了男性的审美需求。由于宫廷生活是鲜为人知的事情，与普通百姓生活相差很远，世人对帝妃之间的风流韵事总是津津乐道，对宫廷生活充满了好奇心和想象力。李杨故事能够在文学世界里获得一席之地，其大内迷史色彩是原因之一。在唐诗书写中，李杨爱情的许多细节都是诗人根据自己的审美创造出来的，这样既能丰富人物形象，又能满足读者在感官和精神上的双重需求。

诗歌以爱情为主题反映了诗人对帝妃爱情悲剧的认识和挖掘。帝妃爱情从出生就成长在政治的漩涡里，当政治和爱情发生冲突时，爱情注定是要牺牲的，无论奸臣还是忠臣，通常都会站在爱情的对立面，这样看来，帝妃爱情的悲剧性是在情理之中了。在这个时候，诗人总会让帝

---

① （清）彭定求：《全唐诗》，中华书局1979年版，第6195页。
② 同上书，第7873页。
③ 陈顾远：《中国婚姻史》，岳麓书社1998年版，第85页。

王变得软弱和无辜,因为帝王的悲剧会更加让读者感到新异和同情。"悲剧总是有对苦难的反抗。悲剧人物身上最不可原谅的,就是怯懦和屈从。"① 唐玄宗在贵妃死时所表现出的无奈,即证明了帝妃爱情悲剧的脆弱性、必然性。诗人控诉这种脆弱性、必然性,并通过展示悲剧来否定悲剧,希望悲剧不再重演。

第二节　中晚唐李杨诗题之审美沉思

　　唐诗对李杨故事的书写,将抒情与写事有机结合,题材集中,情感分明,具有独特的表现手法和审美追求。首先,诗人运用李杨故事里独有的意象和典故,展现了其中的人物和情节,表现了唐玄宗和杨贵妃各自不同的形象。其次,诗歌整体呈现出伤感悲剧色彩,字里行间透露出诗人对开元盛世的追忆和向往,在长篇叙事中表达出诗人对玄宗时代的反思和理解。李杨故事是"希代之事",唐玄宗是一代君王,杨贵妃是一代美人,对他们书写的诗歌必然形成与其他诗歌不同的艺术魅力,寄予、沉淀着中晚唐诗人特定的审美沉思。

一　追忆盛唐的诉求

　　追忆是一种审美状态,是感受自我存在的一种方式,它没有功利性和目的性,仅仅反映出感性印象和心理氛围。追忆以时间距离为前提,过去与现在之间存在着时光流逝所产生的变化。生活于现在的人们往往对这种变化感到陌生,而对过去有着非常强烈的怀念。从诗歌本体的角度看,追忆是创作的源泉和动力,因为诗歌是诗人个体存在和生命体验的表达。正如海德格尔所言:"诗仅从回过头来思、回忆之思这样一种专一之思中涌出。"② 诗歌从对具体的现实生活的追忆中展现艺术的美丽和事物的真理。诗性的追忆以理想化的力量,弥补现实的缺憾,发掘生存的意义。

　　李杨故事发生在盛唐,这个时期经济繁荣,政治清明,文化开放,

---

① 朱光潜:《悲剧心理学》,人民文学出版社1983年版,第152—153页。
② 《海德格尔选集》,三联书店1996年版,第1214页。

社会自信，不仅是唐朝的辉煌时期，也是封建社会的鼎盛时期。唐玄宗在姚崇、宋璟等宰相的辅佐下，稳定政局，求贤纳谏，完善法典，改革户籍，重视官员的选拔和任用，抑制奢靡的风气和习俗，开创了开元之治。政治上，唐玄宗恢复贞观时期的谏官议政制度，设谏议大夫四人，负责讽谕规谏，"大则廷议，小则上封"①。经济上，由于人口增长和兴修水利，粮食产量大幅提高，农业连年取得大丰收，《唐会要》载："年谷屡登，开辟以来，未之有也。"② 手工业与商业在农业的带动下也取得长足的进步。文化上，涌现出一大批才华横溢的文人，创作出经典的作品，文风爽朗豪迈，又恬静优美，呈现出"盛世之音"。社会上，百姓安居乐业，遵纪守法，一派祥和安定的景象，《资治通鉴》载："海内富安，行者虽万里不持寸兵。"③ 总而言之，李杨故事发生的开元天宝年间国力强盛，百姓富足，社会繁荣安定，是历史上难得的盛世明时。

唐诗对李杨故事的书写是在中晚唐，这个时期唐朝经过安史之乱，已经一蹶不振，政治昏暗，经济萧条，社会动荡。于是，唐诗对李杨故事的书写变成了对盛唐的追忆。追忆的是盛唐强大的国力，富足的生活，淳朴的民风，给人们带来的幸福、尊严和自豪；追忆的是盛唐开明的政治，赏罚分明的制度，廉洁自律的官风，可以让文人有实现自身理想和价值的机会；追忆的是盛唐包容的文化，歌舞的繁荣，都市的发展，为世人娱乐身心提供的有利条件。对于中晚唐的诗人，一代明君唐玄宗所表现出的励精图治和改革进取，一代美人杨贵妃所展示出的审美标准和艺术时尚，一部李杨故事所包含的甜蜜爱情和生死离别，在诗人的脑海中已经成为一幅幅美丽的画面，使他们向往回味不已。思而不及、望而不得，于是发而为诗。诗歌无论是对景致的描写，还是对人物的刻画，均表现出对盛唐的一种美好而强烈的追忆。如：

> 酒幔高楼一百家，宫前杨柳寺前花。内园分得温汤水，二月中旬已进瓜。④

---

① （唐）李林甫：《唐六典》，中华书局1992年版，第247页。
② （宋）王溥：《唐会要》，中华书局1955年版，第106页。
③ （宋）司马光：《资治通鉴》，中华书局1975年版，第6843页。
④ （清）彭定求：《全唐诗》，中华书局1960年版，第3425页。

——王建《宫前早春》

日出骊山东，裴回照温泉。楼台影玲珑，稍稍开白烟。言昔太上皇，常居此祈年。风中闻清乐，往往来列仙。翠华入五云，紫气归上玄。①

——刘禹锡《华清词》

忆昔开元日，承平事胜游。贵妃专宠幸，天子富春秋。②

——温庭筠《过华清宫二十二韵》

中原无鹿海无波，凤辇鸾旗出幸多。今日故宫归寂寞，太平功业在山河。③

——吴融《华清宫四首》

盛唐是中晚唐诗人的集体记忆，追忆盛唐是诗人共同的心理特征，而李杨故事成为追忆的重要题材。诗人常常把盛唐的景象作为李杨故事的铺垫，在整体结构上分量不重，但这种铺垫反映出诗人对于盛唐的记忆，有时是盛大的场面，有时是宏伟的宫殿。

诗人对盛唐的追忆是对现实的不满。追忆的盛唐为李杨故事的书写提供了批判现实的尺度，追忆成为批判的手段。记忆和现实是相互影响的，中晚唐的社会现状、思想立场和文人心态，犹如一只看不见的手，在诗人回忆李杨故事时操控着诗人的意识，使诗人自觉不自觉地进行取舍、评价和褒贬。在某些时候，诗人并不是故意或有意去追忆盛唐，而是因为李杨故事的人物或地点的某种触动，瞬间将盛唐的景象从岁月的断层下挖掘出来。盛唐与中晚唐的巨大差异，使诗人自然而然心生不满，诗歌中充满了对君王的劝诫，希望通过改变君王来扭转局势，从而使唐朝可以重振旗鼓，恢复昔日的繁华昌盛。

诗人对盛唐的追忆也是一种自我安慰。面对衰败的世风，诗人更愿意活在美好的记忆当中，减少内心对现实的抵触。关于追忆的逃避性，叔本华说："这甚出于一种自慰的幻觉（而形成的），因为在我们使久

---

① （清）彭定求：《全唐诗》，中华书局 1960 年版，第 3965 页。
② 同上书，第 6736 页。
③ 同上书，第 7873 页。

已过去了的、在遥远地方经历了的日子重现于我们之前的时候，我们的想象力所召回的仅仅只是（当时的）客体，而不是意志的主体。"① 政治经济在中晚唐时期出现的巨大裂痕，使诗人的仕途变得渺茫而艰险，一腔抱负难以施展，只能用追忆盛唐来填补自己的内心世界，获得一种轻松感、陶醉感、满足感。

诗人对盛唐的追忆建立在一定的时空距离上，这时空距离一方面使诗人摆脱了功利心态去看待李杨故事，以一种静观的视角去审视李杨故事，使李杨故事的脉络显得清晰，诗人清除了故事的杂质而营建出新的意象和情节；另一方面又保持着与李杨故事的感情联系，带着情感去书写李杨故事，诗人将自己的生活经验融入其中，帮助审美形式清晰成形。因而，时空距离创造了审美空间。诗人生活的时代不能完全包含在李杨故事当中，也不能与李杨故事的时代相去甚远，这个适中的时空距离就是中晚唐。李杨故事的盛唐追忆消去了盛唐平庸零散的东西，留取了美好繁荣的印象，同时将充盈的情感不断注入李杨故事，使李杨故事具有了生气与灵性。

李杨故事在中晚唐的诗人心目中，不仅代表了一段历史，更代表了一个美好时代。无论诗人对李杨故事是褒是贬，都不可否定心中对盛唐的追忆。

二　创伤文学的潜质

"伤痕文学"是近现代文学的产物。20 世纪 80 年代出现了一股否定"文化大革命"的文学思潮，以刘心武的《班主任》为代表，主要叙述了苦难的岁月和悲惨的人生，表现了人性的扭曲和心灵的创伤，表达了迷惘失落的一代对"文化大革命"的不满情绪。所谓的"伤痕"，狭义上是指"文化大革命"对人们身心的摧残，广义上是指灾难历史在人们生活记忆和文化思想中留下的痕迹和阴影。而文学的作用在于不断地暴露时代的伤痕，同时也在抚平心灵的伤痕。每段非常态的历史之后，都会有新的文学思潮的产生，它把历史本来面目和后遗症暴露出来，博得同情和反思。例如美国的"迷惘的一代文学"、捷克的"反抗

---

① ［德］叔本华：《作为意志和表象的世界》，商务印书馆 1982 年版，第 277 页。

文学"、日本的"战后文学"、苏联的"解冻文学"。这种在非常态历史后的文学改变，是从"人"的角度去回顾历史，具有非常强烈的批判意识、悲剧情节和感伤气质。

安史之乱是李杨故事的"创伤"。天宝十四年（755），安禄山在范阳起兵造反，势如破竹地攻占了河北河南地区，与朝廷的哥舒翰大军在潼关相持不下。哥舒翰受朝廷所迫，主动出击，结果全军覆没。唐玄宗得知潼关失守，仓皇逃往西南蜀地，途中发生了马嵬事变，杨国忠和杨贵妃被杀，太子李亨借机分道扬镳，去往西北灵武。不久，长安失陷，大唐王朝岌岌可危。虽然叛军占据优势，但内部却发生了巨大的矛盾冲突，安禄山之子安庆绪弑父篡位，又与重要头领史思明分崩离析。趁叛军内讧，朝廷借用回纥军队收复了两京，史思明投降。然而好景不长，史思明再次叛变，诛杀了安庆绪后，攻克了洛阳和汴州，与朝廷军队展开僵持。正当朝廷内外交困时，历史又一次重演，史思明被其子史朝义杀害，叛军势力逐渐瓦解。宝应元年（762），唐代宗登基，一边借军攻打叛军，一边安抚招降叛将，终于收复了洛阳，史朝义自尽身亡。从安史之乱开始到结束，前后长达八年之久，延绵的战乱所造成的灾害十分严重。以上元三年（762）的中原之地为例，史载："宫室焚烧，十不存一。百曹荒废，曾无尺椽，中间畿内，不满千户。井邑榛棘，豺狼所嗥，既乏军储，又鲜人力。东至郑、汴，达于徐方，北自覃怀，经于相土，人烟断绝，千里萧条。"[1] 民困物乏，人绝景荒，曾经为唐王朝倚重、为万民向往的中原大地遂为劫难的阴霾所笼罩，国富民强的盛唐时代在这种万劫不复中一去不返。平定安史之乱的过程中所任命的各方镇节度使在拥有了军权、财权和行政权后，逐渐坐大，拥兵自重，大大削弱了朝廷的权威。为防止宰相专权和藩将作乱，朝廷只得倚重宦官，结果却导致政治局面更加混乱，皇权官力羸弱不堪。

安史之乱后，诗人及其诗风都发生了巨大的变化。主题从歌颂太平盛世转变为反思国破家亡，内容从抒发个人理想转变为关注现实社会，基调从乐观向上转变为悲天悯人，遣词造句从尚奇求新转变为平易切浅，诗风从雄浑豪放转变为沉郁内敛。总之，"安史之乱对于诗歌来

---

① （五代）刘昫：《旧唐书》，中华书局1975年版，第3457页。

说，不只是在内容上，更主要是在心理上标志着一个新时代的开始"①。
一股新的文学思潮在安史之乱后开始出现，即诗歌应该具有写史纪实之
风，载道喻理之用，讽谕进谏之功。在这股思潮中，李杨故事是最好最
恰当的题咏诗材。

　　唐诗对李杨故事的书写是对安史之乱所造成的"创伤"进行揭露
和反思。诗人通过描写李杨故事的悲剧让世人看到残酷无情的现状，感
受到国家经历过的苦难，从而表达出诗人对唐王朝日薄西山的感叹，抒
发内心的压抑和不满。安史之乱的破坏力超出了想象，不仅毁灭了李杨
的爱情，也毁灭了文人的仕途，许多文人因此流离失所，有的甚至功败
身死。世道暗淡，民不聊生，在文人心中蒙上一层阴影，这层阴影借助
诗歌可以得到一定的消解。因而，诗歌中充满了灰色的意象和基调，形
成抑郁凄凉的气氛，如：

　　　　春月夜啼鸦，宫帘隔御花。云生朱络暗，石断紫钱斜。玉碗盛
　　残露，银灯点旧纱。蜀王无近信，泉上有芹芽。②
　　　　　　　　　　　　　　　　　　　　　——李贺《过华清宫》
　　　　马嵬驿前驾不发，宰相射杀冤者谁。长眉鬓发作凝血，空有君
　　王潜涕洟。③
　　　　　　　　　　　　　　　　　　　　　——郑嵎《津阳门诗》
　　　　红叶纷纷盖敧瓦，绿苔重重封坏垣。唯有中官作宫使，每年寒
　　食一开门！④
　　　　　　　　　　　　　　　　　　——白居易《江南遇天宝乐叟》
　　　　帝业山河固，离宫宴幸频。岂知驱战马，只是太平人。⑤
　　　　　　　　　　　　　　　　　　　　　——司空图《华清宫》

　　从诗歌中可以看出，唐诗对李杨故事的书写表现出了伤感、悲剧和

---

①　蒋寅：《大历诗风》，上海古籍出版社1992年版，第7页。
②　（清）彭定求：《全唐诗》，中华书局1960年版，第4394页。
③　同上书，第6561页。
④　朱金城：《白居易集笺校》，上海古籍出版社1988年版，第632页。
⑤　（清）彭定求：《全唐诗》，中华书局1960年版，第7255页。

反思，具有创伤文学的潜质。

首先，诗歌充满了凄婉苍凉的气氛，伤感的情绪溢于言表。李贺的"玉碗盛残露，银灯点旧纱"诗用"残"和"旧"这等凄凉的形容词，一股寒意油然而生，使整首诗都被浸泡在苦涩当中，充分表达了诗人对李杨故事的伤感之情。可以想见，战争的爆发，唐玄宗的逃跑，杨贵妃的冤死，一切都来得太突然，使陶醉在太平盛世的文人难以接受，使生活在战后乱世的文人难以忘怀。白居易把《长恨歌》归为"感伤诗"，也可见其伤感的情绪。伤感是人们在经历过苦难之后必然的心理反应，这种反应在诗歌中的体现是对意象和词句的选择，越是悲伤的意象，越是消极的词句，诗人都比较常用。唐诗对李杨故事的书写总是带着忧伤的情绪，这不仅是因为李杨故事的悲情，更是因为诗人在安史之乱后产生的创伤心理和感伤情绪。

其次，诗歌呈现出强烈的悲剧意识。安史之乱之前，如李白等诗人对李杨故事的书写常常体现出以点带面的特点，往往不把李杨故事看作一个整体，而是把它看作历史的点缀，因而在书写过程中没有完整的意识。安史之乱之后，如白居易等诗人普遍把李杨故事看作一出悲剧，充满了悲剧意识。有的认为是朝廷的悲剧，如张继的《华清宫》；有的认为是唐玄宗的悲剧，如顾况的《宿昭应》；有的认为是杨贵妃的悲剧，如李商隐的《马嵬》；有的认为是宫人的悲剧，如王建的《温泉宫行》。李杨故事本身是一个爱情悲剧故事，然而诗人在书写过程中把悲剧意识扩大了，因为展现李杨故事的不幸就是展现诗人及同时代人的不幸，蕴涵着诗人对于盛极而乱的惊愕和无措。

第三，诗歌是对历史的反思。为什么强盛的国家一夜之间变得千疮百孔，是唐玄宗的昏庸，杨贵妃的迷惑，杨国忠的奸险，还是安禄山的狡诈？诗人在书写李杨故事时不断地追问，不断地给出不同的答案。伴随李杨故事的唐朝盛衰迁变，是李杨故事书写中的重要部分，咏李杨故事者多半是咏史者。"伤痕文学"是对"伤痕"的揭露和反思，唐诗对李杨故事的书写是对安史之乱的反思，书写不一定是为了找寻答案，而是把历史记录下来，把思考抒发出来，等待后人去接受和解释，相信历史会给出正确的答案。

综上所述，唐诗对李杨故事的书写与现代的创伤文学有着很多相似之处，虽然创作方式和表现手法不尽相同，但异代同构，其实质均是对灾难历史的反映、沉思。因此，唐诗对李杨故事的书写具有创伤文学的潜质。

三　历史叙事的抒情

叙事诗是以写人叙事为主的诗歌，一般用丰富的意象刻画人物形象，用跳跃式的场景展开故事情节。先秦时代的叙事歌谣是中国叙事诗的开端，如《申包胥歌》讲述申包胥秦庭乞师，《河梁歌》讲述越王勾践伐秦等，歌谣短小精炼，言简意赅。汉代以乐府诗为代表的叙事诗扩展了诗歌题材，主要反映个人的生活经历和喜怒哀乐，被誉为"乐府双璧"的《孔雀东南飞》和《木兰诗》，一个讲述了刘兰芝和焦仲卿反抗礼教的爱情悲剧，一个讲述了花木兰女扮男装替父从军的故事。魏晋南北朝时期，叙事诗逐步走向成熟，出现了咏史、纪传、山水田园等形式的叙事诗。从叙事诗的发展来看，唐前的叙事诗注重历史和故事，而轻略抒情。刘知几道："夫叙事者，或虚益散辞，广加闲说，必取其所要，不过一言一句耳。"[1] 可以看出，古代文人对叙事的理解，侧重于写史记言，不重视情感抒发。

唐诗在对李杨故事的书写中，"以《孔雀东南飞》、《木兰诗》为楷模，以状写人物事件为能事，出现了类似《长恨歌》……的长篇巨制"[2]。唐代的长篇叙事诗汲取了唐前叙事诗的优秀成分，发展了自身的特色，不再一味纪事，而是以抒情为重点，即借历史以抒情，融抒情于故事。李杨故事伴随着一段关于唐朝由盛转衰的历史，表现李杨故事就是表现这段历史，就是表现人物关系和事态演变，诗人不断从历史和故事中感触到命运的力量，把这种力量转化为情感和意象，传达给世人。

白居易的《长恨歌》讲述了李杨爱情的产生、发展、转折和结局，表现了唐玄宗和杨贵妃浓烈的爱情，杨贵妃优柔华美的形象跃然纸上，唐玄宗重情重义的性格生动活现。李杨故事中所包含的复杂历史事件，

---

① 赵吕甫：《史通新校注》，重庆出版社1990年版，第401页。
② 路南孚：《中国历代叙事诗歌》，山东文艺出版社1987年版，第599页。

诗歌只用精炼的语言一笔带过，诗人借助历史却不拘泥于历史。杨玉环从寿王妃辗转成为杨贵妃，由公公的儿媳变成公公的夫人，这段羞于见人的婚变被缩短改写成"杨家有女初长成，养在深闺人未识"。马嵬事变中，杨贵妃被高力士勒死，陈尸于厅堂，弃之于道旁，这一悲惨无比的结局被改写为"六军不发无奈何，宛转娥眉马前死"。诗篇以仙界寻得杨贵妃结束，此子虚乌有之事只为渲染"长恨"之情。诗歌的重点也是最为人称道的地方就是抒情，以纯美化、戏剧化和神秘化的艺术手法，突出了唐玄宗和杨贵妃感人至深的相爱之情和生死离别的相思之情。诗句"在天愿作比翼鸟，在地愿为连理枝。天长地久有时尽，此恨绵绵无绝期"，诗化了整段李杨历史，美化了整个李杨故事，把世间最普遍最纯真的爱情展现出来，在人们心中激荡起阵阵向往爱情的涟漪。

元稹的《连昌宫词》通过描写连昌宫的兴废变迁，借守宫老人之口，抒发自己关于安史之乱前后盛衰变化原因的看法，表达对盛世的眷恋和对君王的期待。《连昌宫词》第一段描绘了一幅唐玄宗和杨贵妃宫中行乐图："上皇正在望仙楼，太真同凭阑干立。"第二段描写了安史之乱后连昌宫苍凉无人鸟兽横行的景象："荆榛栉比塞池塘，狐兔骄痴缘树木。"第三段阐述了唐朝政治混乱的原因："弄权宰相不记名，依稀忆得杨与李。"《连昌宫词》虽然以现实和历史为背景，但不囿于具体事实，多处虚构情节。历史上，唐玄宗和杨贵妃没有去过位于河南寿安的连昌宫，"望仙楼"和"端正楼"并非连昌宫的建筑，而是骊山华清宫的楼名，"李谟偷曲""念奴唱歌""杨氏诸姨车斗风"等事件均不是发生在连昌宫里的。陈寅恪指出："连昌宫词实深受白乐天陈鸿长恨歌及传之影响，合并融化唐代小说之史才诗笔议论为一体而成。"[①]《连昌宫词》轻历史是为了重抒情，一切的历史还原和故事叙述都是为了最后的议论，虚构的情节形象地反映了政治变化和社会生活的本质，为抒发感叹盛衰之情和谏君爱国之情作铺垫。诗歌的最后一句"老翁此意深望幸，努力庙谟休用兵"，强烈地表达出诗人切实盼望君王能够采纳其意见的情感诉求，可谓情真意切，令人动容。

---

① 陈寅恪：《元白诗笺证稿》，三联书店 2001 年版，第 63 页。

　　李杨故事的叙事诗，除了白居易的《长恨歌》和元稹的《连昌宫词》外，还有郑嵎的《津阳门诗》、张祜的《华清宫和杜舍人》、杜牧的《华清宫三十韵》、温庭筠的《过华清宫二十二韵》等。这些诗歌以玄宗时代为背景，以李杨故事为内容，抒发了对现实生活的感受和对历史变化的看法。唐诗对李杨故事的书写出现如此多的叙事诗，究其原因是受到了当时变文传播和传奇繁荣的影响。王定保在《唐摭言》中载录了张祜对白居易《长恨歌》与变文之关系的评判："明公亦有《目连变》。《长恨词》云：'上穷碧落下黄泉，两处茫茫皆不见。'岂非'目连访母'耶？"① 陈允吉先生指出："《长恨歌》加工、提炼的这个风靡一代的民间传闻，竟有绝大部分情节内容是在附会《欢喜国王缘》的基础上形成的。"② 佛教在中唐盛行，佛教故事流传很广，文人在讲经论佛时必然接受了变文俗讲的文学样式，从而在诗歌中融入了叙事特色，或在诗歌前添加小序，《长恨歌传》即是一例。

　　以《长恨歌》为代表的"长庆体"对后世文学的影响很大，最为显著的是明末清初的吴伟业。吴伟业，号梅村，他的长篇叙事诗描述了明清两朝更替的历史巨变，抒发了对故国和旧君的怀念之情，被称为"梅村体"。"梅村体"有意仿效"长庆体"，《圆圆曲》和《永和宫词》两篇长诗与《长恨歌》有异曲同工之妙，都是写帝妃爱情，韵律词句和艺术手法都颇为相似。但不同于《长恨歌》的重抒情尚白描，"梅村体"精于写实记史，善于典故穿插，所咏之事都有对应的真实事件，因而虽"镂金错彩"，却稍逊一筹。王国维就此论道："以《长恨歌》之壮采，而所隶之事，只'小玉双成'四字，才有余也。梅村歌行，则非隶事不办。白吴优劣，即于此见。"③ 可见，在历史叙事中抒情是唐诗对李杨故事书写的一大特色，也是具有高超艺术魅力而被后人广为传颂的原因之一。

---

①　姜汉椿：《唐摭言校注》，上海科学院出版社2003年版，第271页。
②　陈允吉：《唐音佛教辨思录》，上海古籍出版社1988年版，第117页。
③　王国维：《人间词话》，中华书局2009年版，第36页。

第九章

李杨题材唐诗个案论析

　　李杨故事在唐代是家喻户晓的历史，不仅包含了感人的爱情故事，而且包含了反思的政治考量，因而诗人对李杨故事情有独钟，创作了大量的诗篇。大量唐诗书写的背后是众多诗人的身影，有唐一代共有60多位诗人，如李白、杜甫、白居易、李贺、杜牧、李商隐、温庭筠等，对李杨题材进行了吟咏书写。这些诗人通过诗歌表达了对李杨故事的情感、评价和思考，不同的诗人有不同的人生经历，有不同的关注重点和表现视角，随着时代的变化，诗歌之间的相异性逐次加大。故此，对不同诗人关于同一题材故事的文学书写的考察和分析，可以一窥诗人所处时代的审美趣尚、心理诉求和创作个性。

第一节　李白：赞美之情

　　李白是盛唐著名的浪漫主义诗人，有"诗仙"之美誉。李白的诗歌豪迈奔放，清新飘逸，想象丰富，意境奇妙，语言轻快。李白是一位超尘脱俗的高士，桀骜不驯追求自由的性格使他特立独行，以积极的热情投身政治，又以潇洒的风骨高蹈扬己。李白的思想既有纵横家的王霸之术，又有儒家的修齐治平的理想抱负，还有道家的淡泊名利张扬个性。李白其人其诗是盛唐文化精神的典型代表，他的风神——酒与自由、侠与英雄、月与浪漫，均是在盛唐文化氛围和时代精神中所孕育诞生出来的。

　　李白关于李杨故事的诗歌有四首，即《清平调词三章》和《宫中行乐词八首》。关于《清平调词三章》，李濬的《松窗杂录》载："开元中，禁中初重木芍药，即今牡丹也。得四本红、紫、浅红、通白者，上因移植于兴庆池东沉香亭前。会花方繁开，上乘月夜召太真妃以步辇从。诏特选梨园弟子中尤者，得乐十六色。李龟年以歌擅一时之名，手捧檀板，押众乐前欲歌之。上曰：'赏名花，对妃子，焉用旧乐词为？'遂命龟年持金华笺宣赐翰林学士李白，进《清平调》词三章。白欣承诏旨，犹苦宿醒未解，因援笔赋之。"① 关于《宫中行乐词八首》，孟棨的《本事诗》载："（玄宗）尝因宫人行乐，谓高力士曰：'对此良辰美景，岂可独以声伎为娱？倘时得逸才词人吟咏之，可以夸耀于后。'……命（李白）为宫中行乐五言律诗十首。"② 两度作诗都是应景应制，面对突然的诏命，李白从容不迫的表现说明他才思敏捷，精通音律，在歌辞方面有过人的天赋，这也是李白得到唐玄宗垂爱的主要原因。

李白的《清平调词三章》如下：

> 云想衣裳花想容，春风拂槛露华浓。若非群玉山头见，会向瑶台月下逢。
> 一枝秾艳露凝香，云雨巫山枉断肠。借问汉宫谁得似，可怜飞燕倚新妆。
> 名花倾国两相欢，长得君王带笑看。解释春风无限恨，沉香亭北倚阑干。③

《清平调词三章》刻画了杨贵妃形貌之美，用云裳拟比服饰，用牡丹衬托容颜，杨贵妃是人间难得几回见的仙女，其美艳堪比传说中的巫山神女。诗歌以汉代宠妃赵飞燕作比铺垫，表现出杨贵妃的美丽甚于前人，唐玄宗对杨贵妃的宠爱超越前人，杨贵妃的妩媚娇美可以消解一切的春恨浓愁。

---

① 《唐五代笔记小说大观》，上海古籍出版社 2000 年版，第 1213 页。
② 丁福保：《历代诗话续编》，中华书局 1983 年版，第 14 页。
③ （清）彭定求：《全唐诗》，中华书局 1960 年版，第 1703 页。

李白的《宫中行乐词八首》其一、其二如下：

> 小小生金屋，盈盈在紫微。山花插宝髻，石竹绣罗衣。每出深宫里，常随步辇归。只愁歌舞散，化作彩云飞。
>
> 柳色黄金嫩，梨花白雪香。玉楼巢翡翠，金殿锁鸳鸯。选妓随雕辇，征歌出洞房。宫中谁第一，飞燕在昭阳。[①]

《宫中行乐词》虽是描写一位出生于宫中的女子，未直接提及杨贵妃，但从文本内容和形容指向上看，是在盛赞杨贵妃。诗歌中的女子从小生长在华贵的宫苑，头戴宝钗身着罗衣，常随君王左右，更在良辰美景之际翩翩起舞，惹人疼爱，这显然是在吟咏形容杨贵妃。诗歌还用"翡翠"和"鸳鸯"指代唐玄宗和杨贵妃，用赵飞燕表明杨贵妃的美貌和地位在宫中实属第一。《清平调词三章》和《宫中行乐词八首》都使用了"飞燕"的意象，唐玄宗对此无所顾忌，可见赵飞燕在李白以及唐人心目中是美女形象，不是宫廷争斗的污点人物。

《清平调词三章》和《宫中行乐词八首》用词华丽，意境唯美，对杨贵妃的形容恰到好处，把李杨爱情的甜蜜表现得淋漓尽致。李白对杨贵妃的赞美之情溢于言表，这与李白不为权贵折腰的品格似乎有点不相符。细绎其中原由当与诗歌的创作背景有关。天宝元年（742），唐玄宗诏李白入京，供奉翰林，备受恩宠。在长安的最初时间，李白春风得意，如其《驾去温泉宫后赠杨山人》云："幸陪鸾辇出鸿都，身骑飞龙天马驹。王公大人借颜色，金璋紫绶来相趋。"[②] 李白一边出入宫廷陪驾应制，一边结交贵族觥筹交错，乐于此种畅快潇洒的生活。皇宫和京城为李白搭建了一个平台，使其能够尽展才华。唐玄宗的优待，文臣僚友的看重，让李白的自尊心和自豪感得到了极大的满足。所以，李白在《清平调词三章》和《宫中行乐词八首》中近于献媚的表现，并不是委身去讨好唐玄宗和杨贵妃，而是尽力展示自己的文采和能力，尽力表现美和感受美。其实，李白的抱负不仅限于创作歌辞，他还想济苍生安社

---

① （清）彭定求：《全唐诗》，中华书局 1960 年版，第 1702 页。
② 同上书，第 1735—1736 页。

稷，可惜的是他没有这个机会，因为唐玄宗召他入京只是礼贤下士地做做样子，是不会让他真正参与政事的。因此，唐玄宗只有在创作歌辞时才想起李白，李白也只有在这个时候才能实现自己的价值。

　　李白与李杨故事还有一些传言。《唐才子传》载："（李白）尝大醉上前，草诏，使高力士脱靴，力士耻之，摘其《清平调》中飞燕事，以激怒贵妃，帝每欲与官，妃辄沮之。"① 关于此一传言，李濬《松窗杂录》所载更为详细："会高力士终以脱乌皮六缝为深耻，异日太真妃重吟前词，力士戏曰：'始谓妃子怨李白深入骨髓，何眷眷如是？'太真妃因惊曰：'何翰林学士能辱人如斯？'力士曰：'以飞燕指妃子，是贱之甚矣。'太真颇深然之。上尝欲命李白官，卒为宫中所悍而止。"②《唐才子传》又载："白浮游四方，欲登华山，乘醉跨驴，经县治，宰不知，怒引至庭下曰：'汝何人，敢无礼！'白供状不书姓名，曰：'曾令龙巾拭吐，御手调羹，贵妃捧砚，力士脱靴。天子门前，尚容走马；华阴县里，不得骑驴。'宰惊愧，拜谢曰：'不知翰林至此。'白长笑而去。"③ 这些传言皆出自杂史小说，毫无可信之处，李白与杨贵妃、高力士相比，地位仍是卑微的，绝不可能以下犯上，况且此时的李白正欲博取功名，怎会藐视皇帝身边的红人。"御手调羹，贵妃捧砚，力士脱靴"之所以能够流传，一是因为李白狂放的形象深入人心，人们通过李白对权贵的轻视以表达自己对封建等级制度的不满。二是因为安史之乱碰巧印证了李白诗中"飞燕"一典对杨贵妃的"隐喻"，虽然这只是一个偶然，但人们更愿意用这个偶然去证明李白的伟大，斥责杨贵妃的祸害。由此可见，李白对李杨故事的书写因其性格特点而得到了相反的解读，本为赞美后成讽刺，本出无心实成有意，读者本身对诗歌接受、鉴赏、再创造的力量可见一斑。

第二节　杜甫：诗史批判

　　杜甫是盛唐时期伟大的现实主义诗人，被推誉为"诗圣"。杜甫的

---

① 傅璇琮：《唐才子传校笺》，中华书局 1987 年版，第 387 页。
② 《唐五代笔记小说大观》，上海古籍出版社 2000 年版，第 1213 页。
③ 傅璇琮：《唐才子传校笺》，中华书局 1987 年版，第 389 页。

诗歌内容现实厚实，诗风沉郁顿挫，炼字酌句，对仗精工，在中国古典诗坛上的影响非常深远。元稹在《唐故工部员外郎杜君墓系铭并序》中云："至于子美，盖所谓上薄风骚，下该沈宋，古傍苏李，气夺曹刘，掩颜谢之孤高，杂徐庾之流丽，尽得古今之体式，而兼今人之所独专矣。使仲尼考锻其旨要尚不知贵，其多乎哉！苟以为能所不能，无可不可，则诗人以来，未有如子美者。……至若铺陈始终，排比声韵，大或千言，次犹数百，词气豪迈而风调清深，属对律切而脱弃繁近，则李尚不能历其藩翰，况堂奥乎！"① 杜甫的诗歌表现出一片赤子之心和一腔报君为民的热忱，关注现实，体察民生，以博大的胸怀，站在诗史的高度，创作出一首首壮丽的诗篇。杜甫生活在唐朝由盛转衰的时期，风云变幻的时代特征，跌宕起伏的人生遭遇，多元并存的文化内涵，使杜甫的诗歌形成了深沉厚重的独特魅力。

关于李杨故事，杜甫创作了《丽人行》《哀江头》《北征》《病橘》《解闷》等诗歌，这些诗歌的创作可以分为安史之乱前、中、后三个时段。安史之乱前的天宝十二年（753），杜甫作有《丽人行》。此时的杜甫旅居长安，出席各种宴乐活动，却抑郁不得志。安史之乱中的至德二年（757）春，杜甫身陷叛军占领的长安，作有《哀江头》。是年四月，杜甫逃出长安，归往唐肃宗行在所在地凤翔。八月，杜甫因谏言战败的房琯无罪，被放还省亲，在家卧病数日，期间作有《北征》。安史之乱后期的上元二年（761），杜甫定居成都，在城西浣花溪畔建有草堂，生活较为安宁，作有《病橘》一诗。大历元年（766），由于蜀中军阀作乱，杜甫被迫再度漂泊，在夔州居住两年，作有《解闷》一诗。

《丽人行》描写了杨氏姊妹服装之华丽，饮食之珍贵，宾从之繁盛，以及杨国忠的盛气凌人。诗歌层层递进，写人写物，外表盛夸巨赞，内在句句讥刺。如"杨花雪落覆白蘋，青鸟飞去衔红巾。炙手可热势绝伦，慎莫近前丞相嗔"②。《哀江头》描绘了杜甫在曲江看到的落破宫城和新绿柳蒲，叙述了唐玄宗和杨贵妃在安史之乱中的生死变故，

---

① 《元稹集》，冀勤点校，中华书局1982年版，第601页。

② （清）彭定求：《全唐诗》，中华书局1960年版，第2260页。

抒发了作者期盼国家及早光复的心情。如"忆昔霓旌下南苑，苑中万物生颜色。昭阳殿里第一人，同辇随君侍君侧"①。《北征》是杜甫五言古诗中最长的一首，最后部分称赞了马嵬事变中陈玄礼的壮举，批判了杨贵妃，同时歌颂了唐肃宗的中兴之望。如"不闻夏殷衰，中自诛褒妲。周汉获再兴，宣光果明哲"②。《病橘》从柑橘的进贡不利联想到荔枝的劳民伤财，劝诫君王应当体量民间疾苦，减膳撤乐，不可再兴奢靡之风。如"忆昔南海使，奔腾献荔支。百马死山谷，到今耆旧悲"③。《解闷》本为十二首，最后四首借荔枝咏及杨贵妃，有感于贵妃与祸乱之关系，诗歌极具批判力，提醒当今天子勿重蹈覆辙。如"先帝贵妃今寂寞，荔枝还复入长安。炎方每续朱樱献，玉座应悲白露团"④。

　　杜甫对李杨故事的书写完全体现了"诗史"的精神。"诗史"的评价始见于孟棨的《本事诗》："杜逢禄山之难，流离陇蜀，毕陈于诗，推见至隐，殆无遗事，故当时号为'诗史'。"⑤后人对此种评价给予了高度的肯定和深入的挖掘，认为杜甫的诗歌运用春秋和史家笔法，承载一代之时事，呈现鲜明的写实风格，诚为唐诗之楷模。《丽人行》叙写杨氏兄妹的富贵，再现了长安宫廷文化的盛世气象和雍容华贵，从侧面反映出当时杨贵妃在宫中极高的地位，表达了在野文人对宰相杨国忠的不满，对朝廷隐患的担忧和预感。《北征》对马嵬事变的正面评价，显示当时的世人对于诛杀杨国忠和杨贵妃所持的肯定态度，不把这次事件当作叛逆行为，而当作清君侧的非常壮举。《病橘》说明了杨贵妃所食荔枝来自南海，并反映了安史之乱后社会经济所遭受的重创以及百姓生活举步维艰之景况。总之，杜甫用诗歌记录了李杨故事的诸多历史细节，从一名观察者的角度叙事，客观地反映历史现象，不仅描绘真实的场景细节，善于捕捉极具表现力和张力的意象，而且突出了典型人物的典型形象，能够显示人物精神面貌和反映事物的本质，使当时及后世读者感受到李杨故事的影响力。

---

① （清）彭定求：《全唐诗》，中华书局1960年版，第2268页。
② 同上书，第2276页。
③ 同上书，第2307页。
④ 同上书，第2517页。
⑤ 丁福保：《历代诗话续编》，中华书局1983年版，第15页。

从杜甫对李杨故事的书写中可以看出，杜甫对杨贵妃一直持批判态度。有学者认为，杜甫有同情杨贵妃的一面，前后情感矛盾："杜甫于至德二载（757）春作《哀江头》，今昔对比，同情杨贵妃，感慨王、妃生死离别的爱情悲剧。半年之后，杜甫作《北征》，却义正词严地'不闻夏殷衰，中自诛褒妲'，将杨贵妃比作祸国的褒姒、妲己。"① 其实不然，《哀江头》诗中的"昭阳殿里第一人，同辇随君侍君侧"一句，浦起龙注曰："《汉书》：飞燕女弟绝幸，为昭仪，居昭阳殿。按：此以比贵妃。"② 赵飞燕为汉代有名的宠妃和祸女，受大司马王莽所迫自尽，这与杨贵妃的遭遇非常相似，结合"血污游魂归不得"一句，杜甫以赵飞燕类比杨贵妃表明杜甫没有包含同情之意，反而具有婉讽之意。从《丽人行》的暗讽到《解闷》的明谏，杜甫对杨贵妃的态度是一以贯之的，分别批判其豪奢、迷君、祸国、劳民，这种态度直接影响了中晚唐诗歌对李杨故事的取舍视角。一些诗人继承了批判杨贵妃的笔调，继续对其"褒妲"的形象进行讽谕；另一些诗人则继承写史的传统，通过咏史劝诫君王。

第三节　王建：绘景怀旧

王建为中唐诗人，擅长创作乐府诗，以《宫词》最为出名。王建的诗歌丰富多样，通俗流畅，描写细腻，被闻一多先生归为长庆间诗坛动态中"三个较有力的新趋势"③ 之一。根据卞孝萱和乔长阜对王建生平的考证，王建生于大历元年（766），少年在长安附近度过，34 岁以前生活困顿，科举不中，遂多隐居于山林。34—48 岁，王建从军 13 年，曾出征一次，出使两次，游历大江南北，充实了生活，开阔了视野。48 岁以后，他定居长安，任昭应县丞、太府寺丞、陕州司马等职务。这一时期，宫廷生活成为他关注的焦点之一，写有《宫词一百首》。约在大和六年（832），王建卒，享年 66 岁左右。纵观王建生平，

---

① 罗英华：《唐宋时期杨贵妃题材文学研究》，2007 年复旦大学博士学位论文。
② （清）浦起龙：《读杜心解》，中华书局 1961 年版，第 248 页。
③ 闻一多：《唐诗杂论》，上海古籍出版社 2006 年版，第 31 页。

沉沦下僚和生活贫苦是主要部分，这使他能够接触平凡的百姓生活，体察现实的残酷，因而他的乐府诗表现了劳苦大众以及民风民俗，展示了下层宫女的生活和情感。

王建对李杨故事的书写主要是围绕华清宫而创作的。元和九年（814），王建在好友的引荐下被任命为昭应县丞，官职虽卑俸禄虽薄，但好在轻松自在。他在此任上游览了不少地方，留下许多诗篇，其中就包括《温泉宫行》《华清宫感旧》《晓望华清宫》《华清宫前柳》等描写华清宫的诗篇。华清宫在天宝年间就划归昭应县。天宝年间，唐玄宗为了扩建华清宫，扩大供养土地，把华清宫所在地新丰县并入会昌县，改名为昭应县。《新唐书·地理志》载："天宝元年更骊山曰会昌山。三载，以县去宫远，析新丰、万年置会昌县。六载，更温泉曰华清宫。宫治汤井为池，环山列宫室，又筑罗城，置百司及十宅。七载省新丰，更会昌县及山曰昭应。"① 所谓近水楼台先得月，面对今日之华清宫，王建不由想起昔日唐玄宗和杨贵妃的欢声笑语，这里既是李杨爱情的温床，又是荒淫误国的见证。王建的诗歌描写华清宫的景色，回忆李杨故事，用遗迹寺观巧妙地链接起今朝和往事，在白描和轻语中暗露出对唐玄宗的讽刺。

《温泉宫行》通过叙述宫女和梨园弟子的生活和遭遇，反映安史之乱前后宫廷内部的急剧变化，人们所受影响之深大。如"禁兵去尽无射猎，日西麋鹿登城头。梨园弟子偷曲谱，头白人间教歌舞"②。《华清宫感旧》前半部分矛头直指行宫的主人唐玄宗，批判其骄奢淫逸荒淫误国，后半部分虚拟唐玄宗和杨贵妃的到来，抒发对李唐王朝由盛转衰的感叹。如"公主妆楼金锁涩，贵妃汤殿玉莲开。有时云外闻天乐，知是先皇沐浴来"③。《霓裳词十首》是宫词，描画了梨园弟子在唐玄宗指导下演奏《霓裳羽衣曲》时的情景，表达诗人对盛唐的回忆，如"弟子部中留一色，听风听水作霓裳。散声未足重来授，直到床前见上皇"④。王建后来的大型七绝组诗《宫词百首》实际上是对这种创作形

---

① （宋）欧阳修、宋祁：《新唐书》，中华书局1975年版，第962页。
② （清）彭定求：《全唐诗》，中华书局1960年版，第3375页。
③ 同上书，第3403页。
④ 同上书，第3425页。

式的发展。《过崎岫宫》《晓望华清宫》《宫前早春》和《华清宫前柳》从华清宫的破败荒凉写出了历史深刻的变迁，唐王朝不可挽回的衰落之势，语言通浅委婉，直白口语，讽谕之意隐含其中。

王建对李杨故事的书写主要通过华清宫来表现，从描绘宫殿到描绘宫殿里的人，从刻画华清宫的主人到仆人，展现了华清宫与李杨故事的互动关系。王建能够如此细腻地品味华清宫，自然是由于他在任昭应县丞五年期间对华清宫细致入微的观察和体认。同时，王建继承了古乐府的风格，致力于文艺的社会教化功能，主张"大雅"的诗歌传统，但也有自己的突出特点，即反映下层宫人的生活。总之，王建的诗歌通俗易懂，用简单的意象、平白的语言展现了华清宫的变化，而且他开辟了李杨故事诗歌题材的新变化，把宫女和梨园弟子摄纳入诗，从平民的角度看待李杨故事，拓展了人物和内容。

第四节　白居易：以情动人

白居易是中唐负有盛名的文学家。白居易的诗歌，题材广泛，言语平易，务实尚俗。《长恨歌》是白居易的代表作之一，该诗以宏伟的叙事，优美的笔致，真情的抒发，成为李杨故事诗歌的经典之作。唐宣宗曾在《吊白居易》诗中云："童子解吟长恨曲，胡儿能唱琵琶篇。"①白居易的《长恨歌》历来研究者众多，但仅仅关注于作品的主题，而通过《长恨歌》研究白居易本人者甚少。一部作品的产生是作者由内而外作用的结果，所以《长恨歌》的字里行间皆透露出白居易本人的性格特征、内心世界、审美趣尚以及对历史的取舍视角，在李杨故事中所领悟的道理。

《长恨歌》之所以能够成为家喻户晓的旷世名篇，内在是源于白居易对李杨故事的深刻理解和全面把握，这体现在三个方面。第一，《长恨歌》的意象非常完备，把李杨故事涉及的所有人物、场景、物品等都进行了诗意的书写，转化为一个个令人难忘的意象，如"温泉水滑洗凝脂""翠翘金雀玉搔头""七月七日长生殿"等，这是其他李杨故

① （清）彭定求：《全唐诗》，中华书局1960年版，第49页。

事唐诗所不能及的。第二,《长恨歌》情节离奇。从诗歌的一开始,在世人眼中的"祸女"杨贵妃就以"初长成""人未识"的清纯形象出场,这在中晚唐对杨贵妃的书写中独树一帜。更为人称道的是,诗歌与道教相结合,在后半部分利用仙境再现杨贵妃,如梦如幻的仙境重逢满足了很大一部分人对杨贵妃后来去向的好奇心理。第三,白居易抓住了李杨故事的核心——爱情。唐诗对李杨故事的书写以讽谕为主,书写爱情的为数甚少。而《长恨歌》对李杨爱情的同情、赞美胜过讽谕,在篇幅上李杨爱情的描写占主要部分,在主题上则是表现恨由爱生。白居易通过描写李杨之间的爱情悲剧,引起了人们对李杨爱情的共鸣。如《长恨歌》结尾句"在天愿作比翼鸟,在地愿为连理枝。天长地久有时尽,此恨绵绵无绝期"[①] 道尽了天下有情人的感受和夙愿,这使得李杨爱情故事更为持久地深入了人们的内心世界。

白居易在《长恨歌》中以情贯之,他对李杨爱情的理解已经超越了封建礼教和世俗观点,从情感方面加以肯定。这种突破性的创作,与白居易自己的成长环境、情感经历以及创作《长恨歌》时的背景是分不开的。

首先,白居易的父母之婚有舅甥婚配说,而舅甥婚配在唐代是明令禁止的。陈寅恪论道:"乐天先世本由淄青李氏胡化藩镇之部属归向中朝。其家风自与崇尚礼法之山东士族迥异。如其父母之婚配,与当日现行之礼制及法典极相戾,即其例也。"[②] 白居易在有违世俗的家庭中长大,对爱情的看法必然与他人不同,其父母的做法让白居易与生俱来就内含一股反抗封建婚礼的力量。在面对乱伦的李杨之恋时,白居易选择了忽视;在面对乱国的唐玄宗时,白居易选择了理解;在面对乱世的杨贵妃时,白居易选择了风情。因此,白居易一改前人对李杨故事批判的看法,以情为重,冲出历史的漩涡,在艺术上得到了升华。

其次,从《长恨歌》可以看出白居易对于爱情的理解非常深刻,爱与恨是不分离的,有爱才有恨,有恨才有情。爱未必真爱,恨未必真恨,爱恨交替是至情之理。李杨故事也许并不是那么爱恨纠缠,但在白

---

① 朱金城:《白居易集笺校》,上海古籍出版社 1988 年版,第 661 页。
② 陈寅恪:《元白诗笺证稿》,三联书店 2001 年版,第 325 页。

居易看来爱与恨是故事的主线，因为他自己就有爱恨离别的经历。白居易曾爱上过一位名叫湘灵的姑娘，然而家庭的阻挠和命运的捉弄使白居易痛失这位心上人，白居易曾写过多首诗来回忆这位姑娘和祭奠这段爱情。《冬至夜怀湘灵》云："艳质无由见，寒衾不可亲。何堪最长夜，俱作独眠人！"① 正是由于白居易对爱情有深刻的认识和理解，《长恨歌》才能以情取胜，而《长恨歌》中对爱情的认同和礼赞，也反映出白居易的情爱观。湘灵对白居易的"长恨"，杨贵妃对唐玄宗的"长恨"，都是恨，都是爱，也都是情。

最后，白居易创作《长恨歌》时的背景也起着重要作用。《长恨歌》创作于元和元年（806），这年的白居易被授盩厔尉，再度步入仕途，但35岁的他仍未结婚，感情世界未有着落。婚姻成为眼下需要解决的问题，白居易对未来妻子和情感生活必然有一定的设想，因而"情"是白居易此时思想中重要的组成部分。再来看《长恨歌》的创作机缘，《长恨歌传》载："太原白乐天自校书郎尉于盩厔，鸿与琅邪王质夫家于是邑，暇日相携游仙游寺，话及此事，相与感叹。质夫举酒于乐天前曰：'夫希代之事，非遇出世之才润色之，则与时消没，不闻于世。乐天深于诗、多于情者也，试为歌之如何？'"② 陈鸿是唐代传奇作家，志在写史，自然对李杨故事的来龙去脉非常熟悉，讲述起来必定绘声绘色，中间夹杂不少传说和野史。王质夫是个修道求仙之人，对于仙界人事颇有了解，对曾经入道的杨贵妃死后的情况或许有个人的想象。因此，正处情感寻觅期的白居易，在与陈鸿、王质夫探讨李杨故事后创作《长恨歌》时，不可能不受到两人的影响，所以《长恨歌》既有类似小说文体的叙事结构，又有诗情画意的情感描写，还有似真似假的情节设计。

对于同一人物杨玉环，白居易在《长恨歌》中，以民间流传的故事为线索，借助于历史的影子和他天才的想象力，把一个封建文人普遍认为是亡国祸水的杨贵妃描绘成一个对爱情富有幻想、生死不渝、内心纯洁、外貌美丽的感人形象。然而，白居易在其新乐府诗《胡旋女》

① 朱金城：《白居易集笺校》，上海古籍出版社1988年版，第760页。
② 同上书，第658—659页。

中，却表露了另一种与此相悖的意识："中有太真外禄山，二人最道能胡旋。梨花园中册作妃，金鸡障下养为儿。禄山胡旋迷君眼，兵过黄河疑未反。贵妃胡旋惑君心，死弃马嵬念更深。从兹地轴天维转，五十年来制不禁。胡旋女，莫空舞。数唱此歌悟明主。"① 很显然，在这首诗中，白居易并未对杨贵妃的优美舞姿进行丝毫赞美。帝妃之间不仅没有真正的爱情可言，而且明白无误地把两人的共同爱好说成是杨贵妃用来迷惑君心的手段。"数唱此歌悟明主"之"悟"的内涵是什么呢？这么一个善用手段迷惑君心的"尤物"，明主还是离她远一点的好，以免给国家和人民带来灾难。这里没有两人之间的相互爱慕和思念之情。毫无疑义，在这首诗中，诗人对李杨及其爱情是持一种否定态度的。

在《长恨歌》和《胡旋女》中作者何以会对同一人物持两种对立相左的观点呢？"作家的审美情感活动和审美表象活动是在直觉的基础上同时进行的。但审美情感活动以直觉获得的映象来满足作家的自身需要，更多地侧重在主观理想表现方面。而审美表现活动则以作家的自身经验来补充直接获得的映象，更多地侧重在客观现实再现方面。"② 作为创作主体的作家在表达情和塑造艺术形象时都与自身需要和自身经验紧密相连。白居易在《长恨歌》中塑造杨妃形象时也渗透进了很多"自身需要"和"自身经验"的东西。《长恨歌》中李杨的美好爱情不能长久拥有的悲伤之感与作者自身的爱情经历和由此所引起的领悟有很大关系。由于对自身爱情经历的感悟和体认，也因诗人关心民情，善于观察、思考现实中存在的问题，白居易在其《新乐府》中对妇女受迫害、被凌辱的痛苦遭遇表示了深切的关怀与同情。他在《太行路》中发出了"人生莫作妇人身，百年苦乐由他人"③ 的沉痛呼喊，高度概括了封建社会里妇女的共同命运和时代悲剧。宫女问题是封建王朝制度下十分敏感的问题，白居易对宫女的悲惨处境同样表达了无限的同情，如《上阳白发人》。当我们诵读着"秋夜长，夜长无寐天不明。耿耿残灯背壁影，潇潇暗雨打窗声。春日迟，日迟独坐天难暮。宫莺百啭愁厌

---

① 朱金城：《白居易集笺校》，上海古籍出版社 1988 年版，第 162 页。
② 张孝评：《文学概论新编》，西北大学出版社 1997 年版，第 153 页。
③ 朱金城：《白居易集笺校》，上海古籍出版社 1988 年版，第 171 页。

闻，梁燕双栖老休妒。莺归燕去长悄然，春往秋来不记年。唯向深宫望明月，东西四五百回圆。今日宫中年最老，大家遥赐尚书号。小头鞋履窄衣裳，青黛点眉眉细长。外人不见见应笑，天宝末年时世妆。上阳人，苦最多。少亦苦，老亦苦，少苦老苦两如何"①诗句时，我们仿佛听到了宫女的低声泣诉，感受到她那痛彻肺腑的幽怨。诗篇真实地揭露了封建帝王葬送千万名年轻宫女一生幸福的罪恶，显示出作者可贵的人道主义思想。《陵园妾》同为写宫女之作，描写一个"因谗得罪配陵来"的陵园妾，一生的岁月被禁锢在死人棺材旁边的灰暗生活："陵园妾，颜色如花命如叶。命如叶薄将奈何，一奉寝宫年月多。年月多，时光换，春愁秋思知何限？……山宫一闭无开日，未死此身不令出。松门到晓月徘徊，柏城尽日风萧瑟。松门柏城幽闭深，闻蝉听燕感光阴。眼看菊蕊重阳泪，手把梨花寒食心。把花掩泪无人见，绿芜墙绕青苔院。四季徒支妆粉钱，三朝不识君王面。"②整个诗篇表达了陵园妾含血带泪发自肺腑的对皇权的控诉。

白居易还写有一批关怀广大劳动妇女的诗篇。《母别子》描写一妇女因丈夫得到高官厚赐后，就在商业繁华的洛阳挑选了如花美貌的新人，进而抛弃结发妻子。"迎新弃旧未足悲"，更可哀的是"使我母子生别离"③，这是为人母者难以忍受的最大打击与精神折磨。可以认为此诗概括了封建社会许多做母亲者的不幸命运。在《井底引银瓶》一诗中，诗人描写了一对在封建礼教压抑下痴男怨女的不幸。男方指着山上的松柏海誓山盟，表示对爱情忠贞不二。女子深信不疑，不顾一切地跟他私自结合。但这种自由恋爱结成的婚姻却不为封建礼教所容，这类女子根本没有资格主持祭祀，这就意味着男方家庭根本不承认他们婚姻的合理性。为此，女子痛悔不已："为君一日恩，误妾百年身。"诗人在篇末告诫说"寄言痴小人家女，慎勿将身轻许人"④，表现出对这类女子的由衷同情。本诗"止淫奔"的创作宗旨反映了白居易作为封建士大夫的局限性。但在封建社会，诗人的这种"寄言"又何尝不是为

---

① 朱金城：《白居易集笺校》，上海古籍出版社1988年版，第156页。
② 同上书，第238—239页。
③ 同上书，第229页。
④ 同上书，第246页。

女子设想，以免到头来自受其苦。

对女性同情的态度和心态在《琵琶行》中表现得最为突出、感人。诗中的两个中心人物，一个是遭谗受贬谪居江州的诗人自己，一个是飘漂零憔悴、流落江湖的长安歌妓。在浔阳江头，琵琶语里，他们的激愤和哀怨，他们对人生世事终难料定的感受何其相似！诗人"同是天涯沦落人，相逢何必曾相识"① 的感叹，是为自己因忠遭斥的不公平遭遇而难过、愤懑，也是为这位被压迫、被侮辱和被损害的弱女子的悲叹。琵琶女经历了昔欢与今苦、绚烂与凄凉、激赏与失落的种种遭遇，诗人则经历了效忠与见弃、荣宠与贬斥、担待与失迷的种种感受，琵琶女与诗人是同病相怜、彼此映衬、你中见我的结构关系。是故，陈寅恪先生在《元白诗笺证稿》中云："（《琵琶引》）既专为此长安故倡女感今伤昔而作，又连缩己身迁谪失路之怀。直将混合作此诗之人与此诗所咏之人，二者为一体。真可谓能所双亡，主宾俱化，专一而更专一，感慨复加感慨。"②

以上是白居易同情女性的诸多方面的具体表现，显示了诗人进步性的女性观。白居易具有同情女性之心，并写了很多同情女性且情感真挚的诗作，那么他又何以在《胡旋女》《李夫人》中对杨贵妃进行讽刺呢？这就需要从作者的政治理想和政治抱负上分析了。

诗人虽然是位"多于情"的骚客，但他又是一个特定的封建社会中的"政客"。从小受传统文化的影响、教育，儒家思想和伦理道德在其头脑中应该说是根深蒂固的。从其主导思想来看，儒家的"穷则独善其身，达则兼济天下"是其"奉而始终之"的信念。他说："仆虽不肖，常师此语。"又说："仆志在兼济，行在独善。奉而始终之则为道，言而发明之则为诗。谓之讽谕诗，兼济之志也。"③ 可见这一思想支配了他的政治态度，而这也就决定了其政治思想具有明显的宗经从儒的强烈色彩。加之他生活在内乱频仍、民不聊生的中唐时代，又亲历衣食不继、寄人篱下的不幸遭遇，因此，他对改革朝政有着迫切的愿望。中唐

---

① 朱金城：《白居易集笺校》，上海古籍出版社 1988 年版，第 686 页。
② 陈寅恪：《元白诗笺证稿》，三联书店 2001 年版，第 49 页。
③ 朱金城：《白居易集笺校》，上海古籍出版社 1988 年版，第 2794 页。

独特的历史背景催化形成白居易早期济世救时的非凡抱负，切盼辅佐最高统治者以挽救日益衰微的大唐帝国，实现其社会理想，减轻人民疾苦，使百姓安居乐业。这种关心现实的入世思想，虽是儒家传统观念，但在当时历史条件下却无疑是进步的，有其积极意义。

受此政治理想的支配，白居易在创作理论上明确主张诗歌必须为政治服务，必须担负起"补察时政""泄导人情"① 的政治使命，从而达到"救济人病，裨补时阙"② "上下交和，内外胥悦"③ 的政治目的。他响亮地提出了"文章合为时而著，歌诗合为事而作"④ 的口号。所谓"为时而著""为事而作"，也就是"为君、为臣、为民、为物、为事而作"⑤。与此同时，他进一步阐明了自己创作诗歌的努力方向和具体做法："欲开壅蔽达人情，先向歌诗求讽刺！"⑥ 很显然，他的这些积极的于民有利的主张，其最终目的还是为统治阶级服务的。况且在白居易身上，对儒家"明君贤臣"的政治理想怀有深深的期待。在这种政治观念的支配下，他把实现政治理想的希望寄托于开明的"圣主"和忠贞的"贤臣"身上，通过忠君尊王、崇尚礼法、振兴五伦、选贤授能以巩固封建统治秩序。所以当他看到历代的美女对明君治理朝政有影响时，就写诗进行美刺讽谕。事实上，这正是诗人在《胡旋女》《古冢狐》中对美艳绝伦的政治女性进行讽刺的原因所在。显然，这种女性祸水论的观点显示了作者思想的局限性。

诗人这种矛盾的观点在新乐府诗《李夫人》中显得更为集中、突出。汉武帝思念李夫人，令"丹青写出"其像，"又令方士合灵药"招其魂、引其魄。对此，白居易不无动容、动情地咏叹道："伤心不独汉武帝，自古及今皆若斯。……又不见，泰陵一掬泪，马嵬坡下念杨妃。纵令妍姿艳质化为土，此恨长在无销期。"结尾处诗人流露出另一番苦心："生亦惑、死亦惑，尤物惑人忘不得。人非木石皆有情，不如不遇

---

① 朱金城：《白居易集笺校》，上海古籍出版社 1988 年版，第 2790 页。
② 同上书，第 2792 页。
③ 同上书，第 3551 页。
④ 同上书，第 2792 页。
⑤ 同上书，第 136 页。
⑥ 同上书，第 263 页。

倾城色！"①他认同人有痴情的合理性，但若给帝王造成如此的伤痛以至于生死难忘而影响朝政时，还不如不遇的好。这是一种承受不起这种浓厚感情的逃避和拒绝。

由此可以看出，白居易对女性的观点是矛盾的，当他以人的真性情去看待、理解女性时，则持一种同情、尊重的观点，如杨贵妃悲剧性的爱情遭遇，女工的劳苦，弃妇与宫女的悲苦等。这些诗都写得符合人的正常情理，很感人，所以其审美价值就相对要高；当他的文笔涉及那些与君王、政治乃至国家兴亡有关的女性时，则持一把美刺的利剑予以无情挞伐。类似对待女性的态度不仅是作者作为封建文人在认识上不可避免存有的局限，也是他的这种诗歌必须为政治服务的创作理论所带来的必然的负面影响。这些诗类说教，有空洞无力之嫌，审美价值自然欠高。

第五节　张祜：玄宗遗恨

张祜，字承吉，有"海内名士"之誉。张祜以宫词和咏史诗出名，其诗风沉静雄浑，裁思精利，体现了中晚唐哀伤的情绪。张祜推崇韩愈、遵从李杜，并兼有白居易之俚俗，也受老庄和禅宗思想影响。张祜性情孤傲，放纵不拘，因而仕途不顺，屡受荐却不被重用，且受到元稹的排挤。《唐摭言》卷11载："上因召问祜之辞藻上下，稹对曰：'张祜雕虫小巧，壮夫耻而不为者，或奖激之，恐变陛下风教。'上颔之，由是寂寞而归。"②在备受打击之后，张祜游历各地，咏史怀古，终老丹阳。

张祜关于李杨故事的诗歌有21首，在其宫词数量中占近一半，分别为《南宫叹亦述玄宗追恨太真妃事》《华清宫和杜舍人》《连昌宫》《春莺啭》《邠王小管》《宁哥来》《折杨柳枝二首》《华清宫四首》《集灵台二首》《阿鸻汤》《马嵬坡》《太真香囊子》《雨霖铃》《马嵬归》《玉环琵琶》《散花楼》。张祜对李杨故事的书写特点在于重点刻画

---

① 朱金城：《白居易集笺校》，上海古籍出版社1988年版，第237页。
② 姜汉椿：《唐摭言校注》，上海科学院出版社2003年版，第226页。

了唐玄宗的形象——一个思念杨贵妃悔恨马嵬坡的重情重义之人。如《南宫叹亦述玄宗追恨太真妃事》写道:"北陆冰初结,南宫漏更长。何劳却睡草,不验返魂香。月隐仙娥艳,风残梦蝶扬。徒悲旧行迹,一夜玉阶霜。"① 《华清宫四首》(其四)写道:"水绕宫墙处处声,残红长绿露华清。武皇一夕梦不觉,十二玉楼空月明。"② 《雨霖铃》写道:"雨霖铃夜却归秦,犹见张徽一曲新。长说上皇和泪教,月明南内更无人。"③ 诗歌写出了一个思念贵妃无法入睡的唐玄宗形象,在唐诗对李杨故事的书写中特点鲜明。唐玄宗在马嵬事变中抛弃贵妃,对这一举动有的诗人大力赞扬,如杜甫;有的诗人深感无奈,如白居易。但总体而言,赞成者居多,很少有人体会其中的辛酸,更少有人描写唐玄宗失去杨贵妃后的感情生活。张祜的诗歌填补了这一空白,把唐玄宗深居宫中无知己的痛楚和寂寞表现了出来,大大丰富了唐玄宗的形象,也使世人从个人情感的角度去解读李杨故事,去看待一个君王的私人空间。宋洪迈《容斋随笔》云:"唐开元、天宝之盛,见于传记、歌诗多矣,而张祜所咏尤多,皆他诗人所未尝及者。……《阿𪃏汤》、《雨霖铃》、《香囊子》等诗,皆可补开天遗事,弦之乐府也。"④ 昔日繁华富丽的华清宫,如今却是景色萧条。曾经是华清宫主人的杨贵妃也随着兵变而香消玉殒,只剩下了寂寞的唐明皇。可以想象,唐玄宗对杨贵妃的思念之情,他们因为乐曲而相知相惜,如今没有了相知之人,其寂寥空无之情令人想见。

张祜对唐玄宗形象的重视,源于他复杂的文学传承和社会心态。首先,张祜的宫词明显受到王建宫词的影响,以写实的笔法尽道唐代宫廷禁事,唐玄宗作为宫廷的主人自然在宫词中占据了不小的位置。但与王建对李杨故事的书写相比,张祜的宫词具有历史情绪和深远意味,在表现唐玄宗宫廷生活孤独寂寞的同时也包含了深深的反思。其次,张祜接受了贾岛思致清苦的文学观念,在创作时讲究炼字,意象使用上深细幽微,因而在对待李杨故事时会把苦苦思念的唐玄宗作为诗歌咏吟对象,

---

① (清)彭定求:《全唐诗》,中华书局1960年版,第5814页。
② 同上书,第5841页。
③ 同上书,第5844页。
④ (宋)洪迈:《容斋随笔》,上海古籍出版社1996版,第123页。

透过凄凉的意象传达阵阵悲苦，表达作者愁苦的心态。第三，张祜作为中晚唐诗人，对盛唐的向往之情非常强烈，加之他仕途坎坷，不受重用，非常希望遇到一位能够赏识自己的君王，因此对广纳贤才而闻名的唐玄宗情有独钟。张祜表现唐玄宗失去知己的寂寞，其实也流露了自己不被看重、任人舍弃的孤苦情怀。

第六节　杜牧：政治理性

杜牧，字牧之，号樊川居士，是晚唐著名的诗人和政论家。杜牧出生于豪门望族，祖父是宰相杜佑。由于书香门第的熏陶，杜牧从小便才华横溢。杜牧生活在晚唐内忧外患时期，对藩镇割据极为不满，然而又无能为力，经历过"甘露之变"后，长期外任，直至终老。杜牧著有《樊川文集》，以七绝著称，内容以咏史抒怀为主，诗风俊朗秀拔，以小见大，精致豪迈。

杜牧对李杨故事的书写均以华清宫为题，约有《华清宫三十韵》《过华清宫绝句三首》《华清宫》《经古行宫》六首诗。《过华清宫绝句三首》重点讽刺了唐玄宗宠溺杨贵妃，放纵安禄山，造成安史之乱。如其三云："万国笙歌醉太平，倚天楼殿月分明。云中乱拍禄山舞，风过重峦下笑声。"①《华清宫》却同情唐玄宗痛失爱妃，寂寞孤单，表现唐玄宗饮恨自责的心情："零叶翻红万树霜，玉莲开蕊暖泉香。行云不下朝元阁，一曲淋铃泪数行。"②《华清宫三十韵》可以说是《长恨歌》的翻版，不过以唐玄宗为主线，先说唐玄宗的功绩，国富民强，后说唐玄宗沉溺歌舞，好大喜功，再说安史之乱，逃亡复国，最后感叹历史沧桑。如"玩兵师汉武，回手倒干将。鲸鬣掀东海，胡牙揭上阳。"③ 这首诗歌的特点是以唐玄宗的功过得失为主线，既有赞扬，又有批判，还有同情，明显不同于《长恨歌》以唐玄宗和杨贵妃为并行主线的叙事结构。杜牧对李杨故事的书写虽不多，但句句精彩，推陈出新。

---

① （清）彭定求：《全唐诗》，中华书局1960年版，第5954页。
② 同上书，第6004页。
③ 同上书，第5950页。

自白居易后，诗人对李杨故事的书写多停留在情感上，杜牧却以理性的姿态来看待李杨故事，不一味地批判，也不一味地同情，而以陈述历史和反思得失居多。杜牧不为李杨爱情所动，而以分析原因为重，这与杜牧的文学思想和政治视角是分不开的。

杜牧一向主张"本求高绝"的文学创造，其《献诗启》云："某苦心为诗，本求高绝，不务奇丽，不涉习俗，不今不古，处于中间。既无其才，徒有其奇，篇成在纸，多自焚之。"① 杜牧认为，做诗应当不遵从古体，不附和时风，具有独创性、新异性。杜牧对元白体的风情华美多有微词，在《唐故平卢军节度巡官陇西李府君墓志铭》中假借李戡之口表达了对元白的异议："尝痛自元和已来有元、白诗者，纤艳不逞，非庄士雅人，多为其所破坏。"② 杜牧排斥那些格调不高的作品，对以情为主的《长恨歌》当然有所看低。反观《华清宫三十韵》，诗中的李杨故事只是一段不寻常的往事，借助这段往事以夹叙夹议的手法对历史痕迹予以反思，发出兴亡盛衰之叹，或对国家，或对社会，或对个人，都表示出无比的担忧。纵观历史全局的高度俨然成为杜牧对李杨故事重新考量的起点，诗歌消除了儿女私情之柔，增添了文人潇洒之气，使李杨故事更加具有历史厚度和社会价值。

杜牧作为一名出色的政治家，看待李杨故事与文学家有几分不同。文学家看的是艺术，政治家看的是意义。杜牧将政治色彩带入李杨故事诗歌，用政治家的角度审视李杨故事，评价唐玄宗的得失。对此，明代的胡震亨评价说："牧之诗含思悲凄，流情感慨，抑扬顿挫之节，尤其所长。以时风委靡，独特拗峭，虽云矫其流弊，然持情亦巧矣。"③ 杜牧自幼生长在官宦之家，其祖父杜佑的政治作为是他所敬重的，杜佑所撰《通典》对杜牧的成长起了良好的政治教育作用。杜牧青年时期即表现出强烈的政治抱负，然而面对无力挽回的政治局面，他只能将世事的思考融入诗歌当中，表现出伤今的情调。正因如此，杜牧对李杨故事的书写把史实描写和政治考量紧密结合在一起，抒发伤时之情，且带有

---

① 杜牧：《樊川文集》，上海古籍出版社1978年版，第242页。
② 同上书，第137页。
③ （明）胡震亨：《唐音癸签》，古典文学出版社1957年版，第62页。

强烈的政论色彩。

第七节　李商隐：美人无罪

李商隐，字义山，号玉溪生，晚唐著名诗人。李商隐生活在唐朝濒临崩溃的时期，他反对藩镇割据，反对宦官专权，然而却不自觉地身陷牛李党争漩涡中，遭到各方排斥，辗转多个幕府，一生郁郁不得志。李商隐的诗歌婉转绵邈、辞藻秾艳、意韵深微，爱用冷僻典故，常以出人意表的词句和意境表现心灵图像，因而其诗给人的总体印象是凄艳浑融、腾挪转接、朦胧多义。

李商隐诗集中存有与李杨故事相关的诗有《华清宫》（天宝六载，改骊山温泉宫曰华清宫）、《华清宫》《马嵬二首》《骊山有感》《龙池》《过华清内厩门》《曲江》八首。李商隐对李杨故事的书写呈现出一致的感情倾向，即同情杨贵妃，鄙视唐玄宗，因而诗歌多为杨贵妃翻案。前人常把杨贵妃当作“褒姐”一类的祸女，将安史之乱的罪责扣在杨贵妃的头上，李商隐批判了这一观点，指出唐玄宗的骄奢自满是主因，杨贵妃只是一介妃子，不能也不应承担责任。李商隐甚至批评唐玄宗为己舍妃的忘情忘义，还首次表现了寿王的尴尬，集中讽刺了唐玄宗的乱伦失理、不仁不义。如《马嵬二首》云：

冀马燕犀动地来，自埋红粉自成灰。君王若道能倾国，玉辇何由过马嵬。

海外徒闻更九州，他生未卜此生休。空闻虎旅传宵柝，无复鸡人报晓筹。此日六军同驻马，当时七夕笑牵牛。如何四纪为天子，不及卢家有莫愁。①

又如《骊山有感》云：

骊岫飞泉泛暖香，九龙呵护玉莲房。平明每幸长生殿，不从金

---

① （清）彭定求：《全唐诗》，中华书局1960年版，第6177页。

舆惟寿王。①

再如《华清宫》云：

> 华清恩幸古无伦，犹恐蛾眉不胜人。未免被他褒女笑，只教天
> 子暂蒙尘。②

李商隐对李杨爱情突破性的看法，很重要的原因在于李商隐自己爱情的悲剧遭遇。第一次，李商隐与一位名叫柳枝的姑娘陷入爱河，此女活泼可爱开朗大方，而且仰慕李商隐的才学。然而，李商隐去往洛阳后，柳枝被迫嫁与他人，李商隐得知后深感惋惜，写下《柳枝五首》。第二次，李商隐在玉阳山修道时，遇见了一位精通音律的女道士，名叫宋华阳。两人兴趣相投，私自幽会，这样的举动违背封建礼教和道教清规，两人很快被发现，李商隐被驱逐下山，宋华阳被遣返回宫。第三次，李商隐在王茂元府上做幕僚，被王茂元看中，招为女婿，然而好景不长，王氏年纪轻轻便香消玉殒。李商隐一面思念爱妻，一面陷于牛李党争之中。总之，从李商隐爱情的悲剧可以看出他具有冲破封建思想的勇气，不会有红颜祸水的历史偏见。几次丧失爱情使李商隐渴望爱情，希望他人能够圆满，鄙视那些忘恩负义之人。因此，李商隐看重杨贵妃为爱牺牲的精神，看轻唐玄宗抛妻保命的为人。

唐代具有反思历史和批判自我的气度和勇气，晚唐时期的诗人又具有强烈的忧患意识，国家运命的衰竭他们看得一清二楚，社会的急剧变化和历史的使命意识深深地触动他们的灵魂。因此晚唐诗歌抨击时政往往直指君王，帝王的种种丑态和罪行得到了认真反思和深刻揭露。李商隐就是其中的代表诗人之一，他不仅对唐敬宗和唐武宗冷嘲热讽，还对唐文宗既讽刺又同情，并对唐宣宗旁敲侧击。而在李商隐看来，唐玄宗身为一国之君，本应重情重义，力挽狂澜，守护自己的爱人，但唐玄宗却忍痛割爱，实在令人痛惜。程梦星在赏析《骊山有感》时感慨道：

---

① （清）彭定求：《全唐诗》，中华书局1960年版，第6195页。
② 同上书，第6147页。

"唐人咏太真事多无讳忌，然不过著明皇色荒已耳。义山独数寿王，刺其无道之至，浮于《新台》，岂复可以君人！义山词极绮丽，而持义却极正大，往往如此，今人都不觉也。"[1] 李商隐对唐玄宗的挖苦和讽刺的背后其实是对时局的不满和痛心，苦心孤诣地书写李杨故事是用来警世和济世的，从李商隐所处的险象环生的政治环境中，亦可理解义山以史讽今、抨击时弊的良苦用心。

---

① 刘学锴、余恕诚：《李商隐诗歌集解》，中华书局 1988 年版，第 1513 页。

第十章

《长恨歌》及李杨题材
唐诗的文学影响

真挚的爱情是人人都向往拥有的，正因如此，李杨故事才会自其产生之日起就具有强大的生命力。唐诗将李杨故事带到了文学的殿堂，其后的宋词、元曲和明清小说都有取材于李杨故事的佳作出现，都体现出了独特的时代特征。白居易的《长恨歌》以及其他优秀的诗作使得李杨故事家喻户晓，李杨之间的爱情故事激荡着一代又一代多愁善感的文人的心灵。一代有一代之文学，随着时间的推移，关于李杨故事的文学作品层出不穷。这些不同体裁的作品虽然表现出各自不同的艺术特色和文学成就，但都与唐诗对李杨故事的书写有着或多或少的联系。

第一节 唱词对李杨题材唐诗的接受及新变

李杨故事流传到宋代，自然有新的变化，而变化源自对传统的继承。唐诗已经将李杨故事叙述和刻画得十分严整完好了，宋代文学想要再有所突破并非易事，但词的兴盛却将李杨故事的书写引向了新的方向，即世俗化。没有了动乱之痛，没有了中兴之望，对待李杨故事，唱词必须在唐诗的基础上走出一条新路。

一 "以诗为词"

唐诗叙写李杨故事，以其华丽辞藻、巧妙布局和动人情感，成功塑造了唐玄宗和杨贵妃的艺术形象，为后世所乐见传诵。宋代文人在重写李杨故事的过程中，普遍对唐诗的题材、典故、意象、风格等予以接受，明显具有"以诗为词"的特点。具体表现为以下三个方面。

首先是意象的运用。唱词所咏的李杨故事所用意象都是从唐诗关于李杨故事的书写中继承过来的，呈现的事象和含义都是一致的。如无名氏的《南歌子》词云："小小生金屋，盈盈向凤帏。斜枝石竹绣罗衣，为怕春来风日、卷帘稀。金殿承恩久，兰堂得梦回。熏炉空惹御香归，今夜花前还是、日平西。"① 这首词从头到尾，意象的生成和组合完全是按照李白的《宫中行乐词》而作，可以说是对李白诗作的一种翻版改写。

其次是用典。把唐诗中的典故直接应用到唱词中去，扩展词的历史内涵。如晁补之的《夜合花·和李浩季良牡丹》词云："对沈香、亭北新妆。记清平调，词成进了，一梦仙乡。"② 把李白《清平调》的典故放入词中。又如贺铸《翦朝霞·牡丹》词云："云弄轻阴谷雨干，半垂油幕护残寒。化工著意呈新巧，翦刻朝霞钉露盘。辉锦绣，掩芝兰，开元天宝盛长安。沈香亭子钩阑畔，偏得三郎带笑看。"③ 这首词直接活用了诗句。

最后是主题。唐诗对于李杨故事的主要基调是讽谏，讽李杨爱情的骄奢，谏后世之君。部分唱词将这一主题继承下来，用词抒情言志。如李纲的《雨霖铃·明皇幸西蜀》词云："蛾眉修绿，正君王恩宠，曼舞丝竹。华清赐浴瑶甃，五家会处，花盈山谷。百里遗簪堕珥，尽宝钿珠玉。听突骑、鼙鼓声喧，寂寞霓裳羽衣曲。金舆远幸匆匆速。奈六军不发人争目。明眸皓齿难恋，肠断处、绣囊犹馥。剑阁峥嵘，何况铃声，带雨相续。谩留与、千古伤神，尽入生绡幅。"④ 词的主题依然是讽谏。

诗词同源，将诗的表现手法移植到词当中，使词也能够言志载物，突破了乐曲对词的束缚限制。但这种方法仅仅将李杨故事从一种文学形式转化为另一种文学形式，而没有增加李杨故事新的文学内涵。

---

① 唐圭璋：《全宋词》，中华书局 1999 年版，第 4367 页。
② 同上书，第 721 页。
③ 同上书，第 645 页。
④ 同上书，第 1168 页。

二 唱词对李杨题材唐诗的新变

唱词的传播为李杨故事的书写带来了巨大的变化,从而摆脱了唐诗对李杨故事书写所带来的巨大影响。首先,从诗歌文字传播变成了词作演唱传播,即从书面传播变成了口头传播。唐代对李杨故事的书写多是以诗歌文字的形式表达作者的情感和思想,而唱词通过歌妓的演唱把优美声乐和华丽舞蹈融合起来,把李杨故事表现得更为形象直观,大大增加了观赏度,有利于作者情绪的表达和受众的接受。其次,扩大了李杨故事的传播范围。李杨故事作为朝廷内部事物,是处于社会上层的文人咏诵的对象,百姓对之知之甚少。而唱词的传播是百姓喜闻乐见的形式,使百姓也能接触到李杨故事,直接扩大了李杨故事的传播范围。最后,通过传播,对李杨故事的认识逐渐趋同。词人通过对李杨故事的咏诵表达了各自不同的见解和情感。但在唱词传播的作用下,歌妓在不同文人之间演唱,李杨故事也在不同文人之间书写,文人之间通过歌妓演唱相互交换意见,接受对方的看法,使大家能够形成统一的共识。以柳永的《柳腰轻》为例,词云:

> 英英妙舞腰肢软。章台柳、昭阳燕。锦衣冠盖,绮堂筵会,是处千金争选。顾香砌、丝管初调,倚轻风、珮环微颤。乍入霓裳促遍。逞盈盈、渐催檀板。慢垂霞袖,急趋莲步,进退奇容千变。算何止、倾国倾城,暂回眸、万人肠断。①

柳永的词作是歌妓们争着想要得到的作品,是当时的热门。这首词主要描绘了杨贵妃霓裳羽衣舞的优雅姿态,举手投足间的妩媚动人,使人销魂难忘。试想,在音乐声中,歌妓翩翩起舞,演唱着幽柔的曲调,把这本就十分温婉的词作演绎得更加扣人心弦,比之停留在书面的诗歌更易使人接受自是不言自明的。唱词依附的演唱形式与诗歌朗诵不同,演唱更容易抒发情感。音乐打破了文化之间的界限,使李杨故事不再局限于文字的理解,增添了多元素的艺术感受。随着宋代都市文化的迅速

---

① 唐圭璋:《全宋词》,中华书局1999年版,第20页。

发展，酒馆妓楼成为文人墨客主要的娱乐场所，这不仅促进了宋词的发展，而且使得宋词的文学传播作用进一步扩大。宋朝鼓励官员文人饮酒作乐，消磨他们可能生出的异志，使他们较少参与政治，把精力消耗在歌妓舞乐当中。文人将词作作为一种消遣送于歌妓，歌妓演唱词作博得青睐并维持生计，这样就形成了歌妓与文人的互动模式。因而宋词传播的主要媒介是歌妓的演唱，主要场所是酒馆宴席。词作通过歌妓的演唱传播给了更多的人群，文人官吏、平头百姓，都成为宋词传播的接受者。诗歌的传播依靠的是印刷，文人是分散群体，各自存在于不同的空间，受众是点状分布的。词作的传播方式使李杨故事书写的传播从散状变成网状，唱词在宴席中演唱，受众是聚集在一起的，意见是可以交换的，接受面遂成一个网状散开。

诗歌具有风雅之气，词作则有市井之味。李杨故事在两种不同的文体间转化，势必互相融合，取长补短。李杨故事词的世俗化表现在两个方面：一方面是意象的艳俗化，词作中多使用艳丽的通俗易懂的词汇，而较少使用典故。主要描写女性的体态和细腻的感情，用的是娇艳华丽的辞藻，而较少表现历史背景。李杨故事唐诗中厚重的内在意象已经减少，代替的是通俗甚至浮浅的意象，使词作更易听懂。另一方面是主题的俗情化。唐诗中的李杨故事表现的是帝王爱情，在咏诵时有一种历史的沧桑感，大部分具有讽谕的题旨。而唱词在书写李杨故事时，大多以杨贵妃之情作为主题，没有了关乎国家命运的意识，从世俗的角度来解读李杨故事，把它作为一个普通的爱情悲剧来书写。以王沂孙的《水龙吟·白莲》为例，词云：

> 翠云遥拥环妃，夜深按彻霓裳舞。铅华净洗，涓涓出浴，盈盈解语。太液荒寒，海山依约，断魂何许。甚人间、别有冰肌雪艳，娇无奈、频相顾。三十六陂烟雨。旧凄凉、向谁堪诉。如今谩说，仙姿自洁，芳心更苦。罗袜初停，玉楫还解，早凌波去。试乘风一叶，重来月底，与修花谱。①

---

① 唐圭璋：《全宋词》，中华书局 1999 年版，第 4978 页。

这首词主要写杨贵妃娇弱受宠和成仙孤独的两个阶段，所用意象简单直接，语词一目了然。写出了杨贵妃出浴时的娇态，离别时的伤感。"冰肌雪艳"的意象非常轻浮，形容杨贵妃洁白的肌肤，这在诗歌当中是没有的。整首词的主题是情，写爱慕之情、怨恨之情，把杨贵妃的情感和体态展现出来，而对李杨故事深层次的历史原因和过程则一概省略，仅从情感的角度书写李杨故事。

唱词对李杨故事的书写呈现出世俗化倾向的原因是宋朝都市文化的兴起。宋代的城市发展迅速，人口大量增加，商品经济持续增长。随着城市的不断扩展，城市功能也越来越多样化，娱乐空间成为重要的组成部分。勾栏瓦舍的普及促进了词体与百姓生活的接触，使词的创作和演唱符合大众的审美取向，而远离高雅的庙堂。在这种环境下，李杨故事的书写也随之向大众容易接受的方向发展。杨贵妃的美艳和爱情是大众所乐于欣赏的，而那些沉重的历史思考不适合在娱乐的场合表达，这一主题随之也就慢慢消歇了。

在唐代诗歌中，杨贵妃的形象大多是迷君祸国的妖女形象，这是古代的精英文化所造成的。古代的精英文化以儒家经典为主，把女人放在较低的位置上，即如孔子所云："唯女子与小人为难养也，近之则不逊，远之则怨。"① 在男权社会中，在封建礼教的压迫下，女子的存在往往被视为祸水。无论妃子是否对政治产生影响，都会被文人大臣看作江山社稷的大敌。传统文化对女子的轻视由来已久，历史上由女子导致的战乱和亡国也不在少数。即便是文化开放的唐朝，在武则天一介女流当皇帝的时代，女性在文人眼中依旧是低下的。安史之乱的爆发与杨贵妃实没有太大关系，却被认定为"贼本"，可见古代精英文化对杨贵妃所持的否定态度。

唱词对李杨故事的书写重构了杨贵妃形象。一是淡化了妖姬的形象，仅仅把杨贵妃当作一个普通的女性加以描写，表现其被疼爱的幸福和失去爱情的痛苦。在杨贵妃与安史之乱的评价上，作者没有一味指责杨贵妃，而是用国家的倾覆凸显杨贵妃的美貌。二是强化了杨贵妃出浴的形象。华清沐浴是李杨爱情的典型表现，杨贵妃娇弱的体

---

① 杨伯峻：《论语译注》，中华书局1980年版，第191页。

态、光滑的肌肤和美丽的容颜，在沐浴中展现得非常突出，也只有出浴的场景最能撩人心弦，震撼深久。西方文化中裸体雕塑是一种对人体的审美，东方文化虽没有西方那样直接，但贵妃出浴的形象刻画也反映出中国古代文人的审美取向和审美表达。三是基本上没有了唐玄宗的形象。词作通常以杨贵妃为主要人物，从她的视角出发书写李杨故事。以高观国的《思佳客·题〈太真出浴图〉》为例，词云：

> 写出梨花雨后晴。凝脂洗尽见天真。春从翠髻堆边见，娇自红绡脱处生。天宝梦，马嵬尘。断魂无复到华清。恰如伫立东风里，犹听霓裳羯鼓声。①

这首词主要写杨贵妃出浴的情形，在雨后放晴的时候，杨贵妃从温泉中走出。"凝脂洗尽"是从《长恨歌》中点化而来。用天宝盛世的宠爱与马嵬事件的抛弃作对比，表现杨贵妃的情与恨。词作中没有了对杨贵妃祸国的指责，"马嵬尘"这一李杨爱情的转折点和标志着杨贵妃罪名成立的事件，在此成为突出杨贵妃恨意的意象。唱词对杨贵妃形象的强化、对唐明皇形象以及政治事件的弱化，是因为唱词与女性有天然的联系。《花间集》以女性生活为主，奠定了"词为艳科"的走向，影响了词的审美趣尚和发展进程。词是通过女性的演唱进行表现的，所以词作必然以女性为主。杨贵妃是一代美女，将其入词，反映出宋代文人对她的惋惜之情。女性是词作主要歌咏的对象，因而唐玄宗的形象几乎被埋没。再者，宋代的统治者对武将们多存提防戒忌心理，所以推行崇文抑武的政策，于是文人得到了重视。受到重用的文人注重诗歌的教化功能，而在被他们视为"雕虫小技"的词作中，他们则尽情书写私生活的"堕落"与"腐化"。他们用诗歌表达有关政治、社会的重大问题，用词作来悦己娱人。因此，词作很少受到政治的影响，它被看作书写个人情怀的阵地。如此，那些取材于李杨故事的词作较少涉及帝王以及政治便不足为奇了。

---

① 唐圭璋：《全宋词》，中华书局1999年版，第3033页。

三 李杨题材唱词之流变原因

唱词对李杨故事的书写伴随着诗词观念的变化而变化。如何看待诗与词的关系，影响着如何看待关涉李杨故事的唐诗，如何用词的形式重新书写李杨故事。换言之，唐代文人对于李杨故事的书写可谓包揽无遗、周详完备，宋代文人既受唐人观念的影响，又要努力发现新的文学感受，创造新的审美意境，重新书写他们心中的李杨故事和李杨形象。宋诗中关于李杨故事的书写也很多，然而都未能超越唐诗的成就。词是有宋一代的文学标志，它可以与唐诗并驾齐驱，是展现宋代文人特点的文学。从"词为艳科"到"以诗为词""别是一家"，词学思想的变化直接影响词体的创作，也直接影响了李杨故事的书写。

"词为艳科"是唐五代到宋初的主要词学观。词被认为是酒边席间娱宾遣兴之雕虫小技，不能登大雅之堂，难与咏诵情志的诗歌相媲美，词的地位之低可见一斑。诗是高雅文学，词是卑体文学。对词的功能定位使词向世俗化方向发展，更加接近于大众。那么，词人将李杨故事写入词中，必然会使李杨故事脱离精英文化的视野而进入大众化的范围。大众化的表现就是杨贵妃的形象成为大众心目中之美女，而不是唐玄宗身边的妖姬。因而词作中经常出现贵妃出浴、贵妃起舞等艳丽的姿态，以此满足大众的审美需求和审美期待。也就是说，由于词的地位和功能的限制，李杨故事进入词的范围，自动地向俗文化方向调适，与唐诗那种咏史言志的雅兴大异其趣。

随着词学的发展，诗人也开始写词，重视词的作用，词慢慢成为一种主流的文学样式。北宋中期，"以诗为词"的词学观出现了。苏轼的"以诗为词"，一是指题材向诗歌靠拢，二是指借鉴诗歌创作手法，其实质就是将诗歌的创作方法融入词的创作中，改变词体柔媚的风格，使词与广阔的社会生活接轨，与表现文人士大夫的个人理想、个体情趣、个性禀赋相挂钩，打破应歌的类型化风格，转向独特性灵气度的抒发，使词体被捆缚的手脚得到解放，能像诗一样咏物言志、无所不书，从而形成"自是一家"之面目。在这种词学思想的影响下，唱词中李杨故事的书写大量采用了唐诗现有的意象和诗句，把李杨故事的各种事典收拾入词，有了历史的背景，有了讽谕的主题。这主要缘于词作者对词体认识的改变，即不再把词当作乐曲的附庸，不以文损情，而是自由地表达士大夫文人一己之独特感受。

当词发展到可以和诗一论高下时，词自然摆脱了对诗的依赖。在北宋后期，李清照提出了词"别是一家"的观点。在《词论》中，她大胆地批评了柳永、晏殊、欧阳修、苏轼、王安石、晏几道、贺铸、秦观、黄庭坚等名家，主张诗有诗体、词有词体，两者不能混同，应严守各自的界限，尊重词体的特性，强调词应该高雅、浑成、协乐、典重、铺叙、使事用典、以情致胜。因此，唱词对李杨故事的书写又增加了一分柔情，主要突出了杨贵妃的爱恨离别，情感的表达成为词作艺术力量的主要来源。协音合律使唱词中李杨故事的艺术表现力大大增加，通过音乐的辅助，李杨形象越加鲜活生动，尤其是杨贵妃的形象显得丰润韵足。

从唐诗到唱词，李杨故事的书写经历了时空距离的扩大过程。李白的《清平调》是离李杨故事最近的文学作品，是在李杨爱情高潮时期创作的，表现了杨贵妃的得宠，诗中堆砌着华贵的赞美之词。除此之外写杨贵妃专宠的唐诗几乎没有。马嵬兵变之后，杜甫等诗人创作了一批诗歌，以批评斥责杨贵妃专宠为主。唐玄宗去世，表现李杨故事的诗歌数量明显增加，内容也丰富起来，呈现出多样趋势，有咏史感叹的，有借古喻今的。到中唐，白居易的《长恨歌》诗意地讲述了李杨故事，对杨贵妃的形象描述更加丰满。晚唐的李杨故事诗歌创作最多，触及此一诗题的诗人范围最广，代表人物李商隐和温庭筠转变了以往否定杨贵妃的情感基调，大力为杨贵妃申冤，在哀怨凄凉的诗风中揶揄了唐玄宗一把。从这个过程可以看出，时空距离越远，文学距离越近。之所以会这样有两个原因：一是李杨故事是君王爱情，关乎朝廷皇族和政治势力，对它的歌咏必然具有政治压力。当时空距离拉远了，政治压力减小了，言论自由度随即扩大。二是史料和文学的丰富，使诗人获得了更多关于李杨故事的信息，交换更多的意见，触发更多的情感，因而创作数量像滚雪球一样越滚越大。

宋代文人对于李杨故事已经隔了一个朝代，他们在书写李杨故事时已经没有任何的政治风险。在这样的时空背景下，宋人对李杨故事的评价愈趋客观中肯，表现亦显得灵动有韵。就词的表现形式而言，词体对杨贵妃作了细致的描写，展现其美貌、肌肤、举止、情怀等，把其作为一种欣赏品来展示，这在唐诗中是很少见的。一方面，这种变化是因为时空距离使宋代文人对李杨故事的理解不同于唐人，唐玄宗已经不是高高在上的君王，杨贵妃也不是影响国家命运的女人，两人已成历史，存在于文学和史料中，可以被普通人轻易接触并随意驱遣。另一方面，宋代历史和文化发生了变化，影响着唱词对李杨故事的书写。宋代具有鼓励享乐的官场文化，文人把杨贵妃作为一代美女去欣赏，自然淡化了其祸国妖姬的色彩。

第二节　戏曲对《长恨歌》的借鉴

"爱情"是文学国度中永恒的主题，关于"爱情"的篇章从未中断过。李杨爱情故事自产生起就被不断传诵，在漫长的岁月更迭中，它汲取着历史资料和民间传说，表现出巨大的张力和开放性，让人拥有无限的书写空间。自唐以来，以李杨故事为题材的戏曲佳作辈出，足见李杨故事魅力之大、生命力之旺盛。可惜的是，有关李杨故事的戏曲大部分散佚，流传至今的只有元代白朴《唐明皇秋夜梧桐雨》（以下简称《梧桐雨》）、王伯成《天宝遗事诸宫调》，明代《惊鸿记》、屠隆《彩毫记》，清代孙郁《天宝曲史》、洪昇《长生殿》等少数作品。其中，《梧桐雨》和《长生殿》最为完整和精彩，影响最为深远，可谓李杨故事题材戏曲的"双璧"。

一　《梧桐雨》

元曲是元代最具有代表性的文学样式，其中元杂剧作为一代佳作，"三百年来，学者文人，大抵屏元剧不观。其见元剧者，无不加以倾倒"①。从元曲的创作成就看，许多作家不仅自然地书写人情世态，而且表现出酣畅淋漓、痛快尽兴的风格；戏曲情节跌宕起伏，人物刻画饱满鲜明。"元曲之佳处何在？一言以蔽之，曰：自然而已矣。古今之大

---

① 王国维：《宋元戏曲史》，上海古籍出版社1998年版，第98页。

文学，无不以自然胜，而莫著于元曲。"① 这一论断鲜明地指出了元曲的特点。元朝是我国历史上第一个由少数民族统治者建立的统一政权，这对大多数汉族人来说，元代的建立具有明显的民族掠夺性和文化相异性。民族之间的艺术形式必然会促进文化的融合，加之不同的信仰追求，儒家思想的影响进一步被削弱。这一世风的变迁使得较多的剧作家在作品中更加注重表现爱情婚姻和家庭伦理问题。因此，以李杨故事为题材的戏曲作品陡然增多。

把李杨故事改编为戏曲搬上舞台最早出现在宋、金对峙时期，如南宋时期就出现的戏曲《马践杨妃》等。但李杨故事在戏曲中的真正兴盛却是在元代，这一时期出现了一大批以李杨故事为题材的佳作。如王伯成的《天宝遗事诸宫调》，主要讲述唐明皇与杨贵妃的爱情以及安史之乱所导致的两人生离死别；关汉卿的《唐明皇哭香囊》，主要表现安史之乱后唐玄宗的睹物思人，侧重描写李杨的爱情悲剧。庚天锡的《杨太真霓裳怨》《杨太真华清宫》，白朴的《梧桐雨》等均为艺术上乘的佳作。但可惜的是，完整保留下来的只有白朴的《梧桐雨》。

白朴的《梧桐雨》是对白居易《长恨歌》的改编。如果只是单纯地由唐诗到杂剧的文学样式的变化，肯定不会成为经典，更不会流传至今。白朴的改编之所以成功，是因为他在继承前代诗歌故事情节的基础上，依据时代精神、审美情趣和文体特点，对人物形象及其命运进行了拓展。笔者拟从白诗与白剧两种文本故事情节的相同性、变异性入手，探讨元杂剧对唐诗改编的意义。

《长恨歌》和《梧桐雨》的故事情节也大体相似。在《长恨歌》中，"汉皇重色思倾国"，觅得杨妃后沉入爱河——"从此君王不早朝"。"渔阳鼙鼓动地来，惊破霓裳羽衣曲"后，在玄宗带杨妃出逃途中，"六军不发无奈何，宛转娥眉马前死"。到最后斯人已去，思念相伴——"芙蓉如面柳如眉，对此如何不泪垂。春风桃李花开日，秋雨梧桐叶落时"。《梧桐雨》起因于玄宗喜爱杨贵妃，导致朝政荒废，地方叛军起兵。在玄宗带杨妃出逃途中，引起六军不满，在马嵬坡发生兵

---

① 王国维：《宋元戏曲史》，上海古籍出版社1998年版，第98页。

变，杨妃被赐死，玄宗思念无已。但是，《长恨歌》最后的结局至少在心灵层面是圆满的，诗歌在"临邛道士鸿都客，能以精诚致魂魄"的努力下，让两心得到互通。而《梧桐雨》以玄宗独自对雨到天亮，想念杨妃却永远无法再见杨妃的凄楚孤单秋景收场。

从大的社会环境来看，唐代是一个多元复合的社会，儒、释、道思想杂糅。作为重塑儒学传统队伍中的重要一员，白居易世敦儒业，前期更是以儒家"兼济天下"思想为主导。他在作翰林学士时起草的《答高郢请致仕第二表》制诏中，曾赞赏高郢道："援礼引年，遗荣致政。"①对此，日本学者花房英树阐释、评价道："人的行为应以经典的指示为准确依据，而且他对当时不少脱离经典指示的风俗习惯进行了严厉的批判。在白居易起草的制诏深处所传播的是试图恢复儒教的古风以确立秩序的信条。"②白居易的《新乐府》创作于元和四年，即永贞革新之后。永贞革新虽然失败，但却激起了白居易改革时弊、光复志业、"兼济天下"的志向。是时，继统之初的唐宪宗，意欲成为中兴之主，言辞恳挚渴望招贤纳谏。《唐鉴》载：（元和二年）"十二月，帝谓宰相曰：'太宗以神圣之姿，群臣进谏者，犹往复数四，况朕寡昧。自今事有违宜，卿当十论，毋但一二而已'"③。种种原因之聚合累叠，使白居易坚定了以文学干政刺时、"为事""为君"而作的决心。白居易深受儒家思想之涵育滋养，中和思想根深蒂固，强调儒教传统美学中"怨而不怒，哀而不伤"的和谐理念。我国古典文学要求悲剧作品大都有个团圆结局的审美趣味其实是与儒家的文学观一脉相承、互为表里的。因此白居易秉承这一传统，在描写悲剧题材时，不把矛盾推向极致。《长恨歌》描述的李杨爱情纯洁而诱人——"杨家有女初长成，养在深闺人未识。天生丽质难自弃，一朝选在君王侧。"白居易隐去了杨玉环本为李隆基之子寿王妃的史实，刻意赋予杨妃清白身世、清纯身份。安禄山与杨妃被传说、被猜想的私情，白居易更是只字未提。即使李杨之爱最终因阴阳天地阻隔而呈现出悲剧性，但

① 谢思炜：《白居易文集校注》，中华书局2011年版，第1076页。
② ［日］花房英树：《白居易》，社会科学文献出版社1991年版，第5页。
③ （宋）范祖禹：《唐鉴》，白林鹏、陆三强校注，三秦出版社2003年版，第252页。

悲剧也是男女主人公的双重悲剧——玄宗作为位高权重的帝王却无法保住自己真爱的杨妃，杨妃集三千宠爱于一身却无法幸福地生存下去，最终在心爱的人眼前死去。白居易对杨妃之死突出了鲜活生命招致劫难的凄惨性及哀痛性——"六军不发无奈何，宛转娥眉马前死。花钿委地无人收，翠翘金雀玉搔头。君王掩面救不得，回看血泪相和流"，从而相对淡化了杨妃本人对死的恐惧。文本结尾处，白居易通过海外仙山两情互通音信、托物寄情致意有效消解了悲剧本身，或可说使悲剧处于读者情感可承受的范围之内。

元初统治者为稳定初定之局面，在思想上兼收并用，对各种思想均承认与提倡，几乎达到一视同仁的地步。此时，文化政策相对宽松，儒学思想被相对削弱，科举考试亦遭废止，文人地位极端低下。在这样一种"儒人不如人"的境况下，文人的思想意识更为开放激进，也更具反抗意识。伴随着儒家伦理体系的解构以至于崩毁而产生的新兴市民意识，使白朴对封建政治价值观和历代儒生谨遵恪守的人生理想模式产生了怀疑和动摇，并激励他挣脱纲常礼教的桎梏，追求个性的解放和人格的自由，通过讴歌"郎才女貌""一见钟情"式的爱情婚姻理想，求得人生价值的自我实现。

经历了亡国丧乱之痛，生活于蒙元统治时代的白朴，作品中更多的是国破家亡所酿成的世事难料、兴亡无定、人生命运难以把握的悲慨和怨叹，是知音难觅、好梦难圆的失落感和幻灭感。在《梧桐雨》中，白朴一反传统的美学思想，剧情处理吻合了美学悲剧性冲突原理——以一方或双方的毁灭、崩溃为结局，来表现人物的命运。他的《梧桐雨》是一悲到底式的，并无苦乐交错，也没有西方悲剧最忌讳的"由逆境转入顺境"，更没有为亚里士多德所厌弃的"善有善报、恶有恶报"的双重悲剧结局。《梧桐雨》是男主人公的悲剧——作为帝王，臣子安禄山不忠；作为感情的当事者，爱人杨妃不忠。白朴在描写李杨爱情上加入了两个细节：其一，杨玉环本已选为寿王妃，李隆基娶杨玉环是父纳子妃，乱伦现象使作品的悲剧性不断提升。其二，安禄山和杨妃的私情在《梧桐雨》中作了反复渲染。安禄山在离开朝廷赴任渔阳节度使时说："别的都罢，只是我与贵妃有些私事，一旦远离，怎生放的下心?"① 在七夕乞巧之夜，杨妃心中想念安禄山，剧中这样写道："妾心中怀想，不能再见，好是烦恼人也。"② 在第二折中，安禄山自陈叛变的动机是："单要抢贵妃一个，非专为锦绣江山。"③ 杨玉环由寿王妃到唐帝妃的转变多少有被动的成分在内，而与安禄山的感情则更具主动的成分。在杨贵妃之死一节的处理上，白朴则一反传统，直面惨淡的世相和人生，敢于走极笔，写真实，把悲剧推向极致。据正史记载，杨玉环在马嵬兵变时"缢死于佛室"。后来的作家在描写这一题材时，无法改变这种历史事实，于是在创作中就想方设法冲淡这一事件的悲剧色彩。白朴的《梧桐雨》与《长恨歌》不同，在该剧的第二折，作者极力渲染杨妃对于死的悲哀、恐惧和杨妃在临死前所表现出的强烈的求生欲望。一方面，她苦苦地哀求明皇："陛下，怎生救妾身一救?"④ 另一方面，她绝望地怨恨明皇："陛下好下的也。"⑤ 同时白朴还映现出马践杨妃的血淋淋悲剧场面："一个汉明妃远把单于嫁，止不过泣西风泪湿胡茄，几曾见六军厮践踏，将一个尸首卧黄沙。"⑥ 同时需要指出的是，在中国文学传统中，梧桐本身就包蕴伤悼的味道。郑振铎在《插图本中国文学史》中说："在许多的元曲中，《梧桐雨》确是一部很完善的悲剧。作者并不依了《长恨歌》而有叶法善到天上求贵妃一幕，也不像《长生殿》传奇那么以团圆为结束。他只是叙到贵妃的死，明皇的思念为止；而特地着重于'追思'的一幕。像这样纯粹的悲剧，元剧中是绝少见到的。连《窦娥冤》与《汉宫秋》那么天生的悲剧，却也勉强的以团圆为结束，更不必说别的了。"⑦ 故此，我们在《梧桐雨》中才见到了人悲、雨悲、景物同悲的景象：

　　　　顺西风低把纱窗哨，送寒气频将绣户敲。莫不是天故半人愁闷

---

① 王季思：《全元戏曲》，人民文学出版社 1999 年版，第 490 页。
② 同上书，第 491 页。
③ 同上书，第 496 页。
④ 王季思：《全元戏曲》，人民文学出版社 1999 年版，第 504 页。
⑤ 同上。
⑥ 同上书，第 505 页。
⑦ 郑振铎：《插图本中国文学史》，人民文学出版社 1957 年版，第 653 页。

搅？前度铃声响栈道。似花羯鼓调，如伯牙《水仙操》。洗黄花润
篱落，渍苍苔倒墙角。……催邻砧处处捣，助新凉分外早。斟量来
这一宵，雨和人紧厮熬。伴铜壶点点敲，雨更多泪不少。雨湿寒
梢，泪染龙袍。不肯相饶。共隔着一树梧桐直滴到晓。①

毫无疑义，上述描写把一个哀怨欲绝的悲剧境界写到了极致。从文
本的典型性看，王国维在《宋元戏曲史·序》中提出的打破森严的传
统思想的限阈，将元曲与汉赋、唐诗等雅文学相提并论并断之为一代文
学之代表的观点，在今天看来已是一个客观的科学论断——"凡一代
有一代之文学：楚之骚，汉之赋，六代之骈语，唐之诗，宋之词，元之
曲，皆所谓一代之文学，而后世莫能继焉者也。"② 从语言形式讲，元
曲无疑是超凡脱俗式的，其语言质朴自然的特点亦具有典范性。对此，
王国维论道："古代文学之形容事物也，率用古语，其用俗语者绝无。
又所用之字数亦不甚多。独元曲以许用衬字故，故辄以许多俗语或以自
然之声音形容之。此自古文学上所未有也。"③ 从思想意识方面来说，
"元杂剧不仅愤激地谴责黑暗，凝重地传递、倾吐内心的不平，而且以
一种充满希望的热情，去讴歌非正统的美好追求"④。元杂剧爱情剧无
疑算得上是其中的精品，但尤为重要的是，其体现的思想意识诚如前文
所述具有时代特色，并非当时一般才子佳人剧可与之相媲美，这一点在
其所塑造的人物形象中得到了最好的体现。

梧桐，常常给人一种凄苦、悲凉的感觉。白居易的《长恨歌》中
有"秋雨梧桐叶落时"⑤ 的诗句，孤寂的梧桐加上萧瑟的秋雨使诗的意
境更加凄清幽怨。白朴《梧桐雨》剧名便是据此诗句而来，而唐明皇
与梧桐之间的联系以及梧桐意象也在剧作中得到了更富诗意的表现。剧
本的第四折是最精彩的部分，主要写唐玄宗退位后在西宫养老，沦为孤
家寡人，他孤独忧愁，思念着死去的杨贵妃，怀念着以前山盟海誓的美

① 王季思：《全元戏曲》，人民文学出版社 1999 年版，第 511—512 页。
② 王国维《宋元戏曲史》，上海古籍出版社 1998 年版，第 1 页。
③ 同上书，第 101 页。
④ 张岱年、方克立：《中国文化概论》，北京师范大学出版社 1994 年版，第 106 页。
⑤ 朱金城：《白居易集笺校》，上海古籍出版社 1988 年版，第 660 页。

好时光。在这一折中，梧桐一方面扮演着聆听者的角色，另一方面也扮演着"破坏者"的角色。唐玄宗与杨贵妃昔日在梧桐树下定下生生世世永为夫妇的誓言，而如今只剩下垂垂老矣的唐玄宗一人，他对杨贵妃的思念与日俱增，但也只能对着梧桐倾吐相思，在这里梧桐是一个"忠实"的聆听者；唐玄宗在睡梦中梦到了思念的贵妃，不料刚刚说上一两句话就被惊醒了，"坏事者"依然是梧桐，窗外的雨声淅淅沥沥，打在梧桐叶上，这雨声不仅打醒了李隆基的梦，也打在了他的心上，一切美好的事物和时光都成了追忆，连做梦都是奢侈的。孤寂的梧桐加上萧瑟的秋雨淋漓尽致地烘托了唐玄宗心中的悲凉凄楚。

> 【蛮姑儿】懊恼，暗约。惊我来的又不是楼头过雁，砌下寒蛩，檐前玉马，架上金鸡；是兀那窗儿外梧桐上雨潇潇，一声声洒枝叶，一点点滴寒梢，会把愁人定谴。①

梧桐与李杨之间的悲欢离合有着密切的关联，李杨在梧桐树下盟誓、贵妃在梧桐树下跳舞、梦中相会亦是被雨滴梧桐声搅扰，作者让梧桐树作为人生变幻的见证，通过雨打梧桐搅乱梦境，激起潜藏在人们内心深处的凄怨感受。可以毫不夸张地说，梧桐在整个剧本艺术构思中发挥着纽带和关键的作用。

《梧桐雨》是白朴仅存的两出杂剧之一。白朴是一位从金入元的剧作家。他幼经丧乱，早年失母，心灵饱受战争带来的创伤，又曾漂流于大江南北，看到了山河破碎社会凋败的景象，对政治的得失、国家的兴亡有着深刻痛彻的感受。所以，他的作品时常流露出浓重的沧桑感和失落感。这种心境与安史之乱后的唐代诗人有很多相似之处，甚至可以说，他对世道的痛惜，对过去的向往，较之中晚唐诗人有过之而无不及。《梧桐雨》的主旨是要向经历过沧桑巨变的人们揭示更为沉痛的道理，即最高统治者的荒淫无道是导致战乱的主要原因，也是导致人们流离失所的直接原因。王国维先生在《人间词话》里也称赞道："白仁甫

---

① 王季思：《全元戏曲》，人民文学出版社 1999 年版，第 510 页。

《秋夜梧桐雨》剧,沉雄悲壮,为元曲冠冕。"① 由此可见,《梧桐雨》内涵实与唐诗中李杨故事的书写有异曲同工之妙。

二 《长生殿》

无论是在哪个朝代,政治的变化对文人和文学的影响都是巨大的。明亡清初,朝廷的更替和大规模的斗争使得许多文人伤痛不已,不断抒发对亡国的痛心,宣泄对现实的愤怒。至康熙年间,社会趋于稳定,经济逐渐兴盛,文人的亡国之痛不再剧烈,继而是痛定思痛的反思。文人以平静的心态和"儒家"的思想去思考历史的兴亡,追究历史人物的得失和责任,大规模的文字狱更促使文人沉溺于历史的解读。与此同时,戏曲继明代的鼎盛期之后,在清代依然蓬勃发展,创作更加活跃,甚至一些原来并不看重戏曲的正统文人也争相染指。因而,历史剧发展迎来了辉煌的顶点。社会历史意识的增强即取材于历史故事以寄托个人情感,以及对戏剧性的重视即善于运用巧合、误会等增加剧作的观赏性,是清代戏曲的两大特点。在这两种特征的融合下,戏曲的高峰——《长生殿》便出现了。

《长生殿》的作者洪昇,字昉思,号稗畦,钱塘人。他生于世代官宦但家道中落的缙绅之家,在京城打拼二十多年,却只是国子监监生,没有一官半职,生活上举步维艰。仕途失意的洪昇于是倾心戏曲创作。《长生殿》是洪昇历经十年、三易其稿创作的结晶。在康熙二十七年(1688)问世后,便引起了社会轰动,演《长生殿》的戏班火了,演出场次也多了。《长生殿》的成功一方面给洪昇带来了名誉与荣耀,另一方面也给他带来了灾祸和不幸。《长生殿》盛演之时正值皇太后的"国殇"期间,洪昇因被弹劾为大不敬而获罪,除被国子监除名外,还锒铛入狱。康熙三十年(1691),洪昇离开北京,返回故乡钱塘。洪昇返乡不久,京师戏班不仅照演《长生殿》,而且名士朱彝尊、毛奇龄、尤侗等分别作序的《长生殿》剧本,相继刊刻出版,苏州、杭州、松江等地的昆剧班也纷纷上演《长生殿》。康熙四十三年(1704),《红楼梦》作者曹雪芹的祖父曹寅,在南京江宁织造府重排全本《长生殿》,

---

① 王国维:《人间词话》,中华书局 2009 年版,第 39 页。

特请洪昇来观看。洪昇在返家途中，酒后登舟，失足落水而亡。此后直到清末，《长生殿》始终是人们喜闻乐见的剧目。

《长生殿》演的是唐玄宗与杨贵妃的历史故事，李杨之间的生死离合是与安史之乱紧密联系在一起的，故而该剧有着深邃的历史意蕴。《长生殿》共50出，规模宏大、内容丰富，它以李杨之间的爱情为线索，广泛展开了对当时社会、政治的描写。前25出主要描写李杨之间的爱情，后25出写唐玄宗在杨贵妃死后对他的思念。洪昇既歌颂真挚的爱情又揭露统治阶级的荒淫和腐败，在暴露丑恶方面加大了力度，这也是其不同于以往作品的高明、成功处。《长生殿》的成功在很大程度上是由于汲取了前人对李杨故事书写的营养。《长生殿》以白居易的《长恨歌》为底本，许多台词、物品、情节都源于其中，并继承了《长恨歌》对李杨爱情的赞美基调。而且，《长生殿》在创作中对《梧桐雨》的借鉴也非常明显，如《长生殿》中《密誓》《惊变》《埋玉》《雨梦》这四出就是以《梧桐雨》为底子的，其他如《权哄》《合围》《献饭》《舞盘》《哭像》等出的内容也曾在白朴的《梧桐雨》中有所表现。

然而，洪昇在《长生殿·自序》中写道："余览白乐天《长恨歌》及元人《秋雨梧桐》剧，辄作数日恶。"① 洪昇对《长恨歌》及《梧桐雨》竟然极度厌烦、恶心，这样的评价与他对两者的借鉴呈相反之势。出现这样的反差，从洪昇个人来讲，可能有三点原因：一是文人相轻。中国文人常常对他人有轻视之意，甚至看不上别人的作品和观点，认为自己的才是最好的。《长恨歌》成名已久，广受赞誉；《梧桐雨》独树一帜，频繁演出。洪昇对两者的轻视可以说是不应该的，这样的说道反映出洪昇作为一个文人对他人所取得的成就不服和不甘。二是"推销"策略。一部新作的上市，无论质量好坏，没有亮点和噱头，很难在社会上引起反响、蹿红并获得收益。洪昇的《长生殿》能在短时间内，在社会上引起巨大的反响和追捧，自是经过了一番"自我推销"和"戏班炒作"的，《自序》中对《长恨歌》和《梧桐雨》的厌恶即是出于这一策略考究。洪昇绝对的或者夸张的措辞意在引起文人的好奇，或者

---

① （清）洪昇：《长生殿》，浙江古籍出版社2011年版，第137页。

不忿，进而为《长生殿》扬名张本造势。三是确有创新。洪昇变"长恨"为"长生"，对李杨的爱情给予了热烈的肯定和赞美，以李杨在月宫团圆来完成对人生真情的颂扬，这在以往李杨故事的文学书写中是没有的。从创作与接受的角度来看洪昇对《长恨歌》及《梧桐雨》的态度，作者自认为用有别于《长恨歌》及《梧桐雨》的观念和手法去书写李杨故事，但在创作过程中却不自觉地受到两者的影响，不可避免地在故事、情感、人物等方面作出相似的处理。因为创作和接受是不可分离的，创作的前提是接受，接受的结果是创作，无论接受的方向是正是反，创作必定在接受的基础之上。总而言之，《长生殿》受到了《长恨歌》和《梧桐雨》的影响，其中《长恨歌》的影响更为明显。

第一，在主题上以情为重。洪昇在第一出《传概》中道："今古情场，问谁个真心到底？但果有精诚不散，终成连理。万里何愁南共北，两心那论生和死。笑人间儿女怅缘悭，无情耳。感金石，回天地。昭白日，垂青史。看臣忠子孝，总由情至。先圣不曾删《郑》《卫》，吾侪取义翻宫、徵。借太真外传谱新词，情而已。"①《长生殿》调和了爱情与误国的矛盾，把导致安史之乱的罪责归结为奸佞小人，是杨国忠之弄权，是安禄山之野心造成了叛乱，也正是他们蒙蔽了帝王，从而为李杨开脱。如此处理，李杨之间的爱情就显得更加高大，而政治需要贤臣的事实也易于为人们所接受。作者还运用幻境，使得李杨在月宫中团圆，以精神的"长生"解决了现实的"长恨"。所以说《长生殿》的主题是爱情，最后的结局虽然留下了非现实的遗憾，但却表现了对至真情爱的崇尚。

为了歌颂男女之情，与《长恨歌》的写作手法一样，洪昇对李杨故事的历史材料大做手脚，刻意隐去了杨玉环本为寿王妃、因窃吹宁王紫玉笛被遣、认安禄山为义子进而传出丑闻等情节，用洪昇自己的话说，就是："凡史家秽语，概削不书，非曰匿瑕，亦要诸诗人忠厚之旨云尔。"②洪昇不仅仅隐去了李杨爱情的不良记载，而且充分借用民间神话传说，加上了杨玉环本为蓬莱玉妃的情节，大肆渲染唐玄宗和杨玉

---

① （清）洪昇：《长生殿》，浙江古籍出版社 2011 年版，第 1 页。

② 同上书，第 137 页。

环生死不渝的爱情，为他们虚构了一个美满团圆的结局。这一切都是为了美化唐玄宗和杨玉环的爱情，将其塑造成自己理想中的爱情样板。

李杨故事的"情"在洪昇手里又多包含了一种"悔"，他对李杨爱情所造成的负面影响作了深刻阐释，通过进果、禊游、看袜等情节，揭示了帝妃爱情的特殊性。不管身份如何，爱情永远是美好的。"然而乐极哀来，垂戒来世，意即寓焉。且古今来逞侈心而穷人欲，祸败随之，未有不悔者也。玉环倾国，卒至陨身；死而有知，情毁何极。"① 爱情是有代价的，古代的爱情代价更大，平民百姓为了爱情会私奔，承受封建道德和背井离乡的苦难，君王为了爱情会亡国，承受自我牺牲和千古骂名的痛楚。洪昇的"垂戒来世"，并非是"女祸"思想，而是告诉世人，"情"亦有"罪"。

第二，在人物刻画上以主旨为先。《长生殿》效仿《长恨歌》，将李杨情缘塑造成理想的爱情模式，抹去了李杨二人的乱伦关系，使杨贵妃成为一个冰清玉洁和才华横溢的痴情女子。《定情》中言道："妃子世胄名家，德容兼备。"② 杨贵妃对唐玄宗最初的爱情可能仅仅停留在后妃争宠的层面上，所以她才会与梅妃争宠，甚至用尽手段。的确对于帝王来说，美貌是后妃们获得宠爱的资本，杨贵妃在与梅妃的首次争宠中取得了胜利，获得了专宠，表现出她性格里的善妒。而在她得宠的时候，却又患得患失，唯恐圣眷不再，小女子的惊慌失措得到了很好的展现。《夜怨》中唱道："奴家杨玉环，久邀圣眷，爱结君心。叵耐梅精江采蘋，意不相下。恰好触忤圣上，将他迁置楼东。但恐采蘋巧计回天，皇上旧情未断，因此常自堤防。唉，江采蘋，江采蘋，非是我容你不得，只怕我容了你，你就容不得我也！今早圣上出朝，日色已暮，不见回宫，连着永新、念奴打听去了。此时情绪，好难消遣也！"③ 杨贵妃与唐玄宗争吵自请出宫后又被迎回内宫，这类似于平民夫妻间的吵闹，使得他们的爱情变得真实可信。《复召》中杨贵妃主动赔罪道："臣妾无状，上干天谴。今得重睹圣颜，死亦瞑目。"④ 杨贵妃不仅这样

---

① （清）洪昇：《长生殿》，浙江古籍出版社 2011 年版，第 1 页。
② 同上书，第 2 页。
③ 同上书，第 45 页。
④ 同上书，第 21 页。

说，而且也这样做到了，在马嵬兵变时挺身而出，甘愿受死："今事势危急，望赐自尽，以定军心。"① 杨贵妃形象的全方位刻画，可以说是对此前作品人物形象的完善，也扭转了人们对其"妖妃"的定位。洪昇塑造出一个具有高度艺术真实的宠妃的形象，也真实揭示了帝王与妃嫔的爱情生活，这不能不说是借助戏剧这种艺术形式而对李杨故事书写的一个很大贡献。

唐玄宗在《长生殿》中的形象继承了《长恨歌》的设计并有所深化，可概括为三个词：好色、重情、自责。唐玄宗最初只是贪恋杨贵妃的美色，用女色来满足自己的情欲，填补自己的感情空白，打发自己的闲暇时光。《定情》中有云："近来机务余闲，寄情声色。昨见宫女杨玉环，德性温和，丰姿秀丽。卜兹吉日，册为贵妃。"② 后来，唐玄宗发现与杨贵妃兴趣相同，情投意合，《絮阁》之后真正爱上了她，并愿与她"在天愿为比翼鸟，在地愿为连理枝。天长地久有时尽，此恨绵绵无绝期"③。唐玄宗的重情换来了杨贵妃的以死报恩，当杨贵妃为己死，唐玄宗的世界除了自责，还是自责。《见月》中自语、吟唱道："我想妃子既殁，朕此一身虽生犹死，倘得死后重逢，可不强如独活！孤独愧形骸，余生死亦该。惟只愿速离尘埃，早赴泉台，和伊地中将连理栽。"④《长生殿》展现的是一个帝王由情欲到爱情、由真情到至情的转变，而这一过程又伴随着明皇一次次悔过自责，每一次自责都代表着他对杨贵妃感情的进一步加深。

《长生殿》中的杨贵妃纯真、忠贞、果敢，一副贞洁烈女的形象，而唐玄宗好色、重情、自责，一副无能善哭的形象。古代传统的男尊女卑现象，在戏曲虚拟的世界里变成了男弱女强，由此也可看出古人对女性自律和自强的期待，女性在戏曲演绎中的吸引力。除了杨贵妃和唐玄宗形象，洪昇还着力刻画了郭子仪、雷海青两个忠君爱国的正面人物和安禄山、杨国忠、哥舒翰三个反面人物。通过对历史材料进行选择、修改、组合和再创造，突出了人物不同的性格特点，从而有力地突出了创

① （清）洪昇：《长生殿》，浙江古籍出版社 2011 年版，第 64 页。
② 同上书，第 2 页。
③ 同上书，第 56 页。
④ 同上书，第 108 页。

作主旨。

第三，在剧情设计上以缘为主。《长生殿·例言》中交代道："专写钗盒情缘。"①钗盒是指金钗钿盒。作为李杨的定情信物，金钗钿盒时隐时现，为情节的发展穿针引线。郭英德《明清传奇史》中说："剧中对李杨定情物钗盒的运用，即颇具匠心。吴人（吴舒凫）评语云：'钗盒自定情后，凡十一见：翠阁交收，固宠也；马嵬殉葬，志恨也；墓门夜玩，写怨也；仙山携带，守情也；璇宫呈示，求缘也；道士寄将，征信也；至此重圆结案。大抵此剧以钗盒为经，盟言为纬，而借织女之机梭以织成之。呜乎，巧矣！'当然，这种精心的布局，多仅限于李杨情缘这一主线。"②洪昇没有按照李杨故事的历史发展脉络来书写，而是把李杨的情缘作为主线，推动其他人物的出场和其他情节的展开。一个"缘"字，是李杨相见、相爱、分离、重逢的重要原动力。

由于"缘"的存在，《长生殿》不重史实，而重细节描写和想象空间。安史之乱爆发，唐玄宗携杨贵妃仓皇出逃，患难与共的经历使得他们之间的感情更加深厚。当杨贵妃与唐玄宗生离死别之时，她既表现出了对生的渴望、对唐玄宗爱的留恋，也表现出了对当时环境的清醒认识，其心理活动的复杂变化使得她的形象瞬间饱满起来，也使得人们对其爱情生活和悲剧命运产生了无限的同情。在杨贵妃死后的日日夜夜里，思念的痛苦缠绕着李杨二人，他们认识到了贪图享乐所带来的祸患，真诚地忏悔以求得到原谅。李杨之间真挚的爱情以及虔诚的悔过，感动了玉帝，使他们双双进入月宫，实现了长生殿里的誓言。日本学者青木正儿评价道："关目布置，针线照应之严格，插演过场之趣味丰富，其结构上殆无所间然。"③洪昇这种浪漫主义手法的运用，使得这对有情人在经历种种波折之后终又团圆，也算是对天下痴情人的一种安慰，体现了洪昇对《长恨歌》的接受和发展。

《长生殿》以唐玄宗与杨贵妃在月宫团圆为结局，这是对李杨故事书写的一个创新，背后可能有多种原因。从中国才子佳人戏曲的发展走

---

① （清）洪昇：《长生殿》，浙江古籍出版社 2011 年版，第 138 页。
② 郭英德：《明清传奇史》，江苏古籍出版社 1999 年版，第 463 页。
③ ［日］青木正儿：《中国近世戏曲史》，王古鲁译，作家出版社 1958 年版，第 380 页。

势来看，大团圆是普遍的结局处理模式，月宫团圆只是其中较新颖的团圆方式。从社会心态分析，中国人不喜欢看悲剧，悲剧有力量但没有愉悦，古代人们看戏主要是为了娱乐和观赏，戏曲的创作不得不考虑观众的审美观、价值观和情爱观，月宫团圆符合中国人的审美需求。从李杨故事的流变看，《长恨歌》已开李杨故事仙界托物寄情之端，坊间早有杨贵妃未死之说，加之玉妃归蓬莱仙院、明皇游月宫的神话传说，洪昇据此发挥想象，设计出月宫团圆的结局也就显得水到渠成、源有所自。

总而言之，《长生殿》在《长恨歌》的影响下，以李杨之间的爱情为主线，以朝政军国大事为副线，编织进唐以来文人记述过的、诗人吟咏过的人事，内容丰富饱满，加之其情节紧凑、场面安排轻重有序、语言清丽流畅，使得它千百年来传唱不衰，也令其成为叙写李杨故事的新高峰。

结　　语

　　在对《长恨歌》进行了全方位的考察、论证后，我们有充足的理由认为，《长恨歌》的主题既不是"讽谕说"，亦不是"双重主题说"，而是"长爱说"。在这三说中，"讽谕说"最为"根正苗红"，但事实是，在古代文苑中不是所有的文学作品都一味地恪守着"政治挂帅、思想领先"宗旨的，也不是一切的诗文曲赋都因突出了思想品位才得以流芳百世的。曲意深解乃至硬性拔高《长恨歌》的主题，对昭示《长恨歌》的"风采"只能是适得其反，有害无益。至于在书中未曾多说的"双重主题说"，看似公允、通脱，实则圆滑、中庸。这一说之所以争得了生存空间，乃得益于"讽谕""爱情"两说鹬蚌相争的僵持状态。但正如我们在书中所指出的那样，作为顶尖级文学高手的白居易，决不会犯"自乱主题"的低级错误。所以，在矛盾的缝隙中逢运而生并坐收渔利的"双重主题说"，必然会伴随着矛盾的被"平息"而无处生根、自动消退。我们所主张的"长爱说"，应该说是在旧瓶陈醋——"爱情说"中加了丁点的"添加剂"。也就是说，"长爱说"是在肯定"爱情说"的基础上，从中提炼、抽绎出的一种更本质的认识。它以"爱情说"为渊薮，但却克服并修正了"爱情说"略显笼统、语不到位的缺憾，而以更醒目、更准确的表述直指《长恨歌》主题的核心。笔者认为，只有这样的概括才切近文本自身运行的内在逻辑趋势，才符合唐玄宗、杨贵妃生死相随的强烈渴盼，也才吻合白居易潜意识中苦心而善意的美好呼唤。一句话，"长爱"凝聚、吸附着作家、作品、抒情主人公乃至审美群体共同的心声，它适合并满足了方方面面的内需求。

　　《长恨歌》的艺术魅力，既是一个深邃难言的课题，又是一个浅显易感的话题。或许正因它既潜伏于文中又浮溢于文表的丰厚特性，才出

现了为不同文化层次的读者都能领会、了悟并纷纷把玩不已的盛况，才
使得所有"皆赏其文"者乐于接受或意味深长、或轻松浮薄地为之沉
醉、感动起来。所以，只有准确地把握并揭示出那些既为素养深厚的上
层人士、亦为俗味十足的下层百姓共同心颤的东西，才称得上挖掘到了
《长恨歌》艺术魅力的真正矿脉。正是出于钻入接受主体灵魂深处去窥
测一番其所以嗜《歌》的理由的"妄想"，在本书的第五章，我们对作
品所蕴藏的有关文学、文化、审美等方面的魅力作了尝试性探索。可以
认为，这些激发人联想并贴近了每一颗心的意蕴，才是《长恨歌》拉
动人气、聚合趣尚、震撼灵魂的魅力所在！

　　将《长恨歌》与取材于同一题材的《长恨歌传》及《连昌宫词》
进行比较研究，是一项非常有趣且有意义的工作。一直以来，读者在研
判《长恨歌》主题时自觉不自觉地受制于陈鸿在《长恨歌传》中所作
的定性解读，使我们在陈说的干扰中难以作出自己正确的判断。通过两
者的比较，让我们看清了《歌》与《传》在创作意图、主观倾向、人
物塑造、表现手法等方面的差异性，从而进一步夯实了我们此前的研究
并坚定了我们坚持己说的信心。至于将《长恨歌》与《连昌宫词》进
行比较，意在从中见出不同作家对待同一题材的创作自由，同一题材所
具有的丰富表现因子，不同的创作意图在主题生成中的作用，以及文心
才情在形成作品艺术感染力、影响力方面的重要意义。总之，《长恨
歌》看似与《长恨歌传》有千丝万缕的联系，但事实上它们为后世读
者所带来的观赏点和可接受度自有天壤之别；《长恨歌》与《连昌宫
词》看似具有同样的创作大环境，但其实两者无论在着力点或是在主
题指向上均存在很大的不同，并由此造成了流光溢彩和质本乏味的不同
审美感受。

　　唐玄宗和杨贵妃的爱情故事流传至今，一方面是由于爱情这一普遍
情感得到了人们的肯定，另一方面也归功于文学作品对它的书写。唐诗
对李杨故事的书写完整地再现了唐玄宗和杨贵妃从爱到恨的过程，刻画
了荒政却多情的唐玄宗，个性却不幸的杨贵妃。唐诗树立了李杨故事文
学书写的一个丰碑，对后世的李杨故事文学产生了巨大而深远的影响。
对李杨故事唐诗的研究能够使人们更清晰地了解李杨故事的来龙去脉和
主要内容，更深入地理解唐代盛衰转折的人物和历史。尤其是唐诗书写

的艺术特征和诗人不同的书写特点，反映了李杨故事在诗人心中的流变过程。这对中晚唐诗人和诗风的研究是有益的探索。后世李杨故事文学都是在唐诗书写的基础上发展起来的，包括唱词、小说、戏曲等，出现了一个又一个文学经典，研究李杨故事唐诗也能更好地探究和欣赏这些经典之作。

李杨故事是我国历史上少有的帝妃爱情悲剧故事，唐诗对它的书写是一个漫长的过程，涉及的诗篇和诗人数量众多，其影响深远且复杂。由于著者的学识和精力有限，对李杨故事唐诗的书写及其影响研究还存在许多不足之处。李杨故事唐诗的研究还可以在人物形象流变、作品比较和传承、历史和文学的关系、诗人词人作曲人的差异等方面进行更深入地发掘和探讨。

随着时代的不断变化，科技的不断进步，文学的不断发展，对李杨故事的书写还会出现新的文学作品和样式，还会在电影、电视、话剧等更广阔的舞台上精彩呈现。回顾李杨故事文学发展道路，从唐诗到宋词到小说再到戏曲，就会发现唐诗是李杨故事文学的根源所在。如果说李杨故事是一座爱情的宫殿，那么唐诗就是通往这座宫殿的情感之门；如果说李杨故事文学是一座艺术宝库，那么唐诗就是开启这座宝库的欣赏之钥。无论李杨故事文学今后如何发展，都离不开对相关唐诗及诗人的解读和研究，因为唐诗是最接近李杨故事的，读懂唐诗，才能读懂李杨故事，才能改写好李杨故事。

参 考 文 献

古典文献：

（汉）班固：《汉书》，中华书局 2000 年版。

（唐）李林甫：《唐六典》，中华书局 1992 年版。

（唐）李肇：《唐国史补》，中华书局 1975 年版。

（唐）郑处海：《明皇杂录》，中华书局 1994 年版。

《白居易集》，中华书局 1999 年版。

《元稹集》，冀勤点校，中华书局 1982 年版。

《杜牧全集》，陈允吉校点，上海古籍出版社 1997 年版。

（唐）杜牧：《樊川文集》，上海古籍出版社 1978 年版。

（唐）孙棨：《北里志》，古典文学出版社 1957 年版。

（五代）王仁裕：《开元天宝遗事》，曾贻芬点校，中华书局 2006 年版。

（后晋）刘昫：《旧唐书》，中华书局 1975 年版。

（后汉）李昉等：《太平广记》，中华书局 1961 年版。

（宋）欧阳修、宋祁：《新唐书》，中华书局 1975 年版。

（宋）计有功：《唐诗纪事》，上海古籍出版社 1987 年版。

（宋）王溥：《唐会要》，中华书局 1955 年版。

（宋）王谠：《唐语林校证》，中华书局 1987 年版。

（宋）王灼：《碧鸡漫志》，上海古籍出版社 1988 年版。

（宋）司马光：《资治通鉴》，中华书局 1975 年版。

（宋）苏轼：《苏轼文集》，孔繁礼点校，中华书局 2007 年版。

（宋）郭茂倩：《乐府诗集》，中华书局 1979 年版。

（宋）宋敏求：《长安志》，思贤讲舍覆灵岩山馆本，光绪十七年。

（宋）朱熹：《四书章句集注》，中华书局 1983 年版。

（宋）洪迈：《容斋随笔》，中华书局 2005 年版。

（宋）范祖禹：《唐鉴》，白林鹏、陆三强校注，三秦出版社 2003 年版。

（元）辛文房：《唐才子传》，中州古籍出版社 1987 年版。

（明）袁黄：《历史纲鉴补》，万历本。

（明）唐汝询：《唐诗解》，河北大学出版社 2001 年版。

（明）胡震亨：《唐音癸签》，古典文学出版社 1957 年版。

（明）汤显祖：《汤显祖诗文集》，徐朔方笺校，上海古籍出版社 1982 年版。

（明）兰陵笑笑生：《金瓶梅词话》，人民文学出版社 1985 年版。

（明）许仲琳：《封神演义》，花城出版社 1996 年版。

（清）赵翼：《瓯北诗话》，霍松林、胡主佑校点，人民文学出版社 1963 年版。

（清）洪昇：《长生殿》，浙江古籍出版社 2011 年版。

（清）浦起龙：《读杜心解》，中华书局 1961 年版。

（清）彭定求：《全唐诗》，中华书局 1999 年版。

（清）沈德潜：《唐诗别裁集》，中华书局 1975 年版。

《四库全书》，上海古籍出版社 1975 年版。

《二十五史》，中州古籍出版社 1998 年版。

《唐五代笔记小说大观》，上海古籍出版社 2000 年版。

卞孝萱、周群：《唐宋传奇经典》，上海书店出版社 1999 年版。

陈才智：《元白诗派研究》，社会科学文献出版社 2007 年版。

陈东原：《中国妇女生活史》，商务印书馆 1937 年版。

陈顾远：《中国婚姻史》，商务印书馆 1998 年版。

陈尚君：《唐代文学丛考》，中国社会科学出版社 1997 年版。

陈贻焮：《杜甫评传》，上海古籍出版社 1982 年版。

陈寅恪：《元白诗笺证稿》，三联书店 2001 年版。

陈友琴：《白居易资料汇编》，中华书局 1962 年版。

陈允吉：《唐音佛教辨思录》，上海古籍出版社 1988 年版。

程俊英、蒋见元：《诗经注析》，中华书局 1991 年版。

戴望：《管子校正》，中华书局 1958 年版。

丁福保：《历代诗话续编》，中华书局 1997 年版。

范文澜：《文心雕龙注》，人民文学出版社 1978 年版。

傅道彬、陈永宏：《歌者的悲欢——唐代诗人的心路历程》，河北大学出版社 2001 年版。

付兴林：《白居易散文研究》，中国社会科学出版社 2007 年版。

傅璇琮：《唐才子传校笺》，中华书局 1987 年版。

傅璇琮：《唐五代文学编年史》，辽海出版社 1998 年版。

傅亚庶：《三曹诗文全集译注》，吉林文史出版社 1997 年版。

葛晓音：《汉唐文学的嬗变》，北京大学出版社 1990 年版。

顾学颉：《顾学颉文学论集》，中国社会科学出版社 1987 年版。

郭绍虞、王文生：《中国历代文论选》，上海古籍出版社 1997 年版。

郭英德：《明清传奇史》，江苏古籍出版社 2001 年版。

韩兆琦：《史记评注》，岳麓书社 2004 年版。

胡可先：《中唐政治与文学——以永贞革新为研究中心》，安徽大学出版社 1996 年版。

胡可先：《唐代重大历史事件与文学研究》，浙江大学出版社 2007 年版。

黄永年：《唐史十二讲》，中华书局 2007 年版。

霍松林：《唐宋诗文鉴赏举隅》，人民文学出版社 1984 年版。

霍松林、傅绍良：《盛唐文学的文化透视》，陕西师范大学出版社 2000 年版。

蹇长春：《白居易评传》，南京大学出版社 2002 年版。

姜汉椿：《唐摭言校注》，上海科学院出版社 2003 年版。

蒋寅：《大历诗风》，上海古籍出版社 1992 年版。

靳极苍：《长恨歌及同题材诗详解》，山西古籍出版社 2002 年版。

金荣权：《宋玉辞赋笺评》，中州古籍出版社 1991 年版。

李斌城、李锦绣、张泽咸、吴丽娱、冻国栋、黄正建：《隋唐五代社会生活史》，中国社会科学出版社 1998 年版。

李志慧、李巍：《白居易秦中行吟》，三秦出版社 2004 年版。

林树明：《女性主义文学批评在中国》，贵州人民出版社 1995 年版。

刘学楷、余恕诚：《李商隐诗歌集解》，中华书局 1988 年版。

路南孚：《中国历代叙事诗歌》，山东文艺出版社 1987 年版。

逯钦立：《先秦汉魏晋南北朝诗》，中华书局 1983 年版。

鲁迅：《唐宋传奇集》，人民文学出版社 1927 年版。

《鲁迅全集》，人民文学出版社 1963 年版。

罗宗强：《隋唐五代文学思想史》，中华书局 1999 年版。

马歌东：《日本白居易研究论文选》，三秦出版社 1995 年版。

孟二冬：《中唐诗歌之开拓与新变》，北京大学出版社 1963 年版。

孟繁树：《洪昇及〈长生殿〉研究》，中国戏剧出版社出版 1998 年版。

聂石樵：《楚辞新论》，商务印书馆 2004 年版。

任半塘：《唐声诗》，上海古籍出版社 2006 年版。

尚学锋、过常宝、郭英德：《中国古典文学接受史》，山东教育出版社 2000 年版。

尚永亮：《唐代逐臣与贬谪文学研究》，武汉大学出版社 2007 年版。

石观海：《宫体诗派研究》，武汉大学出版社 2003 年版。

司马云杰：《盛衰论——关于中国历史哲学及其盛衰之理的研究》，陕西人民出版社 2003 年版。

孙昌武：《道教与唐代文学》，人民文学出版社 2001 年版。

孙昌武：《佛教与中国文学》，上海人民出版社 2007 年版。

孙琴安：《唐诗与政治》，上海人民出版社 2003 年版。

唐圭璋：《词学论丛——温韦词之比较》，上海古籍出版社 1986 年版。

唐圭章：《词话丛编》，中华书局 1986 年版。

唐圭璋：《全宋词》，中华书局 1999 年版。

唐晓敏：《中唐文学思想研究》，北京师范大学出版社 2000 年版。

田耕宇：《唐音余韵——晚唐诗研究》，巴蜀书社 2001 年版。

田耀亭：《渭南白居易研究》，中国文联出版社 2009 年版。

王国维：《宋元戏曲史》，中华书局 2010 年版。

王国维：《人间词话》，上海古籍出版社 2011 年版。

王淮生：《诗海沉帆——杨贵妃马嵬后历史揭谜》，中国青年出版社 1998 年版。

王季思：《全元戏曲》，人民文学出版社 1999 年版。

王克俭：《文学创作心理学》，中央民族大学出版社 1997 年版。

王世德：《美学辞典》，知识出版社 1986 年版。

王拾遗：《白居易传》，陕西人民出版社出版 1983 年版。

王水照：《苏轼选集》，上海古籍出版社 1984 年版。

王文锦：《礼记译解》，中华书局 2001 年版。

王永健：《洪昇和长生殿》，上海古籍出版社 1982 年版。

闻一多：《唐诗杂论》，上海古籍出版社 2006 年版。

闻一多：《闻一多全集》，湖北人民出版社 1993 年版。

吴功正：《唐代美学史》，陕西师范大学出版社 1999 年版。

谢思炜：《白居易集综论》，中国社会科学出版社 1997 年版。

谢思炜：《白居易诗集校注》，中华书局 2006 年版。

谢思炜：《白居易文集校注》，中华书局 2011 年版。

许道勋、赵克尧：《唐玄宗传》，人民出版社 1993 年版。

徐连达：《唐朝文化史》，复旦大学出版社 2003 年版。

杨伯峻：《论语译注》，中华书局 1980 年版。

杨树达：《论语疏证》，上海古籍出版社 1986 年版。

阴法鲁：《昭明文选译注》，吉林文史出版社 1987 年版。

游国恩：《中国文学史》，人民文学出版社 1963 年版。

禹克坤：《中国诗歌的审美境界》，中国广播电视出版社 1992 年版。

袁行霈：《中国文学史》，高等教育出版社 2006 年版。

张长怀：《长恨歌与仙游寺》，三秦出版社 2007 年版。

张岱年、方克立：《中国文化概论》，北京师范大学出版社 2004 年版。

张法：《中国文化与悲剧意识》，中国人民大学出版社 1989 年版。

张过、何冰：《马嵬坡诗选》，华岳文艺出版社 1988 年版。

张孝评：《文学概论新编》，西北大学出版社 1997 年版。

张友鹤：《唐宋传奇选》，人民文学出版社 1997 年版。

张震泽：《张衡诗文集校注》，上海古籍出版社 1986 年版。

张中宇：《白居易〈长恨歌〉研究》，中华书局 2005 年版。

赵吕甫：《史通新校注》，重庆出版社 1990 年版。

赵荣蔚：《晚唐士风与诗风》，上海古籍出版社 2004 年版。

郑振铎：《插图本中国文学史》，人民文学出版社 1957 年版。

周良霄：《皇帝与皇权》，上海古籍出版社 1999 年版。

周绍良：《唐传奇笺证》，人民文学出版社 2000 年版。

周天：《长恨歌笺说稿》，陕西人民出版社 1983 年版。

周相录：《〈长恨歌〉研究》，巴蜀书社 2003 年版。

周勋初：《唐语林校证》，中华书局 1987 年版。

周振甫：《文心雕龙注解》，人民文学出版社 1981 年版。

周祖譔：《隋唐五代文学史》，福建人民出版社出版 1958 年版。

朱东润：《中国历代文学作品选》，上海古籍出版社 2002 年版。

朱光潜：《悲剧心理学》，人民文学出版社 1983 年版。

朱金城：《白居易集笺校》，上海古籍出版社 1988 年版。

朱金城：《白居易年谱》，上海古籍出版社 1982 年版。

朱金城：《白居易研究》，陕西人民出版社 1987 年版。

［日］村山吉广：《杨贵妃》，中央公论社 1997 年版。

［日］花房英树：《白居易》，社会科学文献出版社 1991 年版。

［日］井上靖：《杨贵妃传》，陕西人民出版社 1984 年版。

［日］静永健：《白居易写作讽谕诗的前前后后》，刘维治译，中华书局 2007 年版。

［日］青木正儿：《中国近世戏曲史》，王古鲁译，中华书局 1958 年版。

［日］丸山清子：《源氏物语与白氏文集》，申非译，国际文化出版公司 1985 年版。

［日］中西进：《〈源氏物语〉与白乐天》，中央编译出版社 2001 年版。

［日］竹村则行：《杨贵妃文学史研究》，研文出版社 2003 年版。

《海德格尔选集》，三联书店 1996 年版。

［德］黑格尔：《美学》，朱光潜译，商务印书馆 1981 年版。

《马克思恩格斯全集》，人民出版社 2012 年版。

［德］叔本华：《作为意志和表象的世界》，商务印书馆 1982 年版。

《列宁选集》，人民出版社 2012 年版。

［英］罗素：《西方哲学史》，何兆武、李约瑟译，商务印书馆 1962 年版。

［保加利亚］瓦西列夫：《情爱论》，三联书店 1984 年版。

徐人忠：《怎样正确评价唐明皇与杨贵妃的"爱情"》，《文史哲》1958 年第 12 期。

张国举：《马嵬诗辨》，《吉林大学学报》1980 年第 3 期。

吴企明：《李白〈清平调〉词三首辨伪》，《文学遗产》1980 年第 3 期。

张红：《〈长恨歌〉主题重议》，《南开学报》1980 年第 6 期。

马茂元、王松龄：《论〈长恨歌〉的主题思想》，《上海师大学报》1983 年第 3 期。

马德懋：《现实主义诗人白居易》，《陕西师范大学学报》1984 年第 3 期。

钟来因：《〈长恨歌〉的创作心理与创作契机》，《江西社会科学》1985 年第 3 期。

雨辰：《形象大于思维的适例——也谈〈长恨歌〉的主题思想》，《郑州大学学报》1986 年第 2 期。

林继中：《白居易自我调节机制的实现》，《山东大学学报》1988 年第 4 期。

任访秋：《论杜甫与白居易对李隆基、杨贵妃爱情认识的异同》，《中州学刊》1991 年第 2 期。

郑宏华：《杜甫咏贵妃诗的深层意识》，《青海师范大学学报》1991 年第 3 期。

戴武军：《〈长恨歌〉主题新证》，《求索》1991 年第 5 期。

綦天枢：《〈长恨歌〉主题刍议》，《北方论丛》1991 年第 5 期。

李家祥：《论杨贵妃艺术形象的社会性》，《贵州民族学院学报》1992 年第 4 期。

于成国：《浅谈〈长恨歌〉矛盾性形成的原因》，《齐齐哈尔师范学院学报》1992 年第 4 期。

孟繁森：《李白对唐玄宗宠幸杨贵妃的讽谏》，《求是学刊》1992 年第 5 期。

金学智：《〈长恨歌〉的主题多重奏——兼论诗人的创作心理与诗中的性格悲剧》，《文学遗产》1993 年第 5 期。

卞孝首：《唐玄宗杨贵妃形魂故事的演进》，《社会科学战线》1994 年第 2 期。

王谦泰：《论白居易思想转变在卸任拾遗之际》，《文学遗产》1994 年第 6 期。

李春林、减恩饪：《玉殒香不消——杨贵妃形象的艺术魅力》，《沈阳大学学报》1995 年第 1 期。

张峻峰：《评议唐玄宗与杨贵妃爱情的诗文拾零》，《人文杂志》1995 第 1 期。

褚斌杰：《白居易的人生观》，《文学遗产》1995 年第 5 期。

王用中：《白居易的初恋悲剧与〈长恨歌〉的创作》，《西北大学学报》1997 年第 2 期。

钟东：《唐代文学中的杨玉环形象》，《广州师范学院学报》1998 年第 3 期。

陈文忠：《〈长恨歌〉接受史研究——兼论古代叙事诗批评的形成发展》，《文学遗产》1998 年第 4 期。

吴晶：《论唐诗对李杨爱情及杨贵妃形象的评价》，《温州师范学院学报》1998 年第 5 期。

吴河清：《唐人马嵬诗与唐代社会群体意识》，《中州学刊》1999 年第 4 期。

尹富：《白居易思想转变之再探讨》》，《求索》2004 年第 1 期。

吴国华：《唐宋李杨爱情小说的共同特征》，《文学语言学研究》2008 年第 2 期。

徐海荣：《白居易〈长恨歌〉创作中的盍屋因素》，《社会科学辑刊》2011 年第 4 期。

杨文：《白居易〈长恨歌〉的小说化研究》，《语文学刊》2011 年第 19 期。

杨金国：《唐宋时期关涉李杨题材小说研究》，2003 年暨南大学硕士学位论文。

叶丹菲：《唐诗贵妃题材诗歌研究》，2003 年广西师范大学硕士学位论文。

钱叶春：《李杨之恋的文化阐释》，2005 年西南师范大学硕士学位论文。

尤华：《杨贵妃形象流变研究——以传统演艺为考察重点》，上海师范大学硕士学位论文，2006 年。

罗英华：《唐宋时期杨贵妃题材文学研究》，2007 年复旦大学博士学位论文。

涂小丽：《元代李杨题材诗歌研究》，2007 年首都师范大学硕士学位论文。

杨静：《〈长恨歌〉与李杨题材古今戏曲的研究——以主题演变为中心》，2008 年复旦大学硕士学位论文。

程芳：《李杨爱情故事的传承与流变——以历代小说笔记、日本物语文学为例》，2009 年上海师范大学硕士学位论文。

王静：《宋代杨贵妃题材诗歌研究》，2011 年山东大学硕士学位论文。

后　记

　　《〈长恨歌〉及李杨题材唐诗研究》是一部关于白居易《长恨歌》及唐代李杨题材诗歌书写方面的研究专著。该部书稿由原本自成体系的两部分研究成果所构成，即由我撰写的《〈长恨歌〉主题界定及其魅力探源》和由倪超撰写的《李杨题材唐诗书写研究》统筹而成。前者完成于1999年，后者完成于2013年。之所以将出自两人之手、时间间隔十余年、文风存在一定差异的两部分内容联缀组接出版，乃基于以下考虑。

　　一是要了却一桩心愿。1999年，我顺利完成了学位论文《〈长恨歌〉主题界定及其魅力探源》的撰写和答辩工作，论文得到了包括我的硕士导师杨恩成先生及后来成为我博士导师的马歌东先生在内的答辩委员会各专家的肯定。自此以后，我便摆脱了此前关于《长恨歌》研究、讲授中的诸多摇摆、游移、困惑，对《长恨歌》的认识进入了一个轻松坦易的阶段，并一直坚守着自己的体认研判，常有面对文稿自赏己说的快慰之感。2003年，我师从马歌东先生攻读博士学位。当马师问及我的研究打算时，我不假思索地坦言意欲对李杨题材唐诗书写及其在宋元明清的流变情况进行全方位、较系统的梳理、研究。马师听后认为我的想法不错，但觉得选题偏轻，后续研究空间有限。最后，马师建议我"不妨变换一下拍摄的角度，看看大山的背后都有些什么风光"，这促使我最终选定了以《白居易散文研究》作为博士论文研究课题。今天想来，马师的眼力和智慧令我佩服和信服。然则，多年来，我心中总难搁置曾经花费那么多心血、夜以继日连续鏖战近两个月撰写的学位论文，心中常存挤时间兑现当初想要沿着《长恨歌》研究继续前行的心愿。想法总是好的，时间也是有的，但要集中一段时间尤其是在一段时间内保持良好的创作心境和旺盛的创作精力又谈何容易。"长恨此身非我有",诸多的事务每每使人难以置身事外从事自己想要做的事情。好在,这种难以了却的心愿总算有了补救实现的机会。在我2010年所招的研究生中,倪超同学在本科阶段虽非学习汉语言文学专业,但在攻读硕士学位的初始阶段,即展现出了良好的文字功底和敏捷的判断力,对中国古典文学的学习尤其是关于李杨题材唐诗书写研究的兴致颇浓,于是,我曾经的念想就顺理成章地交由他来付诸实践了。2013年5月,倪超的《李杨题材唐诗书写研究》学位论文顺利通过了答辩并获得了好评。总体而言,倪超的学位论文完成得是不错的,基本贯彻和实现了开题时的研究思路和研究构想。正是由于倪超承接了我的心愿并拿出了较高质量的研究成果,我便萌生了将师徒二人的研究心得结撰出版的想法。因此,现如今的这部书稿不仅凝结着我与倪超同学各自在学术研究中所付出的心血,灌注着我俩对李杨故事共同的研究兴趣,更承载了我早年矢志追求和多年不甘放弃的一桩心愿。

　　二是要呈现完整的研究成果。在我攻读硕士、博士学位前后,曾陆续发表了一些关于《长恨歌》研究方面的文章,并引起了一些学人的关注。有些观点得到了学界同仁的赞同、认可,但也有一些观点成为被诟病、批评的靶子。对于学术研究,我向来持认真严肃的态度,力求客观平实;对学人的不同观点,我亦向来持善待感激之态度,更愿从中汲取积极的养分。然则,有的学者在对我的某些观点提出异议甚至质疑时,偶现只见树木不见森林的做法,断章取义式地摘出可为靶的的语句予以品评、驳斥,而未能做到顾及全部、纵览整体。或许,单篇论文的容载量不足以尽示我的总体思考,是故出现了上述让人颇感遗憾的状况。基于此,我想有必要将我研究的成果整体呈现出来,以便于对李杨故事同样感兴趣并以此为研究方向的同仁师友有见到我系统性研究成果的可能。当然,任何研究都是历史进程中的一部分,无不具有局限性和时间性,没有人能够自信地认为自己的研究将是终极结论。学人之间相互交流、彼此切磋,理应成为一种贯之久远的风尚。我更看重贯穿于交流切磋中的学人之间欣赏他人长处、发现他人可取之处的学养和涵养,而对唇枪舌剑、口诛笔伐的方式和做派不甚赞同，更不愿加入其列。

三是要捍卫学术研究的尊严。学术研究的核心在于"成一家之言"，即创造性、创新性。只有创造才能不断推陈出新，才能无限接近真理，才能使学术研究呈现活力，也才能彰显研究主体的本质力量。也许，一个人的智慧和力量是有限的，但当一批人或一代人甚或无数代人各自贡献自己的聪明才智，在对同一问题长期关注持续耕耘后，定会迎来学术研究的金秋岁月，带来学术研究的累累硕果。然则，一个时期以来，学术腐败成为社会关注的焦点和热门话题。这一与学术精神背道而驰的丑态，国内有，国外亦有；研究机构有，高校亦有；学生中有，教师中亦有。挂名、捉笔、剽窃的事情时有出现，且就发生在我们身边。笔者曾经在《陕西师范大学继续教育学报》2002年第4期上发表一篇题为《〈长恨歌〉艺术魅力探源》的文章，结果时隔两年，当我在网上搜索有关白居易研究资料时，无意中发现了一篇题目与我文章第三部分论点一模一样的论文。出于好奇、欣赏、借鉴的目的，我下载了原文并进行了认真拜读。令我难以接受的是，这篇文章不仅截取我文章的第三部分作为她的研究成果，而且还将我文中的一段原话虚拟成归属在我名下的一部专著中的观点，并掩耳盗铃地作为一条参考文献予以标注。当时颇感气愤，本打算要联系作者所在的学校及其本人，起码让当事人和刊载其文的学报编辑部对此作出解释。但最终出于种种考虑，我还是放弃了追究此事的权利。正是从那时起，将我的研究成果公开出版的念头就反复在我脑海中盘旋。不是要展示什么秀什么，而是要通过这种方式让窃取他人学术成果者知耻知止，或者说为杜绝形形色色的学术腐败、纠正不正当的某些做法略尽绵薄之力。

以上即是《〈长恨歌〉及李杨题材唐诗研究》结集出版的一些真实想法。此处尚需说明的是，书稿第一至六章由我完成（其中第一章第二节第四部分"质疑婉讽"由倪超撰成），第七至十章由倪超完成。出自两人之手的两部分内容统合在一起，难免会出现文风不协谐、深浅度不一致、前后语意偏差甚或抵牾之处。因时间、精力、能力的问题，罅漏疏误之处已无从详审细酌，只能留待方家学者批评指正了。

本书获陕西理工学院科研出版基金和陕西理工学院中国古代文学与文化科技创新团队资助。陕西理工学院文学院刘昌安教授、王伟博士、甘少梅老师在书稿校对过程中或提供资料或帮助查找文献，在此一并致谢！

付兴林

2013 年 8 月 10 日于汉中